Anne Rice

VITTORIO, O VAMPIRO

Tradução de
ALBERTO LOPES

Rocco

Título original
VITTORIO, THE VAMPIRE
New tales of the vampires

Direitos para a língua portuguesa reservados
com exclusividade para o Brasil à
EDITORA ROCCO LTDA.
Avenida Presidente Wilson, 231, 8º andar
20030-021 – Rio de Janeiro, RJ
Tel.: (21) 3525-2000 – Fax: (21) 3525-2001
rocco@rocco.com.br
www.rocco.com.br

Printed in Brazil/Impresso no Brasil

preparação de originais
HELENA DRUMMOND

CIP-Brasil. Catalogação-na-fonte.
Sindicato Nacional dos Editores de Livros, RJ.

R381v

Rice, Anne, 1941-
Vittorio, o vampiro: Anne Rice; tradução de Alberto Lopes. – Rio de Janeiro: Rocco, 2000.

Tradução de: Vittorio, the vampire: new tales of the vampires
ISBN 85-325-1154-6

1. Ficção norte-americana. 1. Lopes, Alberto. II. Título.

00-0718

CDD-813
CDU-820(73)-3

DEDICATÓRIA DE ANNE RICE

Esta novela é dedicada a
Stan, Christopher, Michele e Howard;
a Rosario e Patrice;
a Pamela e Elaine;
e a Niccolo.

Esta novela é dedicada
por Vittorio
ao povo de
Florença, Itália.

1

QUEM SOU EU, POR QUE ESCREVO, O QUE ESTÁ POR VIR

QUANDO ERA MENINO TIVE UM SONHO TERRÍVEL. SONHEI QUE SEGURAVA EM meus braços as cabeças decepadas de meu irmão e de minha irmã mais moços. Logo quedaram-se, inertes e mudas, com os olhos saltados, e as faces avermelhadas, e tão horrorizado fiquei que, da mesma forma que elas, não pude emitir qualquer som.

O sonho tornou-se realidade.

Mas ninguém chorará por mim ou por eles. Eles foram enterrados, sem nome, debaixo de cinco séculos de eternidade.

Sou um vampiro.

Meu nome é Vittorio, e escrevo agora na torre mais alta do castelo em ruínas no topo da montanha onde nasci, no extremo norte da Toscana, a mais bela das terras no coração da Itália.

Pelos mais rigorosos padrões de quem quer que seja, sou um vampiro excepcional, dotado de poderes extraordinários, tendo vivido há quinhentos anos, nos grandes dias de Cosimo de Medici, e até os anjos atestarão meus poderes, caso consigam fazê-los falar. Sejam cautelosos nesse ponto.

Nada tenho a ver, entretanto, com a "Assembléia dos Articulados", esse bando de estranhos e românticos vampiros que vagueiam pela cidade de Nova Orleans, e que já os regalaram com tantas crônicas e histórias.

Nada sei, entretanto, desses heróis de uma realidade macabra que se mascara de ficção. Não sei nada de seu sedutor paraíso nos pântanos da Louisiana. Não encontrarão nenhum dado novo sobre eles nestas páginas, nem mesmo uma simples menção, daqui para frente.

Não obstante, fui desafiado por eles a escrever a história de minhas origens — a fábula de minha concepção — e a lançar esse fragmento de minha vida em forma de livro no vasto mundo, por assim dizer, onde ele poderá eventualmente estabelecer algum contato fortuito ou predeterminado com seus volumes bem-publicados.

Tenho passado meus séculos de vampiresca existência em sábia e observante errância e estudo, nunca provocando o menor perigo dada a minha espécie, e sobre ela jamais despertando curiosidade ou suspeitas.

Mas isto não pretende ser o relato de minhas aventuras.

É, como disse, a história de minhas origens. E acredito que tenho revelações a meu respeito que são totalmente originais. Quando meu livro estiver terminado e tiver saído de minhas mãos, talvez possa tomar medidas para tornar-me de certa forma um personagem do grande *roman-fleuve* iniciado por outros vampiros em San Francisco ou Nova Orleans. Por agora, não posso me ocupar ou me preocupar com isso.

Na tranqüilidade das noites que passo aqui, no meio das pedras enormes do lugar onde nasci e fui tão feliz quando criança, nossas paredes agora tombadas na floresta recendendo a fragrância de carvalhos e castanheiros, sinto-me compelido a registrar o que me aconteceu, pois parece que me coube um destino muito diferente de qualquer outro vampiro.

Nem sempre me detenho nestas paragens.

Ao contrário, passo a maior parte do meu tempo na cidade que para mim é a rainha de todas as cidades — Florença —, que amo desde o primeiro instante em que a vi com olhos de criança quando Cosimo, o Mais Velho, dirigia o poderoso Banco Medici com suas próprias mãos, embora fosse o homem mais rico da Europa.

Na casa de Cosimo de Medici viviam o grande escultor Donatello, moldando formas em mármore e bronze, bem como pintores, poetas, escritores e músicos em profusão. O grande Brunelleschi, que erguera a cúpula da maior igreja de Florença, estava construindo outra catedral para Cosimo naqueles dias, e Michelozzo reconstruía não só o mosteiro de são Marcos como começava o *palazzo* de Cosimo que um dia seria conhecido no mundo inteiro como Palazzo Vecchio. A serviço de Cosimo, homens percorriam toda a Europa procurando em bibliotecas poeirentas clássicos há muito esquecidos da Grécia e de Roma, que os doutores de Cosimo traduziam para o nosso italiano nativo, idioma que Dante escolhera ousadamente muitos anos antes para sua *Divina Comédia*.

E foi sob o teto de Cosimo que vi, como um mortal predestinado — sim, vi com meus próprios olhos —, os grandes delegados do Concílio de Trento que tinham vindo de Bizâncio para mediar o cisma entre a Igreja oriental e a ocidental: o papa Eugênio IV de Roma, o patriarca de Constantinopla e o próprio imperador do Oriente, João VIII, o Paleólogo. Vi esses grandes homens entrarem na cidade debaixo de um terrível temporal, mas ainda assim com indescritível glória, e vi esses homens comerem à mesa de Cosimo.

Basta, haverá quem diga. Concordo plenamente. Esta não é a história dos Medici. Mas me permitam dizer apenas que quem quer que afirme que esses grandes homens eram medíocres, não passa de um consumado idiota. Foram os descendentes de Cosimo que cuidaram de Leonardo da Vinci, Michelangelo e artistas sem conta. E tudo isso porque um banqueiro, um agiota se quiserem, houve por bem legar beleza e magnificência à cidade de Florença.

Voltarei a Cosimo oportunamente, e só para algumas breves palavras, embora deva confessar que estou tendo dificuldade para ser breve sob muitos aspectos, mas, por ora, deixe-me dizer que Cosimo pertence ao mundo dos vivos.

Tenho estado na cama com os mortos desde 1450.

Agora contemos como começou, mas me concedam mais um prefácio.

Não procurem aqui, por favor, uma linguagem antiga. Não encontrarão uma língua rigidamente elaborada destinada a conjurar paredes de castelos com uma dicção afetada e um vocabulário constrito.

Procurarei narrar minha história com naturalidade e eficiência, espojando-me nas palavras, pois as amo. E, sendo imortal, devorei mais de quatro séculos de inglês, das peças de Christopher Marlowe e Ben Jonson às abruptas e asperamente evocativas palavras de um filme de Sylvester Stallone.

Verão que sou flexível, ousado, e por vezes chocante. Mas o que resta fazer senão recorrer ao mais completo poder descritivo de que posso dispor, e observar que o inglês não é mais a língua de uma só terra, tendo se tornado a língua de todo o mundo moderno, do sertão do Tennessee às mais remotas ilhas célticas e às prolíficas cidades da Austrália e da Nova Zelândia.

Nasci na Renascença. Conseqüentemente, tudo investigo e misturo sem preconceito, e não duvido que algum bem superior advenha do que faço.

Quanto à minha língua pátria, o italiano, ouçam-na suavemente quando pronunciarem meu nome, Vittorio, e aspirem o perfume de outros nomes espargidos neste texto. É, sobretudo, uma língua tão doce que faz da palavra inglesa "stone" o suave trissílabo *pi-ea-tra*. Nunca houve uma língua mais gentil na face da terra. Falo todos os outros idiomas com o sotaque italiano que se ouve nas ruas de Florença nos dias de hoje.

E o fato de minhas vítimas de fala inglesa acharem meus encômios tão bonitos, malgrado o sotaque, e renderem-se à minha untuosa pronúncia italiana, é para mim uma fonte de constante júbilo.

Mas não sou feliz.

Não pensem isso.

Não escreveria um livro para dizer que um vampiro é feliz.

Tenho um cérebro assim como um coração, e sobre mim paira um semblante etéreo, certamente criado por algum Poder Superior, e emaranhada na tecitura intangível dessa etérea aparência reside o que os homens chamam de alma. Possuo uma. Nenhuma quantidade de sangue pode sufocar sua vida, transformando-me num fagueiro fantasma.

OK. Tudo bem, sem problema. Sim, sim. Obrigado! — como qualquer um pode dizer em inglês em qualquer parte do mundo. Estamos prontos para começar.

Só que gostaria de citar um obscuro mas brilhante escritor, Sheridan Le Fanu, apenas um parágrafo pronunciado com extrema pungência por um personagem assombrado de uma de minhas muitas histórias de fantasmas escritas com um certo requinte. Esse autor, nascido em Dublin, morreu em 1873, mas notem o frescor de sua linguagem, e como é horripilante a expressão do personagem capitão Barton na história intitulada "O familiar":

> Seja qual for minha incerteza quanto à autenticidade do que aprendemos a chamar de revelação, de um fato estou profunda e horrivelmente convencido, de que, além deste, existe um mundo espiritual — um sistema cujo funcionamento em geral é piedosamente ocultado de nós — um sistema que pode ser, e às vezes é, parcial e terrivelmente revelado. Tenho certeza — *sei*... que existe um Deus — um Deus que infunde pavor — e que à retribuição segue-se a culpa, de maneiras as mais misteriosas e assombrosas — por meio de agentes os mais inexplicáveis e surpreendentes; — há um sistema espiritual — o Senhor, como estou convencido disso! — um sistema maligno, implacável, onipresente, pelo qual sou perseguido, e sofro os tormentos dos amaldiçoados.

O que acham disso?

Eu mesmo me sinto mortalmente atingido por essas palavras. Não me julgo preparado para falar de nosso Deus como "uma divindade que infunde pavor" ou referir-me ao nosso sistema "como um sistema maligno", mas parece haver um toque sobrenatural de verdade nessas palavras, escritas como ficção mas obviamente com muita emoção.

Elas me calam fundo porque sofro uma terrível maldição, que me é única, quero crer, dada a minha condição de vampiro. Isto é, que não é compartilhada por outros. Mas acho que todos nós — humanos, vampiros, todos aqueles que são capazes de sentir e de chorar —, todos somos vítimas de uma maldição de que temos consciência e supera nossa capacidade de suportá-la. E não há nada, absolutamente nada, que possamos fazer sobre a força e o fascínio dessa constatação.

No final, poderemos retomar o tema. Vejam o que concluem da minha história.

A noite começa aqui. As valorosas ruínas da torre mais alta do castelo do meu pai erguem-se com atrevimento contra os céus docemente salpicados de estrelas que me permitem ver de minha janela as montanhas e vales enluarados da Toscana, tão distantes quanto o mar que brilha para além das minas de Carrara. Sinto a fragrância dos campos floridos da íngreme região inexplorada em torno da qual as íris da Toscana ainda desabrocham em violentos tons de vermelho ou branco na encosta ensolarada, que descubro na sedosa noite.

E assim abraçado e protegido, escrevo, pronto para o momento em que a lua cheia conquanto obscura me deixar e se refugiar no seu esconderijo nas nuvens, pronto para acender as velas, umas seis, engastadas na prata maciça trabalhada do candelabro que havia na mesa de meu pai, naqueles dias em que ele era o senhor feudal todo-poderoso desta montanha e todas as suas aldeias, o aliado firme na paz e na guerra da grande cidade de Florença e daquele que a governava oficiosamente, quando éramos ricos, destemidos, curiosos e maravilhosamente contentes.

Deixem-me falar agora do que desapareceu.

2

MINHA PEQUENA VIDA MORTAL, A BELEZA DE FLORENÇA, A GLÓRIA DE NOSSA PEQUENA CORTE — O QUE DESAPARECEU

TINHA DEZESSEIS ANOS QUANDO MORRI. TENHO BOA ALTURA, BASTOS CABELOS castanhos que batem nos meus ombros, olhos cor de avelã demasiado vulneráveis para se manterem fixos por muito tempo, dando-me uma aparência de certa forma andrógina, e um nariz desejavelmente afilado com narinas discretas, e uma boca de tamanho médio que não é voluptuosa nem sovina. Um menino bonito para a época. Não estaria vivo hoje se não o tivesse sido.

É o que ocorre com a maioria dos vampiros, não importa quem diga o contrário. A beleza é a nossa perdição. Ou, para ser mais preciso, os que não conseguem resistir aos nossos encantos é que nos tornam imortais.

Não tenho um rosto infantil, mas ele é quase angelical. Minhas sobrancelhas são espessas, escuras, bem acima de meus olhos para não lhes roubar o brilho. Minha testa seria talvez um pouco alta, não fosse tão reta, e se não tivesse cabelos castanhos tão abundantes, formando uma ondulada moldura para a pintura. Meu queixo é ligeiramente pronunciado, um tanto quadrado para o conjunto. Tem uma covinha.

Meu corpo é musculoso, forte, com peito largo, braços vigorosos, dando a impressão de energia viril. Isso compensa de certo modo o renitente perfil adolescente e me permite passar por um homem adulto, pelo menos à distância.

Devo esse físico bem-desenvolvido aos constantes exercícios com uma pesada espada de batalha nos últimos anos de minha vida, e ferozes caçadas com meus falcões nas montanhas, que percorria para cima e para baixo geralmente a pé, embora àquela idade já possuísse quatro cavalos, inclusive um de uma magnífica raça especial capaz de suportar meu peso quando eu envergava minha armadura completa.

Minha armadura ainda está enterrada debaixo desta torre. Nunca a usei numa batalha. No meu tempo, a Itália vivia em guerras, mas todas as batalhas dos florentinos eram travadas por mercenários.

Tudo que meu pai tinha de fazer era declarar absoluta lealdade a Cosimo, e não permitir que ninguém representando o Sagrado Império Romano, o duque de Milão ou o papa em Roma avançasse com suas tropas pelas veredas de nossa montanha ou acampasse em nossas aldeias.

Ficávamos fora do caminho. Não havia problema. Antepassados empreendedores tinham construído nosso castelo há trezentos anos. Descendíamos dos lombardos, ou dos bárbaros que tinham invadido a Itália vindos do norte, e creio que temos um pouco do sangue deles. Quem sabe? Desde a queda da antiga Roma, muitas tribos haviam invadido a Itália.

Possuíamos interessantes relíquias pagãs descobertas em toda a região; antigos túmulos alienígenas às vezes eram encontrados nos campos, assim como pequenas e curiosas deusas de pedra que os camponeses ainda cultuavam quando não as confiscávamos. Debaixo de nossas torres havia câmaras mortuárias que alguns diziam anteceder ao nascimento de Cristo; e hoje sei que é verdade. Esses sítios tinham pertencido a um povo conhecido na história como os etruscos.

Nossa família, no velho estilo feudal, desprezava o comércio e exigia que seus homens fossem audazes e valentes. Possuía preciosos tesouros conquistados em guerras sem conta ou registro — a saber: prataria antiga, candelabros e castiçais de ouro, pesadas arcas de madeira incrustadas com desenhos bizantinos, tapeçarias flamengas, toneladas de rendas, e coberturas de baldaquins tecidas à mão com ouro e pedras preciosas, e todos os mais desejáveis ornamentos.

Meu pai, admirador dos Medici, comprava todo tipo de artigos de luxo nas suas viagens a Florença. Raras eram as pedras desguarnecidas dos pisos de qualquer aposento importante, pois todos eles eram recobertos por floridos tapetes de lã, e cada galeria ou alcova tinha um imenso armário-vitrine exibindo chocalhantes e enferrujadas vestimentas de batalha de heróis de cujos nomes ninguém se lembrava.

Éramos incalculavelmente ricos, ouvi muitas vezes dizerem quando era criança, e toda essa fortuna devia-se não só à bravura nos campos de batalha como a secretos tesouros pagãos.

Tinham decorrido muitos séculos desde que nossa família se empenhara em combates com outros vilarejos e fortes da montanha, quando os castelos declaravam guerra uns aos outros e suas muralhas eram derrubadas mal eram erguidas, e os rixentos e sanguinários guelfos e gibelinos tinham desertado da cidade de Florença.

A velha Comuna de Florença tinha enviado exércitos para arrasar castelos como o nosso e aniquilar qualquer lorde feudal que representasse uma ameaça.

Mas isso pertencia a um passado remoto.

Sobrevivemos graças a sagacidade e boas escolhas, e também porque sempre fomos muito voltados para nós mesmos, radicados numa região erma, no alto de uma montanha, onde os Alpes descem para a planície de Toscana, e os castelos mais próximos de nós eram ruínas abandonadas.

Nosso vizinho mais próximo governava seu enclave de pequenas aldeias encravadas na montanha, fiel às hostes do duque de Milão.

Mas ele não se preocupava conosco nem nós com ele. Era rivalidade política remota.

Nossas muralhas mediam mais de trinta metros de altura, eram imensamente grossas e mais velhas do que o próprio castelo, a rigor mais velhas do que a maioria dos relatos românticos. Eram constantemente reforçadas e reparadas, e no seu miolo havia três pequenos povoados com bons vinhedos que produziam inebriante vinho tinto; havia ainda um próspero cultivo de mel de abelha, amoras pretas, trigo e outros cereais. Tampouco faltavam galinhas e vacas, e enormes estrebarias para nossos cavalos.

Nunca soube ao certo quantas pessoas labutavam no nosso pequeno mundo. A casa estava sempre cheia de serviçais que se ocupavam das mais diferentes tarefas, e muito raramente meu pai participava do julgamento de qualquer tipo de causa ou havia motivo para recorrer aos tribunais de Florença.

Nossa igreja servia a toda a população das redondezas, de sorte que os que viviam em pequenos vilarejos menos protegidos mais abaixo na montanha — e eram muitos — procuravam-nos para realizar batizados, casamentos e outras cerimônias, e tivemos durante longos períodos dentro de nossos muros um padre dominicano que rezava missa todas as manhãs.

Em tempos mais antigos, a mata tinha sido derrubada em grande medida a fim de impedir que eventuais inimigos pudessem se esgueirar pelas encostas, mas na minha época essa proteção era desnecessária.

A mata voltou a crescer em alguns grotões e antigas trilhas, tão viçosa e fechada quanto está agora, chegando quase até as muralhas. De nossas torres podia-se ver nitidamente uma dúzia de pequenas cidades descendo em direção aos vales, com os retalhos coloridos de seus campos arados, olivais e vinhedos. Estavam todas sob nossa governança e nos eram leais. Na eventualidade de uma guerra, seus habitantes viriam correndo para nossos portões como seus ancestrais tinham feito no passado.

Havia dias de mercado, de festivais, dias santos, uma alquimiazinha de vez em quando, e ocasionalmente chegava até a acontecer um milagre. Era boa a nossa terra.

Religiosos de visita sempre acabavam se demorando muito tempo. Não raro havia dois ou três padres hospedados nas várias torres do castelo ou nas construções de pedra mais baixas e mais modernas.

Fui levado para Florença a fim de ser educado quando era muito pequeno, passando a viver no animado e luxuoso estilo do *palazzo* do tio de minha mãe, que morreu antes de eu completar treze anos. Foi então — quando a residência foi fechada — que me levaram de volta para casa, em companhia de duas tias idosas, e depois disso visitei Florença em uma ocasião.

No fundo meu pai era um homem à antiga, instintivamente um lorde indomável, embora preferisse se manter distante das lutas pelo poder na capital, movimentar grandes contas nos bancos dos Medici e levar uma vida palaciana faustosa no seu reduto rural, visitando Cosimo de Medici quando ia a Florença em viagens de negócios.

Mas, quando se tratava de seu filho, meu pai fazia questão que eu fosse criado como um príncipe, um *padrone*, um fidalgo, e tive que aprender todas as habilidades e valores de um cavaleiro. Aos treze anos, eu era capaz de galopar em traje de batalha completo, com a cabeça abaixada, protegida pelo elmo, de lança em riste, apontada para o alvo de palha. Não tinha maiores dificuldades. Achava tudo quase tão divertido quanto caçar, ou nadar nos riachos da montanha ou disputar corridas a cavalo com os garotos da aldeia. Submetia-me a tudo isso sem revolta.

Era, entretanto, um ser dividido. Minha parte mental tinha sido nutrida em Florença por excelentes professores de latim, grego, filosofia e teologia, e eu participava com entusiasmo de desfiles alegóricos e peças teatrais levadas na cidade, desempenhando freqüentemente os principais papéis nos dramas encenados pela minha própria confraria na casa de meu tio, e sabia interpretar com convicção a figura bíblica de Isaac prestes a ser sacrificado pelo obediente Abraão, assim como o charmoso anjo Gabriel surpreendido por um desconfiado são José com sua Virgem Maria.

Revejo mentalmente tudo isso uma vez ou outra — os livros, os sermões que ouvia nas catedrais com precoce interesse, e as noites encantadoras na casa florentina de meu tio quando pegava no sono ao som de espetaculares óperas-bufas, deslumbrado com as figuras miraculosas que desciam de cabos invisíveis, os alaúdes e tambores vibrando seus acordes, os bailarinos que executavam incríveis acrobacias e as vozes que ecoavam em uníssono.

Foi uma infância feliz. E na confraria de meninos a que pertencia, conheci as crianças mais pobres de Florença, filhos de mercadores, órfãos e garotos de mosteiros e escolas, pois era isso o que se esperava que um senhor feudal fizesse no meu tempo. Tinha que se misturar com a plebe.

Creio que escapuli muitas vezes da casa do meu tio quando era criança, decerto tantas quanto fugi do castelo mais tarde. Lembro-me muito bem dos festivais, dos dias santos e das procissões de Florença, pois pude ver muito mais do que uma criança bem-comportada. Não ficava parado um instante, entrando e saindo do meio da multidão, admirando os andores dos santos espetacularmente decorados, e observando a solenidade dos romeiros silenciosos, que carregavam velas e andavam muito devagar como se estivessem em transe.

Sim, devo ter sido uma peste. Sei que fui. Fugia pela cozinha. Subornava os criados. Tinha muitos amigos que eram impossíveis, quando não autênticos delinqüentes. Metia-me em brigas e arruaças e saía correndo para casa. Jogávamos bola e travávamos batalhas campais nas *piazzas*, e os padres nos perseguiam de chibata em punho, ameaçando-nos. Posso ter cometido minhas peraltices, mas nunca fui realmente perverso.

Quando morri para este mundo, com a idade de dezesseis anos, nunca mais olhei para uma rua iluminada com a luz do dia, nem em Florença nem em qualquer outro lugar. Mas posso dizer que vi do bom e do melhor. Posso visualizar sem dificuldade o espetáculo da festa de são João, quando todas as lojas de Florença tinham que expor em frente às suas portas suas caras mercadorias, e os monges e os frades entoavam os mais doces hinos a caminho da catedral para render graças a Deus pela prosperidade abençoada da cidade.

Poderia continuar. Não têm fim as loas que se podem cantar em louvor da Florença daqueles tempos, pois, embora fosse uma cidade de homens que se dedicavam ao comércio e aos negócios, reservava um carinho todo especial às artes. E havia ainda políticos astuciosos, verdadeiros santos tocados pela graça divina, poetas inspirados, e também os mais audaciosos e refinados patifes. Tenho a impressão de que Florença sabia muitas coisas naquela época que só muito mais tarde seriam conhecidas na França e na Inglaterra, e que permanecem desconhecidas em alguns países até os dias de hoje. Duas coisas eram verdadeiras. Cosimo era o homem mais poderoso do mundo. E o povo, somente o povo, governava Florença então e sempre.

Mas voltemos ao castelo. Continuei minhas leituras e meus estudos em casa, transformando-me, num piscar de olhos, de cavaleiro em estudioso. Se havia alguma sombra em minha vida devia-se ao fato de que, aos dezesseis anos, tinha idade suficiente para ingressar numa universidade, e de certo modo era o que queria, mas, por outro lado, estava criando novos falcões, treinando-os e caçando com eles, e o apelo dos campos à minha volta era irresistível.

Com a idade de dezesseis anos, era considerado letrado pelo clã de parentes mais velhos que se reunia à mesa todas as noites, a maioria tios de meus pais, e todos nostálgicos dos velhos tempos, quando "os banqueiros não eram os donos do mundo", que sempre tinham histórias maravilhosas para contar das Cruzadas, de que haviam participado quando jovens, e do que tinham visto na encarniçada batalha de Acre, ou nos combates nas ilhas de Chipre ou de Rodes, e como fora a vida no mar, e em muitos portos exóticos onde tinham sido o terror das tabernas e das mulheres.

Minha mãe era uma mulher bonita e de espírito, de cabelos castanhos e olhos muito verdes. Adorava a vida no campo, mas não chegou a conhecer Florença, a não ser de dentro de um convento. Achava que havia alguma coisa seriamente errada comigo porque eu me interessava pelos poemas de Dante e queria muito escrever minha própria poesia.

Vivia somente para receber seus convidados no mais gracioso dos estilos, fazendo questão que os pisos fossem borrifados com lavanda e ervas aromáticas, e que o vinho fosse adequado às diferentes iguarias. Ela mesma abria os bailes com um tio-avô que era exímio dançarino, já que meu pai não queria saber de danças.

Tudo isso para mim, depois de Florença, pareceu-me insípido e sem interesse. Que viessem as histórias de guerra.

Ela devia ser muito jovem quando se casou com meu pai, e estava grávida na noite em que morreu. E a criança morreu com ela. Chegarei lá rapidamente. Isto é, tão rápido quanto me for possível. A rapidez não é uma de minhas virtudes.

Meu irmão, Matteo, era quatro anos mais moço do que eu, e um excelente estudante, embora ainda não o tivessem mandado estudar fora (quem lhe dera), e minha irmã, Bartola, nascera menos de um ano depois de mim, num espaço de tempo tão curto que suspeito que meu pai se sentia meio encabulado com o fato.

Eu achava os dois — Matteo e Bartola — as criaturas mais encantadoras e interessantes do mundo. Gozávamos a liberdade da vida no campo, divertindo-nos correndo pelos bosques, colhendo amoras, sentando-nos aos pés de ciganos contadores de histórias antes de terem sido banidos da região. Matteo me adorava porque eu nem sempre concordava com as idéias de meu pai. Eu era na verdade o professor de Matteo de todas as coisas. Quanto a Bartola, ela era demasiado rebelde para o gosto de minha mãe, que vivia em permanente estado de choque por causa dos longos cabelos de minha irmã, sempre desalinhados e cheios de gravetos, pétalas, folhas e poeira dos bosques por onde corríamos.

Não obstante, Bartola era forçada a dedicar boa parte do dia aos bordados e trabalhos manuais. Sabia suas canções, poesias e orações. Era muito sensível e dotada de um temperamento forte, sendo difícil convencê-la a fazer o que não queria. Meu pai adorava-a, e mais de uma vez assegurei a ele que eu tinha o maior cuidado com ela em nossas andanças pelos bosques. E era verdade. Eu teria matado alguém que lhe encostasse o dedo!

Ah, isso é demais para mim! Não sabia o quanto seria doloroso! Bartola. Matar quem se atrevesse a tocá-la! E agora os pesadelos baixam, como se fossem espíritos alados, ameaçando apagar as silenciosas e sempre errantes luzinhas do céu.

Deixem-me retomar o fio da meada.

Nunca cheguei realmente a compreender minha mãe, e é provável que não lhe tenha feito justiça, porque, para ela, tudo parecia se resumir a uma questão de estilo e boas maneiras. Quanto a meu pai, achava-o histericamente auto-satírico e sempre engraçado.

A despeito de suas piadas e histórias espúrias, ele era na verdade um tanto cínico, mas ao mesmo tempo gentil; enxergava através da pompa dos outros, e até mesmo de suas próprias pretensões. Não via com esperança a situação humana. A guerra parecia-lhe cômica, destituída de heróis e cheia de bufões, e ele irrompia em gargalhadas no meio das arengas de seus tios, ou mesmo no meio de meus poemas quando eu me alongava além da conta, e não acredito que jamais tivesse dirigido deliberadamente uma palavra amável à minha mãe.

Era um homem grande, com rosto escanhoado e cabelos compridos, e seus belos dedos eram finos, o que era incomum num homem do seu tamanho, até porque todos os seus parentes mais velhos tinham mãos grossas e dedos curtos. Tenho as mesmas mãos. Todos os vistosos anéis que ele usava tinham pertencido à sua mãe.

Trajava-se mais suntuosamente do que ousaria fazer em Florença, dando preferência ao veludo real ornado com pérolas, e usava pesadas capas forradas de arminho. Suas luvas eram verdadeiras manoplas confeccionadas com pele de raposa. Tinha olhos grandes e graves, mais profundamente engastados do que os meus, cheios de zombaria, descrença e sarcasmo.

Entretanto, jamais era mesquinho com quem quer que fosse.

Sua única afetação era gostar de beber em copos de fino cristal, em vez de velhas e pesadas canecas de madeira, ouro ou prata. E nós tínhamos sempre uma profusão de copos e taças de cintilante cristal em nossa comprida mesa de refeições.

Minha mãe sempre sorria quando lhe dizia coisas tais como, "Meu lorde, por favor, tire os pés de cima da mesa", ou "Agradeceria se não tocasse em mim antes de lavar suas mãos engorduradas" ou ainda "Pretende realmente entrar em casa desse jeito?" Mas por trás de sua aparente cortesia, em que pese a ironia, creio que ela o odiava.

A única vez que a ouvi erguer a voz, fora de si, foi para declarar em termos inequívocos que a metade das crianças das aldeias da periferia tinha sido gerada por ele, e que ela havia enterrado com suas próprias mãos umas oito criancinhas que não tinham chegado a sobreviver para ver a luz do dia, porque ele não conseguia se conter melhor do que um garanhão no cio.

Ele ficara tão chocado com a indignada explosão — a cena passou-se a portas fechadas — que ao sair do quarto estava pálido e atônito, e me disse: "Sabe de uma coisa, Vittorio, sua mãe não tem nada de boba como sempre pensei. Ela é apenas enfadonha."

Em circunstâncias normais ele jamais teria dito algo tão indelicado a respeito dela. Ele tremia.

Quanto a ela, quando tentei me aproximar, atirou-me uma jarra de prata. Eu lhe disse: "Mas Mamãe, sou eu, Vittorio!" E ela se jogou nos meus braços. Chorou amargamente durante quinze minutos.

Não dissemos uma palavra durante todo esse tempo. Sentamo-nos no seu pequeno quarto de dormir, bastante alto na torre de pedra mais velha de nossa casa, com muitos móveis dourados, antigos e novos, e, enxugando as lágrimas, ela disse: "Ele cuida de todo mundo, você sabe. De minhas tias e meus tios, você está cansado de saber. E o que seria deles se não fosse ele? E ele nunca me negou nada."

Ela continuava divagando com sua voz de convento, suave, modulada. "Veja só esta casa. Está cheia de gente velha cuja sabedoria tem sido tão boa para vocês, crianças, e tudo isso por causa de seu pai, que sendo suficientemente rico para poder ir para onde quiser, também é tão generoso. Prometa-me, Vittorio! Vittorio, as moças da aldeia, não... quero dizer... deixe-as em paz."

Na minha ânsia de confortá-la, quase lhe disse que, tanto quanto sabia, era pai de apenas um bastardo, que ia muito bem, mas me dei conta a tempo de que isso teria sido um verdadeiro desastre. Não disse nada.

Essa terá sido possivelmente a única conversa que tive com minha mãe. Mas não chegou a ser verdadeiramente uma conversa, uma vez que eu não disse nada.

Ela estava certa, entretanto. Três de suas tias e dois de seus tios viviam conosco no nosso complexo protegido por altas muralhas, e viviam em grande estilo, sempre suntuosamente vestidos com os melhores tecidos encontrados na cidade, e desfrutando a mais requintada vida palaciana que se podia imaginar. Eu só tinha a lucrar ouvindo-os o tempo todo, como fazia embevecido, e eles sabiam muitas coisas do mundo todo.

O mesmo acontecia com os tios de meu pai, mas, naturalmente, as terras e a família eram deles, e suponho que se julgavam com mais direitos, uma vez que tinham lutado heroicamente na Terra Santa, como afirmavam. Discutiam com meu pai não importava sobre que assunto, do sabor dos pastelões de carne servidos no jantar ao moderno e insólito estilo de vida dos pintores que ele contratara em Florença para decorar nossa pequena capela.

A contratação dos pintores foi uma das coisas modernas que ele fez, talvez a única coisa moderna além do seu gosto por objetos de vidro.

Durante quatro séculos as paredes de nossa capelinha tinham permanecido nuas. Era, como as quatro torres de nosso castelo e todas as muralhas à sua volta, construída com uma pedra alourada muito comum no norte da Toscana. Não era como a pedra que se vê em Florença, escura, parecendo sempre suja. Essa pedra, encontrada no norte da região, é quase da cor do mais pálido dos rosas.

Meu pai mandou vir artistas de Florença quando eu ainda era muito novo, bons pintores que haviam estudado com Piero della Francesca e outros mestres do mesmo tope, a fim de revestir as paredes da capela com murais narrando histórias de santos e imagens de gigantes bíblicos mencionados nos livros conhecidos como *A lenda dourada*.

Não sendo um homem muito criativo, meu pai guiou-se pelo que tinha visto nas igrejas de Florença, instruindo os pintores para que reproduzissem as histórias de são João Batista, padroeiro da cidade e primo de Nosso Senhor. Assim foi feito durante os últimos anos de minha vida na Terra. Nossa capela foi envolvida por imagens de santa Isabel, são João, Sant'Ana, Virgem Maria e anjos em profusão, todos vestidos — como era costume na época — com os mais ricos trajes florentinos.

Era contra essa pintura "moderna", tão diferente do trabalho mais acadêmico de Giotto ou Cimabue, que meus tios e tias objetavam. Quanto aos aldeões, não acredito que compreendessem grande coisa, rendendo-se à beleza do conjunto por ocasião de um casamento ou batizado, pouco importando os detalhes.

De minha parte sentia-me imensamente feliz observando a execução dos murais, e passava boa parte do meu tempo na companhia dos artistas, que já tinham todos ido embora quando minha vida terrena foi bruscamente interrompida por uma chacina demoníaca.

Tinha tido oportunidade de apreciar muitos quadros célebres em Florença e me comprazia flanar, admirando as esplêndidas reproduções de anjos e santos nas capelas ricamente ornamentadas das catedrais, tendo até — numa de minhas visitas a Florença com meu pai — visto de relance, na casa de Cosimo, o tempestuoso pintor Filippo Lippi, que na ocasião estava sendo mantido debaixo de sete chaves para obrigá-lo a terminar uma tela.

Fiquei fascinado pelo homem simples e ao mesmo tempo arrebatador, pela maneira como argumentava, engendrava esquemas e fazia tudo, mas ameaçava fazer um escândalo dos diabos se não lhe dessem permissão para sair do *palazzo*, enquanto o refinado, solene Cosimo limitava-se a sorrir e ponderar em voz baixa, dizendo-lhe que não interrompesse o trabalho, e que ele ficaria feliz quando o tivesse concluído.

Filippo Lippi era monge, mas era louco por mulheres, e todo mundo sabia disso. Podia-se dizer que era um mau sujeito visto com benevolência.

Era por causa das mulheres que queria deixar o *palazzo* a todo custo, e foi sugerido, à mesa do jantar de nossos anfitriões em Florença naquela visita, que Cosimo deveria trancafiar algumas mulheres no quarto com Filippo para mantê-lo feliz. Não acredito que Cosimo tenha adotado esse expediente. Caso o tivesse feito, seus inimigos teriam transformado o episódio na notícia mais importante de Florença.

Permitam-me deixar registrado, porque é muito importante. Nunca esqueci aquela visão furtiva do genial Filippo, pois era isso que ele era — e é — para mim: um gênio.

— Mas o que foi que viu nele que tanto o impressionou? — meu pai me perguntou.

— Ele é mau e bom — respondi —, não é isoladamente uma coisa ou outra. Percebo que há uma guerra no seu interior. Uma vez, vi alguns quadros que ele havia pintado com Fra Giovanni — que o mundo mais tarde passaria a chamar de Fra Angelico —, e, creia-me, considero-o brilhante. Por que outro motivo Cosimo toleraria um escândalo? O senhor o ouviu!

— E Fra Angelico é um santo? — perguntou meu pai.

— Hummmmm, sim. E isso é ótimo, o senhor sabe, mas viu o tormento de Fra Filippo? Hummm, gostei disso.

Meu pai ergueu as sobrancelhas.

Na nossa viagem seguinte a Florença, que foi a última, ele me levou para ver todas as telas pintadas por Filippo. Fiquei admirado por ele ter se lembrado do meu interesse pelo homem. Fomos de casa em casa admirar os mais belos trabalhos de Filippo, e depois fomos ao seu ateliê.

Uma tela destinada a um altar, encomendada por Francesco Maringhi para uma igreja florentina — *A coroação da Virgem* —, estava bem adiantada e, quando a vi, quase desmaiei de choque e deslumbramento.

Não conseguia despregar os olhos do quadro. Suspirei e chorei.

Nunca vira nada tão bonito quanto essa tela, com sua imensa procissão de rostos estáticos, atentos, sua esplêndida coleção de anjos e santos, suas maleáveis mulheres felinas e esguios homens celestiais. Fiquei transtornado.

Meu pai me levou para ver mais dois trabalhos dele, ambos retratando a Anunciação.

Mencionei que em criança tinha representado o anjo Gabriel aparecendo à Virgem para anunciar-lhe a Concepção de Cristo no seu ventre; da maneira como representávamos a cena, ele era um anjo muito garboso e viril, e são José surgia inesperadamente, surpreendendo o bem-apessoado jovem com sua imaculada prometida, a santa Maria.

Éramos um grupo secular, e acrescentávamos um certo tempero à encenação. O que quero dizer é que demos uma interpretação um tanto irreverente. Não creio que haja qualquer alusão nas escrituras à presença de são José no encontro.

Mas esse era meu papel preferido, e apreciava particularmente as telas que reproduziam a Anunciação.

Bem, essa última tela que vi antes de deixar Florença, pintada por Filippo por volta de 1440, superava tudo o que tinha visto até então.

O anjo era realmente sobrenatural, porém fisicamente perfeito. Suas asas eram feitas de penas de pavão.

Fui tomado pela devoção e pela cobiça. Desejei que pudéssemos comprar o quadro e levá-lo para casa. Mas isso não era possível. Nenhum trabalho de Filippo estava à venda então. A muito custo meu pai conseguiu me arrancar da frente da tela, e voltamos para casa no dia seguinte.

Só mais tarde é que me dei conta da paciência com que ele me ouvira falar exaltadamente da obra de Fra Filippo:

— É delicada, é original, e ao mesmo tempo não agride as regras consagradas; é nisso que reside sua genialidade, nessa capacidade de mudar sem exagero, de ser inimitável, sem ultrapassar os limites da compreensão geral. Foi isso o que ele fez, meu pai.

Eu não parava de falar.

— É isso o que penso desse homem — prossegui. — A carnalidade que existe nele, a paixão pelas mulheres, a recusa quase animalesca a conservar seus votos está sempre em luta com o padre, Fra Filippo, que se consome por baixo da batina. E dessa guerra emerge dos rostos que ele pinta uma aura de suprema renúncia.

Meu pai ouvia.

— É isso — concluí. — Esses personagens refletem seu compromisso permanente com as forças que ele não consegue conciliar, e eles são tristes e sábios, nunca inocentes, e sempre suaves, reflexivos no seu mudo tormento.

No caminho de volta para casa, enquanto cavalgávamos juntos pela floresta, por uma estrada íngreme, meu pai me perguntou muito casualmente se os artistas que haviam pintado nossa capela eram bons.

— Pai, o senhor deve estar brincando. Eles eram excelentes — disse eu.

Ele sorriu.

— Não sabia que você sabia. Simplesmente escolhi os melhores — ele disse dando de ombros.

Sorri.

Ele então riu, bem-humorado. Nunca lhe perguntei quando e se eu poderia sair de casa novamente para estudar. Creio que presumi que poderia fazê-lo feliz, e a mim também.

Devemos ter feito umas vinte e cinco paradas naquela última viagem voltando de Florença. Serviram-nos bebidas e comidas num castelo atrás do outro, e entramos e saímos de não sei quantas casas, generosas e cheias de luz, debruçadas sobre seus abundantes jardins. Não me apegava a nada em particular porque achava que aquela era a minha vida, tudo aquilo me pertencia, todos os caramanchões floridos, os vinhedos nas verdes encostas e as jovens de faces coradas acenando para mim de seus balcões.

Florença estava em guerra no ano em que fizemos essa viagem. Tinha-se aliado ao grande e famoso Francesco Sforza para tomar a cidade de Milão. As cidades de Nápoles e Veneza estavam do lado de Milão. Era uma guerra terrível, mas não nos atingiu.

Era combatida em outras frentes de batalha por mercenários, e o clamor da luta era ouvido nas ruas da cidade, não na nossa montanha.

O que me recordo dela são dois notáveis personagens envolvidos no conflito. O primeiro era o duque de Milão, Filippo Maria Visconti, um homem que era nosso inimigo, gostássemos ou não, porque era inimigo de Florença.

Mas vejam só como era esse homem: hediondamente gordo, muito sujo por natureza; e diziam que tinha o hábito de tirar toda a roupa e rolar nu na imundície dos seus jardins! Morria de medo de uma espada e punha-se a gritar quando via uma desembainhada; também tinha pavor de que pintassem seu retrato porque se julgava muito feio, o que de fato era. Mas isso não era tudo. Suas pernas pequenas e frágeis não agüentavam seu peso, e assim seus pajens eram obrigados a carregá-lo. Tinha, contudo, um senso de humor. Para assustar as pessoas, retirava subitamente uma cobra de sua manga! Uma gracinha, não acham?

Não obstante, esse homem governou o ducado de Milão durante trinta e cinco anos, e foi contra Milão que seu próprio mercenário, Francesco Sforza, declarara guerra.

É este homem que quero descrever brevemente porque ele era pitoresco de uma maneira inteiramente diferente. Era o belo, forte e destemido filho de um camponês — um camponês que, seqüestrado quando era criança, se tornara chefe do bando de seqüestradores —, e esse Francesco, por sua vez, tornou-se comandante da tropa somente quando o herói camponês se afogou num riacho ao tentar salvar um pajem. Quanta bravura! Quanta pureza! Quantos sentimentos nobres!

Só vim a pôr os olhos em Francesco Sforza depois de ter morrido para o mundo e me tornado um vampiro, mas ele fazia jus às descrições: era um homem de proporções e estilo heróicos, e, acreditem se quiserem, foi a esse camponês bastardo feito soldado por força das circunstâncias que o desequilibrado duque de Milão, fraco das pernas e da cabeça, deu sua filha em casamento — filha esta que, diga-se de passagem, não era da mulher do duque, mantida em cativeiro, a pobre coitada, mas sim de sua amante.

Foi esse casamento que mais tarde provocou a guerra. No início Francesco lutava bravamente pelo duque Filippo Maria, mas quando o grotesco e imprevisível duque finalmente bateu a bota, seu genro, o belo Francesco, que havia encantado todo mundo na Itália, do papa a Cosimo, naturalmente quis se tornar o duque de Milão!

É tudo verdade. Não acham fascinante? Prestem atenção. Deixei de lhes contar que o duque Filippo Maria também tinha tanto medo de trovões que, dizem, teria mandado construir um aposento à prova de som no seu palácio.

Mas não é tudo. De certa forma, Sforza tinha que salvar Milão de outros inimigos que queriam dominá-la, e Cosimo teve que apoiá-lo, para que a França não nos atacasse pelas costas, ou coisa pior.

Tudo me parecia muito divertido, e, como já disse, estava preparado àquela tenra idade para ir para a guerra ou para a corte se assim me fosse exigido. Mas essas guerras e esses dois personagens só existiam para mim nas conversas à mesa do jantar, e toda vez que alguém mencionava o enlouquecido duque Filippo Maria e uma de suas brincadeiras de mau gosto com a cobra escondida na manga, meu pai piscava o olho para mim e sussurrava no meu ouvido:

— Nada como puro sangue nobre, meu filho. — E ria.

Quanto ao romântico e bravo Francesco Sforza, meu pai absteve-se sensatamente de qualquer comentário enquanto o homem estava lutando para nosso inimigo, o duque, mas quando todos nós nos voltamos contra Milão, meu pai não poupou elogios ao audaz Francesco e seu corajoso pai camponês.

Houve outro grande lunático que andando pela Itália numa época mais remota, um flibusteiro e rufião chamado sir John Hawkwood, que investia com seus mercenários contra quem quer que fosse, inclusive os florentinos.

Mas ele acabou leal a Florença, chegando a se tornar seu cidadão, e quando partiu desta terra, consagraram-lhe um esplêndido monumento na Catedral! Ah, bons tempos aqueles!

Tenho para mim que era realmente um bom tempo para ser soldado. O indivíduo podia escolher onde queria lutar e deixar-se empolgar pela causa.

Mas também era uma boa época para ler poesia, para admirar pinturas, e viver com o maior conforto e segurança por trás de muralhas ancestrais ou percorrer ao acaso as ruas de prósperas cidades. Quando se tinha um pouco de instrução, era possível escolher o que se queria fazer.

Era também um tempo em que era preciso ser muito cuidadoso. Latifundiários como meu pai podiam ser destruídos nessas guerras. Regiões montanhosas livres e esquecidas podiam ser invadidas e arrasadas. Calhava de acontecer de alguém que sempre se mantivera afastado das agitações ver-se envolvido em alguma intriga contra Florença, e logo ouvia-se o tropel dos mercenários que chegavam para tudo dizimar.

A propósito, Sforza ganhou a guerra contra Milão, em parte porque Cosimo lhe emprestou o dinheiro necessário. O que aconteceu depois disso foi puro massacre.

Bem, eu poderia continuar descrevendo essa terra maravilhosa que é a Toscana para sempre.

É penoso para mim tentar imaginar o que estaria reservado à minha família se a desgraça não tivesse se abatido sobre nós. Não consigo ver meu pai velho, ou me imaginar arrastando-me como um ancião ou visualizar minha irmã casada, como eu esperava, com um aristocrata citadino em vez de um barão rural.

É para mim um horror e uma alegria haver nessas montanhas aldeias e povoados que nunca morreram — nunca — sobrevivendo ao pior, até mesmo à impiedade da guerra moderna, e continuaram florescendo com ruazinhas calçadas de pedras e vasos de gerânios nas suas janelas. Existem castelos que sobrevivem em toda parte, animados por sucessivas gerações.

Ali e acolá paira a escuridão.

Aqui está Vittorio escrevendo à luz das estrelas.

Amoreiras silvestres e arbustos espinhosos habitam a capela abaixo, onde o que resta das pinturas murais não é visto por ninguém e as relíquias sagradas do altar de pedra estão cobertas de séculos de poeira.

Ah, mas esses espinhos protegem as ruínas de minha casa. Deixei que crescessem. Permiti que as estradas desaparecessem na floresta ou eu mesmo as destruí. Preciso preservar alguma coisa do que havia outrora! Preciso.

Mas me acuso novamente de ir sempre adiando. Sei que o faço, não tenho a menor dúvida.

Este capítulo precisa ser terminado.

Mas ele se parece muito com as pequenas peças que costumávamos encenar na casa de meu tio, ou com as que eu via representarem em frente ao Duomo na Florença de Cosimo. É preciso que haja panos de fundo pintados, acessórios, cabos estendidos e figurinos de época cortados e costurados antes que eu possa colocar meus atores no palco e contar a fábula da minha concepção.

Não posso evitar. Permitam-me encerrar meu ensaio sobre as glórias do século XV dizendo o que o grande alquimista Ficino deles diria alguns anos mais tarde: foi "uma época de ouro".

E finalmente parto para o trágico momento.

3

EIS QUE DE REPENTE O HORROR SE ABATE SOBRE NÓS

O COMEÇO DO FIM CHEGOU NA PRIMAVERA SEGUINTE. TINHA COMPLETADO meu décimo sexto aniversário, que naquele ano caíra na terça-feira antes da Quaresma, quando nós e todas as aldeias festejávamos o carnaval. Ele chegara um tanto cedo naquele ano e por isso ainda estava um pouco frio, mas era uma época alegre.

Foi naquela noite antes da Quarta-feira de Cinzas que tive o sonho terrível em que me vi segurando as cabeças decepadas de meu irmão e de minha irmã. Acordei banhado em suor, horrorizado com o pesadelo. Anotei-o no meu livro de sonhos, e, para dizer a verdade, logo o esqueci. Isso era comum comigo, só que tinha sido o mais horrendo pesadelo que já tivera. Mas quando mencionava meus pesadelos ocasionais à minha mãe ou ao meu pai ou a qualquer outra pessoa, invariavelmente me diziam:

— Vittorio, a culpa é sua por causa dos livros que anda lendo. Suas leituras é que os provocam.

Repito, o sonho foi esquecido.

Pela Páscoa os campos estavam floridos, e os primeiros prenúncios do horror que estava por acontecer, embora eu não os visse como tal, prendiam-se ao fato de as aldeias situadas mais abaixo na nossa montanha terem sido repentinamente abandonadas.

Meu pai, eu, dois caçadores, um guarda-caça e um soldado descemos a encosta e vimos com nossos próprios olhos que os camponeses que habitavam a região tinham partido, na verdade há alguns dias, levando o gado com eles.

Era lúgubre ver aqueles povoados desertos, por menores e mais insignificantes que fossem.

Quando subimos de volta a montanha, envolvidos pela cálida escuridão, constatamos em todas as outras aldeias por onde passamos que as janelas de suas casas estavam fechadas com ripas de madeira, não se vendo uma réstia de luz através de uma fresta ou qualquer sinal de fumaça de uma chaminé.

Naturalmente o velho servidor de meu pai não poupou os vassalos, bradando que deviam ser encontrados, espancados e obrigados a trabalhar na lavoura.

Meu pai, benevolente como sempre e completamente calmo, sentou-se à sua mesa, apoiou o cotovelo e disse que eram todos homens livres; não havia laços que os prendessem a ele impedindo-os de deixar a montanha caso o decidissem. Era assim que as coisas se passavam no mundo moderno, e só queria saber o que estava acontecendo em suas terras.

De repente, como se não me tivesse visto antes, notou que eu o observava e interrompeu a reunião, dando o assunto por encerrado.

Não dei maior importância ao episódio.

Mas nos dias que se seguiram, alguns dos aldeões da periferia vieram buscar proteção atrás das muralhas. Houve conferências nos aposentos de meu pai. Ouvi discussões a portas fechadas, e uma noite, no jantar, todos sentaram-se nos seus lugares com um ar por demais sombrio para nossa família, e por fim meu pai levantou-se de sua pesada cadeira — o lorde como sempre no centro da mesa — e declarou, como se tivesse sido silenciosamente acusado:

— Não vou perseguir algumas velhas porque espetaram alfinetes em bonecas de cera, queimaram incenso e executaram passes de feitiçaria ridículos que não significam nada. Essas velhas bruxas sempre existiram na nossa montanha.

Minha mãe parecia de fato alarmada, e reunindo todos nós — eu era o mais recalcitrante —, ela nos disse, a Bartola, a Matteo e a mim, para irmos cedo para a cama.

— Não fique lendo até tarde, Vittorio! — ela disse.

— O que foi que papai quis dizer? — perguntou Bartola.

— Oh, não é nada, são as velhas feiticeiras da aldeia — disse eu. Usei a palavra italiana *strega*. — De vez em quando, uma delas passa dos limites, provoca brigas, mas geralmente fazem apenas mandingas para curar febres e coisas parecidas.

Pensei que minha mãe fosse me mandar calar a boca, mas, olhando-me com visível alívio estampado no rosto, permaneceu nos degraus da estreita escada de pedra e disse:

— Sim, sim, Vittorio, você está absolutamente certo. Em Florença, todos fazem pouco dessas velhas. Você mesmo conhece a Gattena; ela se limita a vender poções amorosas para as moças.

— Decerto não vamos arrastá-la à barra de um tribunal! — eu disse, muito feliz por ela me dar razão.

Bartola e Matteo não perdiam uma palavra.

— Não, não. A Gattena certamente não. Ela desapareceu. Fugiu.

— A Gattena? — perguntei, e depois, quando minha mãe virou as costas, aparentemente recusando-se a pronunciar outra palavra e fazendo um gesto para que eu conduzisse meus irmãos para a cama, foi que percebi a gravidade do que acabara de ouvir.

Gattena era a mais temida e cômica das velhas feiticeiras, e se tinha fugido, se estava com medo de alguma coisa, isso era novidade, porque achava que ela é quem devia ser temida.

Os dias seguintes foram aprazíveis, de uma calma encantadora, sem nada que nos perturbasse, a mim, a Bartola e a Matteo, mas quando os recapitulei mais tarde me dei conta de que estava acontecendo muita coisa.

Uma tarde, subi ao mirante mais alto da velha torre onde um guarda chamado Tori cochilava, e perscrutei a vastidão de nossos domínios, até onde minha vista pôde alcançar.

— Não verá nada, senhor — ele disse, despertando com a minha presença.

— A que está se referindo? — retruquei.

— À fumaça de uma lareira sequer. Não há mais nada. — Ele bocejou e encostou-se na parede sob o peso da grosseira jaqueta de couro e de sua espada. — Tudo está bem — disse, e bocejou novamente. — Se eles preferem a vida da cidade ou se juntar às tropas de Francesco Sforza para defender o ducado de Milão, o melhor mesmo é irem embora. Não sabem o que estão deixando para trás.

Virei as costas para ele e voltei a apreciar a floresta e o vale até onde me foi dado descortinar sob um céu azul ligeiramente nublado. De fato, os pequenos povoados pareciam congelados no tempo, mas como ter certeza? O dia não era muito claro. Além disso, estava tudo tranqüilo dentro de casa.

Meu pai se abastecia de azeite, verduras, leite, manteiga e outros gêneros nessas aldeias, mas não precisava delas. Se tinha chegado a hora de abrir mão delas, que assim fosse.

Entretanto, duas noites mais tarde, durante o jantar, ficou inegavelmente óbvio para mim que todos estavam sob permanente e forte tensão, e que minha mãe, tomada de indisfarçável agitação, não mais se entregava à sua doce e interminável tagarelice. A prática da conversação não se tornara impossível, mas tinha mudado.

Se, de um lado, havia os que pareciam profunda e secretamente angustiados, de outro, havia os que aparentavam estar relativamente alheios ao que se passava e os pajens a todos serviam alegremente, enquanto um pequeno grupo de músicos, que aparecera na véspera, tentava nos entreter com um repertório de deliciosas canções executadas na viola e no alaúde.

Não foi possível, contudo, persuadir minha mãe a exibir seus apreciados dotes de dançarina.

Devia ser muito tarde quando um inesperado visitante foi anunciado. Ninguém havia se retirado do salão nobre, exceto Bartola e Matteo, que tinham sido levados por mim mais cedo para a cama e entregues aos cuidados de nossa velha ama, Simonetta.

O capitão da guarda de meu pai entrou no salão, bateu os calcanhares, curvou-se diante de meu pai e disse:

— Milorde, um cavalheiro que aparenta ser de alta estirpe está à porta, mas como não quer ser recebido na claridade, pelo menos é o que diz, exige que vá ao seu encontro.

Todos à mesa tiveram sua atenção despertada, e minha mãe ficou lívida de cólera e ofendida.

Ninguém jamais ousara se dirigir a meu pai naqueles termos.

Também ficou claro para mim que o capitão da guarda, bem-apessoado veterano de campanhas mercenárias, estava supervigilante e um tanto chocado.

Meu pai pôs-se de pé, mas não falou ou arredou do seu lugar.

— O senhor fará isso, milorde, ou devo mandar esse *signore* embora? — perguntou o capitão.

— Diga-lhe que é muito bem-vindo à minha casa como meu convidado — disse meu pai —, que, em nome de Cristo Nosso Senhor, estendo-lhe nossa total hospitalidade.

Sua voz pareceu ter um efeito calmante sobre todos os comensais, talvez com a exceção de minha mãe, que parecia não saber o que fazer.

O capitão olhou para meu pai quase incredulamente, querendo dizer-lhe sem palavras que isto não resolveria nada, mas se retirou para transmitir o convite.

Meu pai não se sentou. Permaneceu de pé olhando o vazio, e depois ergueu a cabeça, como se estivesse ouvindo alguma coisa. Virou-se e estalou os dedos, chamando a atenção de dois guardas postados na extremidade do salão.

— Corram a casa toda, vasculhem tudo — ele disse num tom de voz suave. — Creio que estou ouvindo pássaros esvoaçando dentro de casa. Deve ser o ar quente, há muitas janelas abertas.

Os dois saíram e imediatamente surgiram dois outros soldados para substituí-los. Isto não era comum, significava que havia muitos homens de serviço.

O capitão voltou sozinho, e curvou-se novamente diante de meu pai.

— Milorde, ele manda dizer que não se exporá à luz, mas que o senhor terá que ir ter com ele, e que não tem tempo a perder.

Pela primeira vez eu via meu pai realmente furioso. Mesmo quando me aplicava castigos corporais ou a algum pajem, fazia-o com moderação. Dessa vez, os traços finos de seu rosto, seguros de suas proporções, transfiguraram-se na própria imagem da cólera.

— Como ele se atreve? — sussurrou.

Não obstante, contornou a mesa e avançou, seguido de perto pelo capitão da guarda.

Levantei-me mais do que depressa e fui atrás dele. Ouvi minha mãe dizer-me em voz baixa:

— Vittorio, volte.

Mas desci as escadas atrás de meu pai, em direção ao pátio, e só me detive quando ele se virou e colocou a mão no meu peito.

— Fique aí, meu filho — ele disse com sua habitual tranqüilidade. — Eu mesmo cuido disso.

Eu estava bem posicionado, precisamente na porta da torre, e avistei no portão, do outro lado do pátio, à luz dos archotes, o estranho *signore* que não se apresentaria sob as luzes do salão, mas parecia não se importar com a iluminação externa.

O enorme portão da entrada em arco estava fechado e trancado para a noite. Somente o portão menor, da altura de um homem, estava aberto, e era ali que ele permanecia, ladeado pelas chamas crepitantes dos archotes, glorioso — assim me pareceu —, na sua esplêndida indumentária de veludo escuro, cor de vinho.

Usava da cabeça aos pés essa cor vibrante, que dificilmente estaria na moda, mas em cada detalhe, desde seu gibão brocado e mangas bufantes de cetim com listras de veludo, a tonalidade era a mesma, como se tivesse sido cuidadosamente tingida pelos melhores tecelões de Florença.

Até as pedras preciosas costuradas na sua gola e as do colar que pendia do seu pescoço eram cor de vinho — provavelmente rubis, ou mesmo safiras.

Seu cabelo preto e farto caía-lhe nos ombros, mas não consegui ver seu rosto, não, de maneira alguma, pois o chapéu de veludo que usava o encobria, e só pude perceber de relance sua pele muito branca, o contorno de seu maxilar e um pouco do pescoço, já que nada mais era visível. Portava uma espada larga, imensa, com uma bainha antiga, e sobre os ombros, jogada com displicência, trazia uma capa do mesmo veludo escuro cor de vinho, bordada com o que pareceu aos meus olhos distantes símbolos cabalísticos dourados.

Apertei os olhos para ver melhor aquele debrum de signos, e por um instante julguei distinguir uma estrela e uma lua crescente reproduzidas nos seus extravagantes trajes, mas estava realmente muito distante.

A altura do homem era impressionante.

Meu pai parou bastante perto dele, mas, quando falou, o tom suave de sua voz não me permitiu ouvi-la, e do misterioso homem, que do rosto só revelava a boca risonha e os dentes alvos, aflorou um som incompreensível, ao mesmo tempo rude e envolvente.

— Afaste-se de minha casa em nome de Deus e de Nosso Sagrado Redentor — gritou meu pai. E, num gesto rápido, deu um passo à frente, lançando impetuosamente o corpo esplêndido para fora do portão.

Fiquei pasmo.

Mas das soturnas sombras da noite do outro lado do portão ouviu-se apenas uma risada baixa, acetinada, uma risada zombeteira, que pareceu ter sido imitada por outros, e chegou aos meus ouvidos o barulho de cascos de cavalos, como se uma tropa montada tivesse de repente partido a galope.

Meu pai bateu o portão com toda força, virou as costas e persignou-se, juntando as mãos numa fervorosa prece.

— Ó Deus Misericordioso, como eles ousam! — ele disse, voltando os olhos para o céu.

Só então, quando se deparou comigo, ao se encaminhar para a torre, foi que percebi que o capitão da guarda estava paralisado por aparente terror.

Os olhos de meu pai bateram nos meus assim que pisou os degraus iluminados da escada, e, girando os calcanhares, fez um gesto para o capitão.

— Reforcem todas as portas e janelas com trancas — meu pai ordenou. — Revistem a casa de cima a baixo, mobilizem a soldadesca e clareiem a noite com tochas e archotes, está me ouvindo? Quero homens em todas as muralhas. Rápido. Isso trará paz e segurança para meu povo!

Ainda não tinhamos chegado ao salão de refeições quando cruzamos com um velho sacerdote que então morava conosco, Fra Diamonte, um sábio e piedoso dominicano, que, com os cabelos brancos desalinhados, a batina desabotoada e um livro de orações na mão, perguntou assustado:

— O que está acontecendo, milorde? Diga-me, em nome de Deus.

— Padre, confie em Deus e venha rezar comigo na capela — disse-lhe meu pai, dirigindo-se em seguida a um guarda que se aproximava: — Ilumine a capela, acenda todas as velas, pois quero rezar. Faça isso já e diga aos rapazes que desçam para tocar um pouco de música sacra para mim.

Ele então pegou minha mão e a do padre.

— Não é nada, sinceramente, fiquem certos disso. Tudo não passa de superstições tolas, mas qualquer pretexto para que um homem mundano como eu se volte para Deus é sempre bom. Venha, Vittorio, você, Fra Diamonte e eu vamos rezar, mas faça uma boa cara para sua mãe.

Eu estava muito mais calmo, mas a perspectiva de passar a noite toda na capela iluminada era ao mesmo tempo grata e alarmante.

Fui apanhar meus livros de orações, meus livros de missa e livros de outras devoções, todos em pergaminho, adquiridos em Florença, e com letras douradas e belas iluminuras.

Estava saindo de meu quarto quando surpreendi uma conversa de meu pai com minha mãe. Ele lhe dizia: "E não deixe as crianças sozinhas um instante sequer, e com você neste estado não tolerarei essa desgraça."

Ela passou a mão no ventre.

Compreendi então que ela estava novamente grávida, e também que meu pai estava realmente alarmado com alguma coisa. O que significaria "Não deixe as crianças sozinhas um instante sequer"? O que isto queria dizer?

A capela era bastante confortável. Meu pai havia providenciado há algum tempo uns genuflexórios de madeira acolchoados com almofadas de veludo, embora nos domingos e dias santificados os fiéis permanecessem todos de pé. Naqueles tempos não havia bancos de igreja.

Mas ele também passou parte da noite mostrando-me a cripta que existia embaixo da capela, a que se tinha acesso por um alçapão de pedra que se abria puxando-se uma argola embutida no que parecia ser apenas um dos muitos ornamentos de mármore que enfeitavam a superfície das lajotas do piso.

Eu tinha conhecimento da existência dessas criptas mas apanhara quando criança por ter entrado numa delas sem consentimento, e meu pai me dissera na ocasião o quanto ficara desapontado comigo por eu não ter sabido guardar um segredo de família.

A reprimenda tinha me doído mais do que o castigo físico. E nunca pedi para visitar com ele as criptas, que sabia que ele havia mandado reparar algumas vezes ao longo dos anos. Imaginava que escondessem tesouros e segredos dos pagãos.

Bem, eu via agora que consistiam de um espaço cavernoso, cavado na terra e revestido de pedra, que abrigava variados tesouros. Havia velhas arcas e até pilhas de livros. E duas passagens trancadas com ferrolhos.

— Elas levam a antigos locais de sepultamento aos quais você não precisa ir — ele disse —, mas precisa conhecer este lugar agora. E guardá-lo na memória.

Quando voltamos para a capela, ele recolocou o alçapão no lugar, encaixou a argola no ornamento que decorava a face da lajota de mármore, e tudo ficou quase imperceptível.

Fra Diamonte fingiu não ter visto nada. Minha mãe estava dormindo e as crianças também.

Todos nós caímos no sono na capela antes de o sol raiar.

Meu pai levantou-se ao romper da aurora e foi para o pátio do castelo quando os galos cantavam em todos os vilarejos intramuros. Espreguiçou-se, olhou para o céu e encolheu os ombros.

Dois de meus tios correram ao seu encontro, querendo saber que *signore*, de onde, ousara nos ameaçar com um sítio e quando seria travada a batalha.

— Não, não é nada disso, vocês estão completamente enganados — disse meu pai. — Não vai haver guerra nenhuma. Voltem para suas camas.

Mal acabara de pronunciar essas palavras quando um grito dilacerante se fez ouvir a todos estarrecendo, e pelos portões abertos do pátio do castelo entrou correndo uma moça de um de nossos vilarejos, uma de nossas queridas camponesas, bradando a terrível notícia:

— Ele sumiu, o bebê sumiu, levaram ele.

Durante o resto do dia a busca pelo bebê desaparecido foi incansável. Mas ninguém conseguiu encontrá-lo. E logo descobriu-se que outra criança também tinha sumido sem deixar vestígios. Dessa feita, a vítima tinha sido uma criança retardada, muito estimada por ser uma criatura inofensiva cujo cérebro tinha sido tão afetado que mal conseguia andar. E todos tinham vergonha de admitir que nem sabiam há quanto tempo essa criança deficiente estava desaparecida.

Ao cair da tarde, achei que enlouqueceria se não falasse com meu pai a sós, se não conseguisse penetrar nos aposentos fechados em que ele se reunia com seus tios e os padres em acaloradas e intermináveis discussões. Finalmente, esmurrei e chutei tanto sua porta que ele acabou me deixando entrar.

A reunião estava prestes a terminar e ele me chamou, dizendo com os olhos esgazeados:

— Viu o que eles fizeram? Levaram o tributo que tinham exigido de mim. Levaram-no! Eu me recusei e eles o levaram à força.

— Que tributo? Está se referindo às crianças desaparecidas?

Seus olhos saltaram das órbitas. Esfregou o rosto não barbeado, bateu com o punho na mesa, e depois empurrou os papéis que estavam à sua frente.

— Quem eles pensam que são para chegarem aqui à noite exigindo que eu lhes entregasse essas pobres crianças rejeitadas?

— Pai, do que o senhor está falando? É preciso que me diga.

— Vittorio, amanhã você irá a Florença, assim que o sol nascer, levando as cartas que pretendo escrever à noite. Preciso mais do que párocos de aldeia para enfrentar esta situação. Prepare-se para a viagem.

Ele me olhou de repente. Parecia ouvir alguma coisa, e então olhou vagamente à sua volta. Pude perceber que a luz se fora das janelas. Éramos apenas sombras indistintas. Ele derrubou o candelabro. Apanhei-o.

Olhei-o enviesadamente enquanto apanhava uma das velas e a acendia com o archote colocado no umbral da porta. Tirei-o do suporte e acendi as outras velas.

Ele ouvia, imóvel e alerta, e súbito, sem fazer ruído, levantou-se, os punhos apoiados na mesa, aparentemente indiferente à luz que as velas projetavam no seu rosto chocado e desconfiado.

— O que está ouvindo, milorde? — perguntei, não me dando conta de que estava usando o tratamento formal.

— As forças do mal — ele sussurrou. — Coisas malignas como as que Deus sofre somente por causa de nossos pecados. Arme-se bem. Leve sua mãe, seu irmão e sua irmã para a capela sem perda de tempo. Os soldados já receberam suas ordens.

— Também devo levar alguma coisa para comermos, como pão e cerveja, quem sabe? — perguntei.

Ele se limitou a menear a cabeça, como se isso fosse uma preocupação supérflua.

Em menos de uma hora estávamos todos reunidos dentro da capela, toda a família, que incluía cinco tios e quatro tias, e mais duas amas e Fra Diamonte, que também estavam conosco.

O pequeno altar estava preparado para uma missa, com as mais finas toalhas bordadas e pesados candelabros dourados com velas ardendo. A imagem de Cristo Crucificado brilhava na luz, uma antiga e despojada escultura de madeira que estava pendurada na mesma parede desde quando são Francisco, o grande santo, segundo a crônica, teria parado no nosso castelo há dois séculos.

Era um Cristo nu, como era comum naquela época, e com uma expressão de torturado sofrimento, nada tendo a ver com o vigor e a sensualidade dos crucifixos feitos nos dias de hoje, contrastando fortemente com o luxo e a ostentação dos trajes dos santos pintados nas paredes da capela.

Sentamo-nos em bancos toscos trazidos para nós, todos em silêncio, uma vez que Fra Diamonte rezara missa naquela manhã e guardara no tabernáculo o Corpo e o Sangue de Nosso Senhor na forma de hóstia sagrada, e a capela servia agora a seus verdadeiros propósitos como a Casa de Deus.

Comemos pão e bebemos um pouco de cerveja perto das portas da frente, mas nos mantivemos calados.

Somente meu pai se ausentava amiúde, atravessando ousadamente o pátio do castelo iluminado pelos archotes, gritando ordens aos seus soldados nas torres e no alto das muralhas, subindo às vezes até as ameias para ver com os próprios olhos se estava tudo bem sob sua proteção.

Meus tios estavam todos armados. Minhas tias rezavam seus terços fervorosamente. Fra Diamonte estava confuso, e minha mãe ostentava uma palidez mortal e doentia, talvez devido à criança que carregava no ventre, mantendo-se agarrada à minha irmã e ao meu irmão, que àquela altura estavam francamente assustados.

Parecia que íamos passar a noite sem incidentes.

Deveriam ser umas duas horas antes de o sol raiar quando fui despertado de um leve cochilo por um grito horripilante.

Meu pai levantou-se imediatamente, o mesmo fazendo meus tios, desembainhando suas pesadas espadas da melhor maneira que podiam, segurando-as com as velhas mãos enrijecidas.

Gritos irrompiam incessantemente de toda parte na noite, os soldados bradavam alertas, enquanto velhos sinos badalavam em todas as torres.

Meu pai segurou-me pelo braço.

— Vittorio, venha comigo — disse bruscamente, e, ato contínuo, pegou a argola do alçapão, puxou-a para trás e enfiou uma vela do altar na minha mão.

"Pegue sua mãe, suas tias, sua irmã e seu irmão e leve-os para baixo imediatamente. Não saiam de lá não importa o que ouçam! Não saiam! Feche o alçapão acima de vocês e fiquem lá! Faça o que estou lhe mandando."

Obedeci prontamente, pegando Matteo e Bartola e empurrando-os pelos degraus de pedra abaixo.

Meus tios cruzaram as portas correndo, berrando velhos gritos de guerra, e minhas tias agarraram-se ao altar, tropeçando e desmaiando, mas recusando-se a que as tirassem de lá. Minha mãe grudou-se no meu pai.

Meu pai estava em um verdadeiro paroxismo. Eu quis socorrer minha tia mais velha, que estava desfalecida em frente ao altar, mas ele me empurrou para dentro da cripta e fechou a porta.

Não tive alternativa senão trancar o alçapão como meu pai havia me ensinado, virar-me com a vela bruxuleante na mão e dar de cara com os espantados Bartola e Matteo.

— Desçam a escada ate o fim — gritei —, até o fim!

Eles quase caíram, tentando descer os degraus estreitos da escada com os rostos voltados para mim, o que dificultava a descida.

— O que está acontecendo, Vittorio? Por que querem nos fazer mal? — Bartola perguntou.

— Quero combatê-los — disse Matteo. — Vittorio, me dê sua adaga. Você já tem uma espada. Não é justo.

— Psiu, cale a boca, faça o que nosso pai mandou. Acha que me agrada não poder estar lá fora com os homens? Silêncio!

Contive as lágrimas. Minha mãe estava lá em cima! Minhas tias!

O ar estava frio e úmido, mas era agradável. Suava abundantemente, e meu braço doía de segurar o pesado candelabro dourado. Finalmente caímos, os três, num monte de trastes no fundo da cripta, e foi uma sensação boa tocar na pedra fria.

Mas no intervalo de nosso silêncio coletivo pude ouvir, através do teto pesado e espesso, gritos lancinantes de medo e pânico, pés que se arrastavam e até o relincho arrepiante dos cavalos. Parecia que eles haviam invadido a capela e escoiceavam o piso sobre nossas cabeças, o que não era de todo impossível.

Ergui-me e corri para as outras duas portas da cripta, as que levavam às câmaras mortuárias ou sabe-se lá aonde, pouco me importava! Puxei o ferrolho de uma delas, e só pude ver uma passagem baixa, estreita, apertada para o meu tamanho.

Virei-me para trás, segurando o candelabro, único foco de luz, e vi as crianças rígidas de medo, olhando para o teto, de onde vinham os gritos apavorantes que não cessavam.

— Estou sentindo cheiro de fumaça. — Bartola sussurrou subitamente, seu rosto logo banhado em lágrimas. — Você esta sentindo, Vittorio? Eu ouço o fogo.

Eu também ouvia o crepitar das chamas e sentia o cheiro.

— Vocês dois façam o sinal-da-cruz; e agora rezem e confiem em mim. Daremos um jeito de sair daqui.

Mas o clamor da batalha prosseguia, os gritos aumentavam de intensidade. E de repente, tão repentinamente que soou tão surpreendente e assustador quanto o próprio barulho, fez-se o mais absoluto silêncio.

O silêncio que caiu sobre todos, era absoluto demais para significar vitória.

Bartola e Matteo agarraram-se a mim, um de cada lado.

Ouviu-se então um estrondo. As portas da capela tinham sido derrubadas, e logo em seguida o alçapão foi erguido e aberto, c, à luz das labaredas que ardiam ao fundo, vi uma figura esguia, diáfana, de longos cabelos esvoaçantes.

Com a lufada de vento minha vela apagou-se.

À exceção dos lampejos tremeluzentes da fogueira infernal, estávamos confinados na mais completa escuridão.

Vi de novo, distintamente, a figura flutuante de uma imponente mulher de longas madeixas e cintura tão fina que poderia cingi-la com as duas mãos descer a escada na minha direção, como se levitasse sobre seus degraus.

Como, em nome do céu, aquela mulher era capaz de semelhante proeza?

Antes que pudesse pensar em apontar minha espada contra a inesperada guerreira ou procurar entender o que estava se passando, senti seus seios tenros roçarem no meu peito, o frescor de sua pele ao parecer que me enlaçava com seus braços.

Houve um momento de inexplicável e estranhamente sensual confusão quando o perfume de suas tranças e de suas vestes penetrou nas minhas narinas, e tive a impressão de ver o branco reluzente de seus olhos quando ela me fitou rapidamente.

Ouvi Bartola gritar, e em seguida Matteo.

Fui jogado no chão.

O fogo estalava no alto da escada.

A mulher carregava as duas crianças, que gritavam e esperneavam, segurando-as com um braço aparentemente frágil. Com uma espada erguida na outra mão, lançou-me um olhar de relance e correu escada acima para a luz do fogaréu.

Saquei minha espada com ambas as mãos, corri atrás dela em direção à capela, e vi que, movida por alguma força maligna sobrenatural, ela alcançou a porta de um salto, façanha impossível, enquanto suas presas gritavam para mim, "Vittorio, Vittorio".

Todas as janelas mais altas da capela, assim como a rosácea acima do crucifixo, tinham sido tomadas pelas labaredas.

Não podia acreditar no que estava vendo, aquela jovem e sedutora mulher roubava de mim minha irmã e meu irmão.

— Pare em nome de Deus! — gritei para ela. — Covarde, ave de rapina da noite.

Lancei-me no seu encalço, mas, para meu grande espanto, ela parou e virou-se para me olhar novamente, e dessa vez pude vê-la por inteiro, em toda sua refinada beleza. No seu rosto, de um oval perfeito, luziam grandes olhos cinza com uma expressão benigna; sua pele lembrava a mais fina porcelana chinesa. Tinha lábios rubros, perfeitos para um pintor, e seus longos cabelos louros possuíam um tom acinzentado como seus olhos à luz do fogo, caindo-lhe graciosamente pelas costas. Seus trajes, embora manchados com o que deveria ser sangue, eram da mesma cor de vinho escuro que eu notara na indumentária do sinistro visitante da noite anterior.

Com a mais curiosa e depois pungente das expressões, ela se limitou a me lançar um olhar displicente. Sua mão direita segurava a espada erguida, mas não se moveu, soltando do garrote do seu braço esquerdo meu irmão e minha irmã, que se debatiam freneticamente.

Os dois caíram no chão em prantos.

— Demônio. *Strega!* — rugi. Atirei-me sobre eles para protegê-los e avancei para ela brandindo minha espada.

Ela se desviou com tanta agilidade que nem percebi seu movimento. Não podia acreditar que estivesse tão distante de mim, com a espada abaixada, parada, olhando-me fixamente e para as crianças soluçando alarmadas.

Virou a cabeça bruscamente. Um grito cortante, sibilante seguiu-se a outro, e mais outro. Pela porta da capela, parecendo surgir das próprias chamas do inferno, despontou outra figura trajada de vermelho, com um capuz de veludo e botas pespontadas com fios dourados, e quando brandi minha espada para a figura satânica, fui violentamente arremessado para o lado e, numa fração de segundo, a monstruosa criatura decepou a cabeça de Bartola e depois a de Matteo.

Fiquei alucinado. Gritei. O diabólico personagem voltou-se para mim. Mas, num gesto súbito, peremptório, ela lhe ordenou que se afastasse.

— Deixe-o em paz — disse, numa voz a um tempo doce e incisiva. E o assassino, o demônio encapuzado e de botas com lavores de ouro, recuou, chamando-a de longe.

— Apresse-se, perdeu o juízo? Olhe para o céu. Vamos embora, Ursula!

Ela não se mexeu. Olhou-me fixamente como fizera antes.

Soluçando, blasfemando, peguei minha espada e investi contra ela. Dessa vez, vi minha lâmina abater para decepar-lhe o braço direito, bem abaixo do cotovelo. O antebraço branco, pequeno e aparentemente frágil como as suas outras partes, caiu no chão de pedra empunhando sua pesada espada. O sangue jorrou.

Ela se limitou a olhá-lo. Depois voltou os olhos cinza para mim com o mesmo ar pungente, desolado, quase inconsolável.

Ergui novamente minha espada.

— *Strega!* — gritei desvairado, rangendo os dentes, tentando enxergar através das lágrimas copiosas. — *Strega!*

Mas noutro passe de magia, ela recuou, para longe de mim, como que impulsionada por uma força invisível, segurando com a mão esquerda a mão direita, que ainda empunhava sua espada, como se não tivesse sido decepada. Ela repôs o braço que eu havia amputado. Vi, assombrado, quando colocou o braço no lugar, torceu-o, ajustando-o até que ficasse como era. E então, diante de meus olhos estupefatos, vi o ferimento que lhe infligira cicatrizar completamente na sua pele alva.

Puxou as mangas bufantes do seu rico traje de veludo, recobrindo o braço até o pulso.

Num piscar de olhos, ela estava fora da capela, simples silhueta recortada contra o fogo que ardia, ao fundo, nas janelas das torres. Ouvia-a sussurrar:

— Vittorio.

E logo desapareceu.

Sabia que seria inútil segui-la. Ainda assim, dei uma corrida, brandindo minha espada no ar, extravasando aos gritos minha raiva e amargura, amaldiçoando todo o mundo, com os olhos turvos de lágrimas e a garganta sufocada.

Tudo estava parado. Estavam todos mortos! Mortos, tinha certeza. O pátio estava juncado de corpos.

Voltei correndo à capela, Peguei a cabeça de Bartola e a de Matteo em meus braços. Sentei-me, apoiei-as no colo, e chorei, convulsivamente.

As cabeças ainda pareciam vivas. Seus olhos brilhavam e seus lábios moviam-se em desesperadas tentativas para falar. Oh, Deus! Isto excedia a resistência humana. Eu soluçava.

Praguejei.

Acomodei-as lado a lado, aquelas duas cabeças no meu colo, passei os dedos nos seus cabelos, acariciei seus rostos, pronunciando palavras de conforto, assegurando-lhes que Deus estava perto, Deus estava conosco, Deus cuidaria de nós para sempre, que estávamos no céu.

— Oh, por favor, eu vos imploro, Senhor — rezei com toda minha alma —, não permiti que eles continuem sofrendo, sentindo com a consciência que ainda aparentam possuir. Oh, não, não suporto, Não posso. Não. Por favor.

Finalmente, ao despertar da aurora, quando o sol irrompeu arrogantemente pela porta da capela, quando as chamas se extinguiram, quando os pássaros cantaram como se nada tivesse acontecido, as cabecinhas inocentes de Bartola e Matteo estavam sem vida, inertes, obviamente mortas, e suas almas imortais tinham-nas deixado, se porventura não tivessem ascendido às alturas no momento em que a espada as tinha decepado de seus corpos.

Encontrei minha mãe assassinada no pátio. Meu pai, coberto de ferimentos nas mãos e nos braços, como se tivesse aparado os golpes das espadas com as próprias mãos, jazia morto nos degraus da escada da torre.

A chacina tinha sido completa. Gargantas degoladas, e aqui e ali somente uma ou outra evidência, como no caso de meu pai, de uma grande batalha.

Nada havia sido roubado. Minhas tias, duas mortas num canto da capela, e outras duas no pátio, continuavam com todos os seus anéis, colares, e adereços de cabelo.

Um botão sequer tinha sido arrancado.

Por toda a propriedade a desolação era a mesma.

Os cavalos tinham debandado, o gado fugido para a floresta e as aves domésticas batido asas. Abri o viveiro dos meus falcões caçadores, retirei-lhes os capuzes e restituí-lhes a liberdade.

Não havia ninguém para me ajudar a enterrar os mortos.

Por volta do meio-dia, carreguei minha família, um a um, até a cripta, arrastei-os sem cerimônia pelos degraus da escada, e alinhei-os lado a lado na câmara mortuária, o melhor que pude.

Foi uma tarefa estafante. Estava a ponto de desmaiar quando arrumei os braços e as pernas de cada um, deixando meu pai por último.

Sabia que não poderia fazer o mesmo com todos os mortos. Era simplesmente impossível. Além do mais, os inimigos poderiam voltar, já que eu tinha sobrevivido, e um Satanás encapuzado era testemunha disso, um assassino sem entranhas que sacrificara friamente duas crianças inocentes.

Não saberia dizer, qualquer que fosse, qual a natureza daquele anjo da morte, a esbelta Ursula, com suas faces alvas levemente rosadas, seu pescoço esguio e seus ombros arqueados. Ela própria poderia voltar para vingar-se da afronta que lhe fizera.

Tinha que deixar a montanha.

Sentia instintivamente, tanto no meu coração quanto no reconfortante calor do sol, que aquelas criaturas não estavam por perto, até porque tinha presenciado sua partida, ouvido seus assobios chamando uns aos outros, e as ominosas palavras do diabólico indivíduo instando para que a mulher, Ursula, se apressasse.

Não, essas eram coisas da noite.

Tinha tempo suficiente, portanto, para galgar a escada da torre mais alta e observar a campanha à volta.

Foi o que fiz. Certifiquei-me de que não havia ninguém que pudesse avistar a fumaça de nossos escombros calcinados. O castelo mais próximo, como já dissera, era uma ruína. Os vilarejos na encosta da montanha há muito tinham sido abandonados.

A aldeia mais perto ficava a um dia inteiro de caminhada; tinha que partir logo se quisesse chegar a algum esconderijo ao cair da noite.

Mil pensamentos me atormentavam. Tinha consciência de muitas coisas. Ainda era um menino, nem podia pretender passar por um homem! Tinha muito dinheiro nos bancos florentinos, mas eles ficavam a uma semana de viagem de onde me encontrava! Tínhamos sido atacados por demônios. Contudo, eles haviam entrado numa igreja. Fra Diamonte tivera um colapso fulminante.

Um único pensamento, afinal, me dominava.

Vendetta. Tinha que pegá-los. Saberia como encontrá-los e capturá-los. E se eles não podiam expor-se à luz do dia, esse seria o meio pelo qual os surpreenderia! Eu o faria! Por Bartola, por Matteo, por meu pai e minha mãe, pela mais humilde criança que tinham seqüestrado na minha montanha.

Eles tinham levado as crianças. Sim, o tinham feito. Certifiquei-me antes de partir, pois, com todas as minhas preocupações, custei a admitir a verdade. Não havia um cadáver de criança em parte alguma, somente rapazes de minha idade ali estavam, mortos, os mais novos tinham sido raptados.

Para quê? Para que horrores? Eu estava fora de mim.

Teria permanecido na janela da torre, com os punhos cerrados, consumido pelo ódio e pelo desejo de vingança, não fosse uma feliz descoberta que me abrandou. Avistei no vale mais próximo três dos meus cavalos errando sem destino, como se quisessem ser chamados para voltar para casa.

Poderia, pelo menos, contar com uma de minhas melhores montarias, mas precisava me pôr em marcha. Com um cavalo teria condições de alcançar uma cidade ao cair da noite. Não conhecia as terras para o norte. Era uma região montanhosa, mas ouvira falar de uma cidade de tamanho médio não muito distante. Tinha que chegar lá para me refugiar, pensar e consultar um sacerdote letrado que entendesse de demônios.

Minha última tarefa era ignominiosa e revoltante para mim, mas levei-a a cabo. Recolhi tudo que fosse de valor e eu pudesse transportar.

Primeiramente, recolhi-me ao meu quarto, como se fosse um dia comum. Vesti meu melhor traje de caça de seda verde e veludo, calcei minhas botas de cano longo e enfiei as luvas, e, depois de pegar os alforjes de couro que poderia fixar na sela do meu cavalo, desci até a cripta e tirei de meus pais, de minhas tias e de meus tios seus preciosos anéis, colares e broches, e as fivelas de ouro e prata que tinham vindo da Terra Santa. Deus que me perdoasse!

Em seguida, enchi minha bolsa com todos os ducados e florins de ouro que encontrei no cofre de meu pai, como se fosse um larápio, um verdadeiro profanador de cadáveres seria mais apropriado, e, carregando os pesados alforjes de couro, dirigi-me para o meu cavalo, selei-o, montei e parti rumo à floresta — um homem de alta linhagem, com suas armas, sua capa ornada de arminho e um barrete florentino de veludo verde.

4

DE QUANDO ME DEPARO COM NOVOS MISTÉRIOS, SOU SEDUZIDO E CONDENO MINHA ALMA À AMARGA VINGANÇA

COMO JÁ MENCIONEI, ESTAVA MUITO CHEIO DE RANCOR PARA PENSAR DIREITO, e certamente compreenderão isso. Mas não era sensato atravessar as florestas da Toscana tão ricamente trajado, sozinho, porque qualquer floresta da Toscana podia esconder seus bandidos.

Por outro lado, pareceu-me que querer me fazer passar por um estudante pobre tampouco seria a melhor escolha.

Não posso dizer que tomei realmente uma decisão. O desejo de me vingar dos demônios que nos tinham destruído era o único sentimento que me dominava.

Portanto, ali me encontrava cavalgando no meio da tarde, procurando não me afastar das estradas do vale à medida que perdia nossas torres de vista, tentando parar de chorar como uma criança, mas me embrenhando cada vez mais nas terras montanhosas.

Minha cabeça rodopiava. E a paisagem me dava pouco tempo para pensar.

Não podia haver nada mais desolador.

Pouco depois de minha partida, deparei-me com as ruínas de dois grandes castelos, fragmentos de cumeeiras e parapeitos perdidos na floresta devoradora que me fizeram pensar que pudessem ter sido propriedades de velhos senhores feudais que teriam ousado resistir ao poder de Milão ou Florença. Foi o suficiente para me fazer duvidar de minha sanidade mental, o bastante para que pensasse que não tínhamos sido aniquilados por demônios e sim que inimigos comuns tinham perpetrado o ataque.

Era profundamente melancólico ver as ameias de suas outrora altaneiras muralhas derrubadas e abandonadas sob o sol radioso, topar com povoados com suas casas em escombros, e ermidas nas encruzilhadas das estradas com Virgens ou santos cobertos de teias de aranha.

Quando espionei uma alta, distante e bem fortificada cidade, não tive dúvida de que se tratava de uma cidade milanesa, e não tive a menor intenção de chegar até ela. Estava perdido!

Quanto aos bandidos, só cruzei com um pequeno bando maltrapilho, que confundi com um dilúvio de palavras.

Quando nada, a cambada de idiotas teve o mérito de me distrair um pouco. Meu sangue correu tão rápido quanto minha língua.

— Sou um batedor avançado de uma tropa de cem homens — esclareci. — Estamos perseguindo um bando de malfeitores que dizem lutar por Sforza mas não passam de estupradores e ladrões; viram algum deles? Darei um florim a cada um de vocês que me disser alguma coisa. A ordem é abatê-los assim que os avistarmos. Estou cansado. Estou farto dessa caçada.

Joguei-lhes algumas moedas.

Eles se deram por satisfeitos e foram imediatamente embora.

Mas não antes de mencionarem na conversa sobre as imediações que a cidade florentina mais próxima era Santa Maddalana, umas duas horas mais adiante, que fechava seus portões à noite, e ninguém conseguia entrar.

Fiz de conta que sabia, dizendo que estava a caminho de um famoso mosteiro que conhecia mais ao norte, e atirei mais algumas moedas por cima do ombro ao me pôr em marcha, dizendo-lhes que deviam seguir em frente para encontrar a tropa que vinha logo atrás e os recompensaria pelas informações que lhe prestassem.

Sei que ficaram discutindo o tempo todo se deveriam me matar e despojar-me de tudo o que levava comigo, ou não. Foi uma troca de olhares, blefes, conversa rápida e defesa firme de posições. Era um bando de consumados rufiões. Não sei como, mas consegui me safar.

Tratei de me escafeder o mais rapidamente possível, abandonando o leito da estrada principal e galgando a encosta, de onde pude ver à distância o vago contorno de Santa Maddalana, uma cidade grande. Divisei quatro torres maciças, todas elas próximas do que parecia ser obviamente a entrada da cidade, e também diversos campanários.

Esperava encontrar outra coisa antes de me aproximar de Santa Maddalana, uma cidade menor, menos fortificada. Mas não consegui me lembrar de outros nomes e estava exausto para continuar procurando.

O sol da tarde estava brilhante, mas começava a declinar. O jeito era optar por Santa Maddalana.

Quando alcancei o sopé da montanha onde a cidade estava construída, enveredei por trilhas usadas pelos pastores.

A luz estava minguando rapidamente. A floresta era muito fechada para ser segura tão perto de uma cidade murada. Roguei pragas por não manterem a encosta desmatada, mas, por outro lado, a densa vegetação me proporcionava uma certa cobertura.

Houve momentos no meio da crescente escuridão em que me pareceu praticamente impossível chegar ao cume; agora, as estrelas iluminavam um céu de safira, mas isso só fazia com que a venerável cidade parecesse, em toda a sua majestade, ainda mais inatingível.

Finalmente a cidade adormecida foi engolida pelos grossos troncos das árvores, e abri caminho contando mais com os instintos do meu cavalo do que com a minha visão falha. A pálida meia-lua parecia namorar as nuvens. O próprio céu dava a impressão de uma colcha de pequenos retalhos recortados pela folhagem acima de minha cabeça.

Surpreendi-me rezando por meu pai, como se ele estivesse são e salvo, invocando meu anjo da guarda, e creio que acreditei nele e na sua presença mais do que jamais acreditara em anjos, implorando com devoção:

— Por favor, pai, ajude-me a chegar lá. Ajude-me a encontrar segurança, ou esses demônios tornarão minha vingança impossível.

Apertei com força o punho de minha espada. Lembrei-me das adagas que trazia nas minhas botas, na minha manga, na minha jaqueta e no meu cinto. Esforcei-me para enxergar à luz das estrelas, mas tive que confiar no meu cavalo para avançar por entre as árvores.

Parei algumas vezes e fiquei muito quieto. Não ouvi nenhum som estranho. Quem mais cometeria a imprudência de se aventurar à noite naquelas florestas? A uma certa altura, muito perto do fim da jornada, encontrei a estrada principal. A floresta tornara-se menos densa, abrindo clareiras e trechos descampados, permitindo-me contornar as curvas a galope.

Finalmente a cidade ergueu-se à nossa frente, como acontece quando, depois de vencida a última curva da estrada, assalta-nos a impressão de termos sido atirados ao chão, aos pés de uma fortaleza mágica. Suspirei fundo de agradecimento, embora as portas gigantescas estivessem fortemente trancadas, como se um exército hostil se mantivesse acampado atrás delas.

Ali seria o meu refúgio.

Naturalmente o sentinela, um soldado sonolento gritando do alto para baixo, queria saber quem eu era.

Novamente o esforço para inventar uma história plausível trouxe de volta à minha mente, numa evocação quase incontrolável, imagens da satânica Ursula e de seu braço amputado, e dos corpos decapitados de meu irmão e de minha irmã caídos no chão da capela.

Respondi, num tom humilde mas com um vocabulário rebuscado, que estava a serviço de Cosimo de Medici, que viera procurar livros em Santa Maddalana, especialmente velhos livros de orações que tivessem pertencido a santos e pesquisar aparições da Sagrada Virgem Maria naquela localidade.

Quanto disparate!

Tinha vindo, declarei, visitar igrejas, escolas e eventuais velhos professores que a cidade abrigasse, adquirindo para meu amo em Florença o que pudesse encontrar. Para isso dispunha de uma boa quantia em florins de ouro em Florença.

— Está certo, mas o seu nome, qual é o seu nome? — o soldado insistiu, erguendo sua lanterna pela fresta do pequeno portão inferior para me inspecionar.

Sabia que fazia uma bela figura no meu cavalo.

— De Bardi — informei. — Antonio De Bardi, parente de Cosimo — disse audaciosamente, dando o nome da família da mulher de Cosimo porque foi o único que me acudiu à memória. — Escute aqui, meu bom homem, aceite essa pequena contribuição, faça uma boa ceia com sua mulher como meus convidados. Sei que é tarde. Estou muito cansado!

O portão foi aberto. Tive que apear e abaixar a cabeça para passar com meu cavalo e entrar numa grande *piazza* de pedra onde ecoaram os cascos do animal.

— Em nome de Deus — perguntou o sentinela —, o que estava fazendo sozinho nessas florestas depois do cair da noite? Não conhece os seus perigos? É tão jovem! Onde os Bardi estão com a cabeça para permitirem que seus secretários se exponham por aí desprotegidos? — Embolsou o dinheiro e acrescentou: — Ora, vejam só, pouco mais que um menino, ainda uma criança! Poderiam tê-lo matado para roubar seus botões. O que foi que lhe deu?

A *piazza* era imensa, e pude ver que dela saía mais de uma rua. Boa sorte. E se os demônios também estivessem ali? Não fazia idéia de onde essas "coisas" se empoleiravam ou se escondiam! Mas continuei falando.

— A culpa é toda minha. Eu me perdi. Se disser alguma coisa sobre isso ficarei em apuros. Mostre-me onde fica o Albergo. Estou exausto. Aceite esta modesta gratificação, eu insisto. — Dei-lhe mais dinheiro. — Me perdi. Não dei ouvidos ao que me disseram. Estou quase desmaiando. Preciso de vinho, comida e de uma cama. Fique com o que estou lhe oferecendo de bom grado, faço questão. Os Bardi não permitiriam que eu agisse de outra forma.

Ele não tinha mais bolsos para guardar o dinheiro, mas deu um jeito de enfiá-lo por baixo da camisa. Conduzindo um archote para iluminar o caminho, levou-me para o albergue. Bateu na porta e apareceu uma velha com um rosto doce, muito sorridente, agradecida pelas moedas que fui logo lhe dando, e que me acompanhou até um quarto.

— Que seja bem alto, com vista para o vale — disse —, por favor, e alguma comida, não importa que seja fria.

— Não vai encontrar nenhum livro nesta cidade — disse o sentinela, enquanto eu subia a escada atrás da mulher. — Os moços vão embora; é uma cidade pacata de pequenos comerciantes felizes. Os jovens de hoje vão para as universidades. Mas é um lugar adorável para se viver, muito bonito.

— Quantas igrejas existem? — perguntei à velha quando chegamos ao quarto. Disse-lhe que precisava manter a vela acesa durante a noite toda.

— Duas igrejas dominicanas, uma carmelita — disse o sentinela, recurvado na pequena porta — e a bela e antiga igreja franciscana, que freqüento. Aqui nunca acontece nada ruim.

A velha balançou a cabeça e disse a ele para ficar calado. Pôs a vela numa mesinha e fez um gesto indicando que ela podia ficar.

O sentinela continuou tagarelando enquanto eu fiquei sentado na cama até que a mulher trouxe um prato de carneiro frio, pão e vinho.

— Nossas escolas são muito rigorosas — o homem continuou.

Novamente a velha fez um sinal para que ele se calasse.

— Ninguém ousa causar problemas neste lugar — ele disse, e então ambos saíram.

Debrucei-me sobre meu prato como um animal. Tudo o que queria era recobrar minhas forças. Na minha dor não podia nem pensar em prazer. Olhei um instante para um pedacinho de céu estrelado, implorando desesperadamente a todos os santos cujos nomes conhecia para me ajudarem, e depois tranquei firmemente a janela.

Passei o trinco na porta.

E, certificando-me de que a vela estava bem protegida num canto e era suficientemente grande para durar até que o dia raiasse, atirei-me na cama encaroçada, cansado demais para tirar as botas, a espada, as adagas ou qualquer outra coisa. Pensei que fosse logo cair num sono pesado, mas fiquei deitado, rígido, cheio de ódio e dor, com a alma alquebrada, olhando fixamente para o escuro, minha boca sentindo o gosto amargo da morte, como se a tivesse comido.

Podia ouvir os ruídos do meu cavalo sendo cuidado no pátio, e passos solitários na rua de pedras deserta. Estava seguro, isto, pelo menos, era certo.

O sono finalmente chegou total, completa e docemente; o feixe de nervos que me mantivera de pé e enlouquecido simplesmente se dissolvera e mergulhei numa escuridão sem sonhos.

Tinha consciência daquele ponto delicioso em que nada importa momentaneamente a não ser dormir para refazer as forças, sem receio de sonhos — na verdade, de nada.

Sobressaltado por um barulho, acordei imediatamente. A vela se apagara. Segurei o punho de minha espada antes de abrir os olhos. Estava deitado na cama estreita, de costas para a parede, de frente para o quarto, numa luz difusa que dava para perceber a porta trancada, mas não conseguia ver a janela a menos que virasse a cabeça e olhasse para cima. Tive a certeza de que essa janela, que fechara cuidadosamente, fora forçada e estava entreaberta. A luz escassa que batia na parede vinha do céu. Era uma luz frágil, débil, conferindo ao meu quarto acanhado o aspecto de uma cela.

Senti o ar fresco envolver meu pescoço e meu rosto. Apertei com força o punho da espada e fiquei ouvindo, esperando. Pequenos ruídos estalaram. A cama estava ligeiramente deslocada, como se tivesse sido empurrada.

Não consegui focalizar os olhos. A escuridão de repente tudo obscureceu, e dessa escuridão emergiu um vulto diante de mim, uma figura debruçando-se sobre meu corpo, uma mulher que me olhava de frente enquanto seus cabelos caíam sobre o meu rosto.

Era Ursula.

Seu rosto estava a menos de uma polegada do meu. Sua mão, muito fria e macia, apertou a minha, sobre o punho de minha espada, com uma força mortal, e roçando as pestanas na minha face, beijou a minha testa.

Senti-me invadido por uma doçura inefável, por mais exaltada que fosse minha revolta. Uma sensação sórdida tomou conta de minhas entranhas.

— *Strega!* — vituperei.

— Eu não os matei, Vittorio. — Sua voz implorava, mas com dignidade e uma força curiosa, sonora, embora fosse uma voz débil no tom e no timbre feminino.

— Você os estava levando à força — disse-lhe. Num violento espasmo tentei desvencilhar-me dela. Mas sua mão segurou-me com força, e quando tentei soltar meu braço esquerdo debaixo de mim, ela prendeu meu pulso e depois me beijou.

Um perfume inebriante que sentira antes desprendeu-se dela, e o roçar de seus cabelos no meu rosto e no meu pescoço provocou-me arrepios.

Tentei virar a cabeça, e ela deixou que seus lábios tocassem gentilmente minha face, quase respeitosamente.

Senti seu corpo colado ao meu, seus seios intumescidos por baixo do tecido vaporoso, a pressão macia de sua coxa contra a minha, e sua língua tocou meus lábios. Ela lambeu meus lábios.

Estava paralisado pelos arrepios que percorriam meu corpo, humilhando-me e excitando a paixão que me devorava.

— Afaste-se, *strega* — sussurrei.

Embora dominado pela raiva, não pude impedir a lenta combustão que se alastrava no meu baixo-ventre; não pude deter as violentas sensações que, passando pelos meus ombros, desciam pelas minhas costas e chegavam até as minhas pernas.

Seus olhos faiscavam em cima de mim, o pestanejar de seus cílios era mais uma sensação do que um espetáculo que podia apreciar com meus próprios olhos, e novamente ela selou seus lábios nos meus, chupando lubricamente minha boca, provocando-a. Depois recuou e pressionou seu rosto contra o meu.

Sua pele, de uma textura de porcelana, tinha no entanto um toque mais sedoso e suave do que o de uma pluma. Ah, tudo naquela criatura parecia pertencer a uma boneca macia, feita de materiais delicados e mágicos, muito mais dóceis e flexíveis do que a carne e o sangue, muito embora a eles intimamente ligados, de vez que dela se desprendia, numa palpitação rítmica, um calor que emanava diretamente de seus dedos, acariciando meus pulsos enquanto os manietava. E então o calor de sua língua incendiou meus lábios, contra minha vontade, com uma força úmida, deliciosa e veemente contra a qual eu nada podia fazer.

Formou-se em minha mente conturbada a noção de que ela usava o ardor do meu desejo para me tornar indefeso, que a alucinação carnal fizera de mim um corpo construído com fios metálicos que somente conduziam o fogo que ela despejava em minha boca.

Ela recolheu a língua e chupou minha boca com seus lábios novamente. Todo o meu rosto formigava. Meus braços e minhas pernas lutavam para se livrar dela e ao mesmo tempo ansiavam por envolvê-la, tocá-la, abraçá-la.

Ela deitou diante da evidência do meu desejo. Não podia escondê-lo. Odiava aquela mulher.

— Por quê? Para quê? — perguntei, soltando minha boca. Seus cabelos caíram sobre mim quando ela ergueu a cabeça. O prazer sobrenatural deixou-me sem fôlego.

"Saia de cima de mim e volte para o inferno. O que significa essa misericórdia comigo? Por que fazer isso comigo?", perguntei.

— Não sei — ela respondeu com sua voz sagaz, trêmula. — Talvez seja simplesmente porque não quero que você morra — ela disse, arfando contra o meu peito. Suas palavras foram rápidas, como seu pulso acelerado. — Talvez mais do que isso. Quero que você vá para o sul, para Florença, vá embora e esqueça tudo o que aconteceu, como se tivesse sido um pesadelo ou o sortilégio de uma bruxa, como se nada tivesse ocorrido; deixe esta cidade, parta imediatamente, você precisa.

— Pare com suas mentiras nojentas — disse, não conseguindo me conter. — Acredita que farei isso? Você assassinou minha família, você e a sua laia, seja lá quem for!

Sua cabeça tombou, seus cabelos tolheram-me os movimentos. Lutei em vão para me desvencilhar deles. Sem condições. Não pude me livrar da armadilha.

Tudo era escuridão e de uma suavidade inimaginável. Senti uma dorzinha na garganta, nada mais do que uma picada, e minha mente foi de repente invadida pela mais tranqüila felicidade.

Parecia que tinha tropeçado numa vasta campina florida, muito distante daquele lugar, longe de todos os infortúnios. E ela deitada comigo, esmagando silenciosamente as hastes das flores. Ela, Ursula, com seus cabelos cinza desfeitos e olhos súplices, em brasa, como se tivéssemos sido arrebatados por uma súbita e avassaladora paixão da mente e do corpo. Ela montou no meu peito, e nessa posição, olhando-me de cima, com os lábios sorridentes, abriu gentilmente as pernas para que eu a penetrasse.

Parecia uma delirante mistura de elementos, o sexo úmido, contrátil, secretor e a silenciosa eloqüência de seus olhos fitando-me amorosamente.

O êxtase cessou abruptamente. Estava tonto. Seus lábios pressionavam meu pescoço.

Tentei com toda minha força desgrudá-la de mim.

— Vou destruí-la — disse-lhe. — Fique certa disso. Nem que tenha que caçá-la nas profundas do inferno — sussurrei. Fiz tanta força para me livrar de seus pulsos firmes que cheguei a esfolar minha pele. Mas ela não relaxou. Procurei clarear minha mente. Não, nada de sonhos de doçura e felicidade. "Afaste-se de mim, sua bruxa."

— Silêncio, cale-se — ela disse pesarosamente. — Você é tão jovem e tão teimoso, e tão corajoso. Eu era jovem como você. Oh, se era, e tão determinada e destemida quanto você.

— Não quero saber de suas imundícies.

— Silêncio — ela disse novamente. — Quer acordar a casa toda? De que adiantaria? — Como suas palavras soavam pungentes, sinceras e sedutoras! Sua voz poderia ter-me seduzido até por trás de uma cortina. — Não posso mantê-lo a salvo para sempre — ela disse —, nem mesmo por muito tempo. Vá embora, Vittorio.

Recuou ligeiramente, permitindo-me ver melhor seus olhos grandes e sinceros. Ela era uma obra-prima. E tamanha beleza, o simulacro perfeito do Demônio, que eu vira à luz das chamas na nossa capela, não precisava de poções ou feitiços para exaltar seu esplendor. Ela era irretocável, intrinsecamente magnífica.

— Oh, sim — ela confessou, com os olhos semi-encobertos procurando meu rosto —, e vejo tanta beleza em você que me corta o coração. Que injustiça! Como posso suportar isso além de tudo o mais?

Eu me contive. Não responderia. Não ia alimentar aquela enigmática e infernal fogueira.

— Vittorio, apresse-se, vá embora daqui — ela disse, num tom de voz baixo, delicado, mas até certo ponto agourento. — Você conta apenas com mais algumas noites, talvez nem isso. Se eu voltar a procurá-lo, posso ser seguida e inadvertidamente conduzi-los a você, Vittorio. Não revele o que aconteceu a ninguém em Florença. Rirão de você.

Ela desapareceu.

A cama rangeu e balançou. Estava deitado de costas e meus pulsos doíam da pressão das mãos dela, e do alto a janela bocejava na luz baça, o muro ao lado da estalagem erguendo-se para um céu que eu não distinguia direito apesar da posição vantajosa em que me encontrava.

Estava sozinho no quarto. Ela não estava em parte alguma.

De repente, dobrei as pernas disposto a me levantar, mas antes que pudesse me mexer, ela reapareceu na janela, visível apenas da cintura à cabeça inclinada para baixo, olhando fixamente para mim. Com as mãos rasgou a barra bordada do decote, desnudando os seios brancos para mim — pequenos, redondos, colados um ao outro e com provocantes mamilos rosados que mal se percebiam na escuridão. Com a mão direita arranhou o seio esquerdo, bem acima do bico, fazendo-o sangrar.

— Bruxa!

Levantei-me para agarrá-la, para matá-la, e em vez disso senti sua mão agarrar minha cabeça e pressionar seu seio esquerdo, irresistivelmente frágil mas firme, na minha boca. Mais uma vez, tudo que era real derreteu-se e evolou-se como a fumaça ociosa subindo de uma fogueira. E vimo-nos novamente juntos numa campina florida que pertencia somente a nós, somente aos nossos diligentes e indissolúveis abraços. Suguei seu leite, como se ela fosse ao mesmo tempo donzela e mãe, virgem e rainha, enquanto esmagava com minhas estocadas qualquer flor que porventura restasse dentro dela para ser esmagada.

Estava exausto, exaurido. Incapaz sequer de levantar um braço para impedi-la de voar. Deixei-me cair na cama, debilitado e tolo, com o rosto molhado e as pernas trêmulas.

Não podia me sentar. Não podia fazer nada. Vi em rápidos lampejos nossa campina de íris brancas e vermelhas, as mais belas flores da Toscana, as íris silvestres de nossa terra brotando na relva verdejante, e a vi correndo, como se fugisse de mim. Tudo isso, porém, era transparente, em meios-tons, não conseguindo dissimular a aspereza da pequena cela como fizera antes, dir-se-ia um véu atado ao meu rosto para me atormentar com sua suavidade a um tempo leve, doce e provocante.

— Bruxarias! — sussurrei. — Meu Deus, se acaso me abençoastes com a proteção de anjos da guarda, conclamai-os, eu vos imploro, a me cobrirem com suas asas — suspirei. — Necessito deles.

Finalmente, trêmulo e com pouca visão, consegui sentar-me na cama. Esfreguei o pescoço. Calafrios percorreram de cima a baixo minha espinha e meus braços. Meu corpo ainda estava cheio de desejo.

Semicerrei os olhos, recusando-me a pensar nela, mas buscando desesperadamente qualquer coisa, qualquer fonte de estímulo que aplacasse aquela terrível necessidade.

Deitei-me novamente, e fiquei muito quieto até que aquela insanidade carnal me deixasse.

Era novamente um homem por não ter sido, por acaso, um homem.

Levantei-me, prestes a chorar, e desci com minha vela para a sala principal da estalagem, procurando não fazer barulho ao pisar os degraus de pedra carcomidos da escada circular. Acendi a vela noutra que se achava enfiada num gancho na parede, na boca de uma passagem, e subi de volta a escada, protegendo a chama tremeluzente com minha mão em concha e ainda assim rezando para que não se apagasse.

Pendurei-me no peitoril e tentei ver o que podia da janela.

Nada, absolutamente nada, a não ser uma queda impossível abaixo de mim, uma parede a pique, que uma donzela de carne e osso jamais poderia ter escalado. E acima, o céu mudo, passivo, em que algumas estrelas tinham sido encobertas por espessas nuvens, como se os santos não quisessem tomar conhecimento de minhas preces e da minha aflição.

Parecia inexoravelmente certo que eu ia morrer.

Seria vítima daqueles demônios. Ela estava certa. Como poderia executar a vingança que eles mereciam? Com os diabos, como poderia levá-la a cabo! Não obstante, acreditava piamente no meu propósito. Acreditava na minha vingança com tanta convicção quanto acreditava nela, naquela bruxa que havia tocado com meus próprios dedos, que tivera a audácia de atear um criminoso incêndio na minha alma, que, de repente, surgira do nada com seus companheiros da noite para exterminar minha família.

Não conseguia superar as imagens da noite anterior, a figura aturdida daquela mulher diabólica na porta da capela. Não conseguia tirar seu gosto de meus lábios. Bastava pensar nos seus seios para que meu corpo logo amolecesse, como se ela estivesse alimentando meu desejo com o bico do seio.

Rezei para que aquele tormento cedesse. Não tinha para onde fugir. Não podia ir para Florença, não podia viver para sempre somente com a lembrança do massacre que presenciara. Era impossível, inconcebível. Não podia.

Chorei quando me dei conta de que não estaria vivo se não fosse por ela.

Havia sido ela, a misteriosa mulher de cabelos cinza, a quem eu estava amaldiçoando com todas as minhas forças, que impedira seu companheiro encapuzado de me matar. Teria sido uma vitória completa!

Uma calma tomou conta de mim. Bem, já que não tinha escolha, ia morrer de qualquer maneira, então os pegaria primeiro. Não sabia como, mas o faria.

Levantei-me assim que o sol despontou, e andando pela cidade, com meus alforjes de couro displicentemente jogados nos ombros, como se não contivessem uma fortuna, pude fazer um bom reconhecimento de Santa Maddalana, com suas ruas estreitas sem árvores, construídas há séculos, com as pedras justapostas sem argamassa de suas casas, remontando provavelmente aos tempos dos romanos.

Era uma cidade maravilhosamente pacata e próspera.

Os ferreiros já estavam trabalhando, da mesma forma que os marceneiros e os fabricantes de selas e arreios; havia muitos sapateiros confeccionando sandálias, sapatilhas e botas de esmerado acabamento, e grande quantidade de joalheiros e homens que trabalhavam com uma variedade de metais preciosos, assim como os habituais fabricantes de espadas, chaveiros, cutileiros e os que lidavam com couros e peles.

Passei por mais lojas de artigos finos do que me foi dado contar. Era possível comprar, supus, os mais variados artigos do rico artesanato de Florença, rendas do norte e do sul, e especiarias orientais. Os açougues expunham carnes frescas em abundância; havia também muitas lojas de vinho, e passei pelo menos por uns dois tabeliães muito ocupados, indivíduos que se incumbiam de escrever cartas e similares, e diversos médicos ou, melhor, boticários.

Carroças transpunham as portas da cidade, e havia até um certo congestionamento nas ruas mesmo antes de o sol estar suficientemente alto para baixar sobre os telhados das casas muito juntas umas das outras e as pedras do calçamento que eu pisava ao subir a colina.

As igrejas repicavam seus sinos, chamando para a missa, e vi muitos colegiais passarem correndo por mim, todos muito limpos e bem-vestidos, e depois observei dois pequenos grupos sendo conduzidos por monges às igrejas. Ambas eram muito antigas e não ostentavam qualquer ornamentação externa, a não ser estátuas abrigadas em nichos — santos cujas feições tinham sido corroídas pelo tempo —, os pesados blocos de pedra de suas fachadas tendo obviamente sido afetados pelos freqüentes terremotos da região.

Havia duas modestas livrarias que não ofereciam nada de especial, exceto livros de oração a preços muito altos. Dois comerciantes vendiam mercadorias do Oriente realmente originais. E havia mercadores de tapetes em profusão, que negociavam com uma impressionante variedade de mercadorias, além de tapetes procedentes de Bizâncio do mais fino lavor.

Grandes quantias de dinheiro trocavam de mãos. Pessoas bem-vestidas exibiam vaidosamente seus trajes elegantes. Ao que tudo indicava, era uma cidade auto-suficiente, embora muitos viajantes galgassem a colina, ouvindo-se constantemente o eco dos cascos de seus cavalos reverberando nas paredes nuas. E eu observava um negligenciado e muito bem fortificado convento.

Passei pelo menos por mais duas estalagens, e enquanto percorria as atravancadas e tortuosas vielas, concluí que a cidade tinha basicamente três ruas principais, todas elas paralelas ao eixo da colina.

Numa das extremidades, no início da subida, ficavam as portas por onde havia entrado, e os grandes mercados de produtos agropecuários estavam àquela hora em febril atividade na grande *piazza*.

Na parte alta ficava a fortaleza ou castelo em ruínas onde outrora morara o senhor feudal — uma grande edificação de pedra visível apenas parcialmente da rua, cujos andares inferiores abrigavam a sede do governo da cidade.

Havia diversas pequenas grutas e velhos chafarizes em ruínas mas ainda jorrando água. Velhas ocupadas passavam com suas cestas de mercado e seus xales, apesar da temperatura tépida. E vi muitas moças bonitas arriscando um olhar para mim, todas elas muito jovens.

Nada disso despertou meu interesse.

Assim que a missa terminou e as aulas da escola começaram, dirigi-me à igreja dominicana — a maior e mais vistosa das três que pude ver — e solicitei a presença de um padre na sacristia. Precisava me confessar.

Um padre jovem, muito bem-apessoado e fisicamente bem proporcionado, com um aspecto sadio, um ar genuinamente devoto e os hábitos sacerdotais muito limpos, veio ao meu encontro. Olhou meus trajes e minha espada e recebeu-me muito respeitosa e compreensivelmente, presumindo, era óbvio, tratar-se de uma pessoa importante, e me convidou a passar para um pequeno aposento, a fim de ouvir minha confissão.

Ele era gracioso mais do que servil. Tinha apenas uma coroa de cabelos louros cortados muito rente em torno de sua cabeça calva, e grandes olhos quase tímidos.

Sentou-se e eu me ajoelhei perto dele no chão frio, e expus-lhe toda a lúgubre história.

Com a cabeça abaixada, falei ininterruptamente, passando de um episódio a outro, desde os primeiros hediondos acontecimentos que tanto tinham provocado minha curiosidade e alarme, às palavras fragmentadas e misteriosas de meu pai, e por fim ao ataque propriamente dito e o pavoroso extermínio de todos na nossa propriedade. Quando cheguei à morte de meu irmão e de minha irmã, gesticulei como um possesso, só faltando traçar com as mãos no ar a cabeça do meu irmão, ofegando e transpirando muito.

Só quando proferi a última palavra do meu longo e emocionado relato olhei para cima e percebi que o jovem sacerdote me olhava completamente consternado e horrorizado.

Não soube como interpretar a sua expressão. Poderia ter visto a mesma expressão num homem atacado por um inseto ou sobressaltado com a aproximação de um bando de sanguinários facínoras.

Pelo amor de Deus, o que é que eu poderia esperar?

— Ouça, padre — eu disse. — Tudo o que tem a fazer é mandar alguém ao alto da montanha para que veja com seus próprios olhos! — Ergui os ombros e implorei-lhe com as mãos abertas. — Isso é tudo! Mande alguém ver. Nada foi roubado, padre, nada foi levado, além do que eu apanhei! Vá ver! Aposto que nada foi tocado exceto pelos corvos e gaviões, se é que chegaram até lá.

Ele não disse uma palavra. O sangue palpitava no seu rosto jovem, sua boca estava aberta e seus olhos transmitiam estupefação, infelicidade.

Oh, era demais! Um padre jovem, inexperiente, provavelmente recém-saído do seminário, acostumado a ouvir as freiras confessarem maus pensamentos, e homens murmurarem ressentidos uma vez por ano seus pecados da carne porque suas mulheres os tinham arrastado ao cumprimento do dever.

Fiquei exasperado.

— O senhor está sob o segredo da confissão — disse, tentando ser paciente com ele e não bancar o lorde arrogante, pois sabia ser capaz de assumir essa atitude com os padres se não tivesse cuidado; deixavam-me fora de mim quando eram estúpidos. — Mas eu o liberarei do seu segredo para enviar um mensageiro ao alto da montanha para ver com seus próprios olhos...

— Mas, filho, será que não percebe — ele disse, falando com sua voz baixa e surpreendente determinação e firmeza. — Os próprios Medici podem ter mandado esse bando de assassinos.

— Não, não, não, padre — protestei, sacudindo a cabeça. — Vi quando a mão dela caiu. Amputei a mão da criatura, estou-lhe dizendo. E vi quando ela a recolocou no lugar. Trata-se de demônios. Acredite em mim. São todos bruxos, feiticeiros que saíram do inferno, e são muito numerosos para que eu possa combatê-los sozinho. Preciso de ajuda. Não há tempo a perder com desconfianças. Não há tempo para reservas racionais. Preciso que os dominicanos me ajudem!

Ele sacudiu a cabeça. Nem sequer hesitou.

— Você está perdendo a razão, filho — ele disse. — Alguma coisa horrível lhe aconteceu, não tenho dúvida quanto a isso, e você realmente acredita em tudo o que me contou, mas nada disso ocorreu. Você está imaginando coisas. Veja bem, existem velhas bruxas por aí que se dizem capazes dessas feitiçarias...

— Sei disso tudo. Sei muito bem distinguir um alquimista comum de uma bruxa. O que presenciei não foi mágica de mafuá, padre, não foram truques de aprendizes de feiticeiro. Volto a lhe dizer, esses demônios mataram barbaramente todos os que encontraram no castelo e nas aldeias. Será que não compreende?

Desci novamente a detalhes escabrosos. Contei-lhe como ela aparecera na janela do meu quarto, mas, quando estava na metade, percebi que só pioraria as coisas falando de Ursula e descrevendo a cena de sedução.

Aquele homem puro era capaz de pensar que eu acordara no meio de um sonho lúbrico, imaginando-me numa orgia satânica. Isto seria inútil.

O coração doía no meu peito. Suava em bicas. Tudo não passava de pura perda de tempo.

— Então me dê a absolvição — pedi.

— Quero perguntar-lhe uma coisa — ele disse, tocando no meu braço. Estava tremendo. Parecia mais aturdido e perplexo do que nunca, e muito preocupado com meu estado mental, presumi.

— O que é? — perguntei friamente. Queria ir embora. Tinha que encontrar um mosteiro! Ou um maldito alquimista. Havia alquimistas naquela cidade. Poderia encontrar alguém que tivesse lido os antigos tratados, as obras de Hermes Trismegisto, de Lactâncio ou de santo Agostinho, alguém que soubesse alguma coisa sobre demônios.

"O senhor já leu santo Tomás de Aquino?", inquiri, escolhendo o demonólogo mais óbvio que me veio à cabeça. "Padre, ele diz tudo sobre os demônios. Pense bem, julga que no ano passado, nesta época, eu acreditaria nisso tudo? Achava então que feitiçaria não era outra coisa senão invencionice de trapaceiros. Aqueles eram demônios!" Não pude conter a ânsia de falar, de buscar uma explicação.

"Padre, na *Summa Theologica*, primeiro tomo, santo Tomás fala dos anjos caídos, explica que alguns deles têm permissão para permanecer aqui na Terra, a fim de que todos esses anjos caídos simplesmente não saiam do esquema natural das coisas. Eles estão aqui, e podem ser utilizados para tentar os homens, e trazem com eles, padre, o fogo do inferno! Está escrito em santo Tomás. Estão aqui. Eles têm... têm... corpos que não podemos compreender. A *Summa* diz isso. Diz mais, diz que esses anjos são dotados de corpos que escapam à nossa compreensão! É isso o que essa mulher possui." Fiz força para me lembrar do texto original, em latim. "É isso o que ela faz, essa criatura das trevas! É uma forma, uma forma *sui generis*, que não consigo compreender, mas ela estava lá, e tenho certeza disso por causa de suas ações."

Ele fez um gesto com a mão, pedindo-me paciência.

— Filho, por favor, permita-me confidenciar o que me confessou ao Padre Superior — ele me pediu. — Saiba que, se eu fizer isso, ele também será obrigado a respeitar o Segredo de Confissão, da mesma forma que eu. Mas me permita pedir a ele que venha até aqui e deixe-me dizer-lhe o que me contou e rogar-lhe para falar com você. Você compreende, não posso fazer nada disso sem sua solene permissão.

— Sim, sei disso tudo, mas de que adiantará? Deixe-me ver esse Superior.

Agora eu estava sendo extremamente insolente, impertinente. Estava exausto. Estava desempenhando o velho papel do *signore* arrogante, tratando um padre de aldeia como se fosse um serviçal. Precisava me conter, pois aquele era um homem de Deus. Talvez o Superior fosse mais ilustrado, compreendesse melhor. Oh, mas quem compreenderia o que não tinha visto?

Voltou-me uma fugaz porém vívida, candente lembrança da fisionomia ansiosa de meu pai na noite anterior ao ataque dos demônios. A dor foi inexprimível.

— Desculpe-me, padre — disse, estremecendo, tentando afastar aquela lembrança, aquele horrível cálice de amargura e desamparo. Perguntei-me qual a razão, o sentido de vivermos!

E então as palavras de minha estranha atormentadora voltaram à minha mente, a mesma voz torturada da noite anterior, dizendo que também tinha sido jovem, como um exemplo. O que teria querido dizer, falando de si mesma com tanta tristeza?

Meus conhecimentos sobre santo Tomás voltaram a me assediar. Não era ponto pacífico que os demônios mantinham-se absolutamente convictos no seu ódio por nós? No orgulho que os fizera pecar?

Essa não era a criatura insinuante, sedutora que me aparecera. Mas isto era um desatino. Eu estava sentindo alguma coisa por ela, e era isso o que ela queria. Não dispunha de muitas horas de dia claro para planejar a sua destruição e precisava me apurar.

— Por favor, padre, faça como quiser. Mas primeiro me absolva.

Isso o tirou de suas conturbadas ruminações. Olhou para mim como se eu o tivesse assustado.

Deu-me a bênção e a absolvição imediatamente.

— O senhor pode fazer o que deseja com o Superior — disse-lhe. — Por favor, pergunte a ele se consentirá em me ver. E isto aqui é para a igreja. — Dei-lhe diversos ducados.

Ele olhou para o dinheiro. Mas não o tocou. Olhou para as moedas como se fossem carvões em brasa.

— Aceite, padre. Isto é uma pequena fortuna. Aceite.

— Não, espere aqui... ou melhor, venha comigo até o jardim.

O jardim era encantador, uma pequena gruta de onde se descortinava a cidade serpenteando até o castelo, e avistavam-se mais adiante as muralhas, para além das montanhas. Havia uma estátua antiga de são Domingos, um chafariz e um banco, e algumas palavras talhadas na pedra a propósito de um milagre.

Sentei-me no banco. Olhei para o céu deslumbrantemente azul e as virginais nuvens brancas, e prendi a respiração. Estaria louco? Era ridículo.

O Superior me surpreendeu. Ele surgiu de repente no arco da porta da paróquia, um homem idoso, com a cabeça quase completamente desguarnecida de cabelo, um pequeno nariz protuberante e olhos grandes, ferozes. O padre mais moço precisou correr para acompanhar suas passadas.

— Saia daqui — o Superior sussurrou no meu ouvido. — Deixe nossa cidade o quanto antes. Afaste-se dela, e não conte suas histórias a ninguém, está me ouvindo?

— O quê? — perguntei. — Que espécie de consolo é esse?

Ele parecia ferver.

— Estou-lhe avisando.

— Avisando de quê? — perguntei. Não me dei ao incômodo de levantar do banco. Ele me lançou um olhar iracundo. — O senhor está sob Segredo de Confissão. O que pretende fazer se eu não deixar a cidade?

— Simplesmente não pretendo fazer nada! Trate de ir embora e leve sua alma atormentada consigo. — Ele se deteve, visivelmente inseguro, talvez até mesmo embaraçado, como se tivesse dito alguma coisa de que se arrependesse. Rangeu os dentes, desviou os olhos e voltou a olhar para mim. "Para seu próprio bem, vá embora", murmurou. Voltando-se para o outro padre, disse: "Faça o favor de retirar-se. Deixe-me falar a sós com ele."

O jovem padre estava completamente apavorado. Retirou-se de imediato.

Olhei para o Superior.

— Vá embora — ele repetiu com sua voz baixa, mesquinha, mostrando os dentes do maxilar inferior. — Deixe nossa cidade. Saia de Santa Maddalana.

Olhei-o com frio desprezo.

— O senhor sabe que eles existem, não é mesmo? — disse em voz baixa.

— Está louco. Louco! Se falar de demônios com a gente daqui acabará sendo queimado vivo na fogueira como feiticeiro. Duvida que isso possa acontecer?

Seus olhos dardejavam ódio, despudoradamente.

— Oh, miserável, maldito padre. O senhor está aliado ao diabo.

— Saia daqui já! — ele rosnou.

Levantei-me e olhei para seus olhos saltando das órbitas, sua boca contorcida.

— Não se atreva a violar o Segredo de Confissão, padre. Se o fizer, o matarei.

Ele ficou estático, olhando para mim.

Sorri muito friamente e avancei em direção à sacristia para me retirar.

Ele correu atrás de mim, sussurrando como uma chaleira fumegante.

— Você entendeu tudo errado. Está transtornado, imaginando coisas. Estou tentando salvá-lo da perseguição e da vilania.

Virei-me da porta da igreja e olhei-o em profundo silêncio.

— O senhor negou-me sua mão — disse. — É por demais impiedoso. Lembre-se do que lhe disse. Se violar o Segredo de Confissão, eu o matarei.

Ele agora estava tão amedrontado quanto o padre mais moço.

Fiquei olhando para o altar por um bom momento, ignorando-o, esquecendo-o por completo, fazendo de conta que minha mente estava ocupada com outros pensamentos, arquitetando, planejando, quando na verdade tudo o que podia fazer era resistir. Fiz então o sinal-da-cruz e deixei a igreja.

Estava totalmente desesperado.

Caminhei sem rumo por alguns instantes. Aos meus olhos, a cidade voltou a ser a mais agradável que já conhecera, todo mundo trabalhando feliz da vida, as ruas bem calçadas imaculadamente limpas, alegres jardineiras floridas em todas as janelas, e pessoas bem-vestidas cuidando de seus afazeres.

Era o lugar mais limpo que já vira em toda minha vida, e o mais contente. E os comerciantes, embora se empenhassem em vender suas mercadorias, não insistiam demais. De certa forma, porém, era uma cidade tediosa. Quase não havia gente da minha idade. Na verdade, vi muito poucos jovens e crianças.

O que deveria fazer? Para onde deveria ir? O que estava procurando?

Não sabia responder às minhas próprias perguntas, mas estava certamente em guarda, atento ao menor indício de que aquela cidade pudesse abrigar os demônios, de que Ursula pudesse me encontrar.

Sua mera lembrança, entretanto, causava um choque arrepiante, voluptuoso de desejo. Via seus seios, sentia seu gosto na minha boca, vislumbrava num lampejo embaçado a campina florida. Não!

Pensar. Elaborar algum plano. Quanto à cidade não importava o que o padre soubesse, aquela gente era muito pacata para dar guarida a demônios.

5

O PREÇO DA PAZ E O PREÇO DA VINGANÇA

QUANDO O CALOR DO DIA COMEÇOU REALMENTE A APERTAR, PROCUREI O CARAmanchão da estalagem para fazer a refeição mais pesada do meio-dia e sentei-me debaixo da glicínia, esplendidamente florida sobre as treliças. Esse recanto ficava do mesmo lado da cidade em que se situava a igreja dominicana, e também proporcionava uma bela vista do flanco esquerdo da cidade e das montanhas ao longe.

Fechei os olhos e, apoiando os cotovelos na mesa, juntei as mãos e rezei. "Senhor, diga-me o que fazer. Mostre-me o que deve ser feito." E depois, com o coração aliviado, fiquei esperando, pensando.

Quais eram minhas alternativas?

Levar essa história a Florença? Quem acreditaria nela? Procurar Cosimo diretamente e relatar-lhe a tragédia? Por mais que admirasse e confiasse nos Medici, tinha que me convencer de uma coisa: a não ser eu, ninguém mais de minha família sobrevivera. Apenas eu podia reclamar nossa fortuna depositada no Banco Medici. Não acreditava que Cosimo não reconhecesse minha assinatura ou meu rosto. Ele me entregaria, sem dúvida, tudo que me pertencia, tivesse eu parentes vivos ou não, mas a história de demônios? Acabariam me trancafiando em alguma masmorra de Florença!

E quanto a ser queimado numa fogueira como feiticeiro, era perfeitamente possível, embora improvável. Mas possível. Poderia acontecer súbita e espontaneamente numa cidade como aquela — uma multidão se formando, denúncias por um padre local, gente correndo e gritando para ver o que estava sucedendo. Era comum as pessoas se comportarem dessa maneira.

Nessa altura meu almoço foi servido: uma suculenta refeição com muitas frutas frescas, carneiro assado, e quando comecei a molhar meu pão no molho da carne, apareceram dois homens que pediram licença para sentar-se comigo e me oferecer um copo de vinho.

Notei que um deles era um franciscano, um padre com um ar muito bondoso, mais pobre, pareceu-me, do que os dominicanos, o que era lógico, supus. O outro era um homem de idade com olhos faiscantes e sobrancelhas brancas espessas, que pareciam grudadas com cola, como se ele estivesse fantasiado de duende para divertir as crianças.

— Vimos quando foi à igreja dos dominicanos — disse o franciscano calma e polidamente, sorrindo para mim. — Não parecia muito contente quando saiu. — Piscou o olho ao dizer isso. — Por que não tenta conosco? — E deu uma boa risada. Não tive dúvida de que se tratava de um gracejo bem-humorado a propósito da rivalidade entre as duas ordens religiosas. — Você parece ser um jovem de bem; está vindo de Florença?

— Sim, padre, estou viajando — respondi —, embora não saiba exatamente para onde. Fiz uma rápida parada aqui. — Estava falando com a boca cheia, mas a fome era muita para interromper minha refeição. — Tenham a bondade de sentar-se. — Fiz menção de me levantar, mas eles logo se sentaram.

Pedi outra jarra de vinho tinto para a mesa.

— Pois saiba que não poderia ter encontrado um lugar melhor — disse o velhinho, que parecia gostar de uma boa prosa. — É por isso que estou muito feliz por Deus ter mandado meu filho de volta para servir na nossa igreja, e assim poder viver perto de sua família.

— Quer dizer, então, que são pai e filho — eu disse.

— Sim, e nunca pensei que fosse viver tantos anos — disse o pai — para ver a prosperidade chegar a esta cidade da maneira que chegou. É um verdadeiro milagre.

— De fato, é uma bênção de Deus — disse o padre com pureza e sinceridade. — É uma grande dádiva.

— Oh, realmente, contem-me como isso aconteceu. — Empurrei o prato de frutas para os dois, mas disseram que já haviam comido.

— Bem, no meu tempo — disse o pai — tivemos mais do que nossa cota de infortúnios, ou pelo menos assim me pareceu. Mas agora? Este lugar é privilegiado. Nada verdadeiramente mau acontece.

— É verdade — disse o padre. — Quer saber, lembro-me dos leprosos que havia antigamente, que viviam fora dos muros da cidade. Não existem mais. E sempre havia um ou outro mau elemento, jovens arrumando confusão, conhece a espécie de desajustados. Havia e infelizmente ainda há em todas as cidades. Mas agora, não se encontra um único arruaceiro em toda Santa Maddalana ou em qualquer aldeia da periferia. É como se as pessoas tivessem reencontrado Deus com seus corações ilesos.

— Sim — disse o velho com cara de duende, sacudindo a cabeça —, e Deus também foi misericordioso de muitas outras maneiras.

Senti arrepios nas costas novamente, como tinha com Ursula, mas não eram arrepios de prazer.

— Como foi exatamente que isso aconteceu? — perguntei.

— Olhe à sua volta — disse o velho. — Vê algum aleijado nas nossas ruas? Algum retardado mental? Quando eu era criança, quando você, meu filho, era criança, sempre havia algumas almas desafortunadas, nascidas com deformidades físicas ou cérebros afetados, exigindo cuidados especiais. Lembro-me de uma época em que sempre havia mendigos esmolando nas portas da cidade. Não temos mais mendigos, não os temos há muitos anos.

— É assombroso — eu disse.

— Mas é verdade — disse o padre, meditativo. — Todos aqui gozam de excelente saúde. É por isso que as irmãs de caridade foram embora há muito tempo. Não viu o antigo hospital fechado? E o convento fora da cidade, há muito abandonado. Creio que agora só existem ovelhas por lá. Os pastores usam suas dependências em ruínas.

— Ninguém nunca fica doente? — perguntei.

— Sim, é claro — disse o padre, tomando um gole de vinho, parecendo ser moderado nesse particular , mas as pessoas não sofrem. Não é como antes. Ao que se sabe, quando um enfermo está às portas da morte, o desenlace se dá rapidamente.

— Graças a Deus! — disse o velho.

— E as mulheres — acrescentou o padre —, elas são muito felizes na hora do parto, e tampouco são sobrecarregadas com uma prole numerosa. Muitas crianças são chamadas por Deus nas primeiras semanas de vida, é a sina das mães, mas, em geral, nossas famílias são abençoadamente pequenas. — Ele olhou para o pai ao dizer isso. — Minha pobre mãe — ele disse — teve vinte filhos ao todo. Essas coisas não acontecem mais, não é mesmo?

O velhinho estufou o peito e sorriu orgulhosamente.

— Sim, eu mesmo criei vinte filhos; bem, muitos seguiram seus caminhos, e, para dizer a verdade, não sei que fim levaram... mas isso são coisas do passado. Não, agora as famílias são pequenas.

O padre pareceu um tanto perturbado.

— Meus irmãos! Talvez um dia Deus me conceda a graça de saber por onde andam.

— Oh, esqueça-os — disse o velho.

— Eles formavam um grupo animado? — perguntei em voz baixa, olhando para os dois e tentando fazer com que a pergunta parecesse muito natural.

— Não tinham boa índole — murmurou o padre, sacudindo a cabeça. — Nossa bênção é que os maus acabam indo embora.

— É mesmo? — perguntei.

O velhinho coçou a calva rosada. Seu cabelo branco era ralo e comprido, espetando para todos os lados, como os pêlos de suas sobrancelhas.

— Estava tentando me lembrar — ele disse — do que aconteceu com aqueles pobres meninos aleijados, recorda-se? Os que nasceram com as pernas atrofiadas, eram irmãos...

— Oh, o Tomasso e o Felix? Claro que me recordo — disse o padre.

— Foram levados para Bolonha para serem tratados. O mesmo que fizeram com o filho da Bettina, o que nasceu sem as mãos, lembra-se? Pobre criança.

— Sim, sim, naturalmente. Temos muitos médicos.

— Não me diga! Suponho que não tenham muito o que fazer — murmurei. — O que me dizem do conselho municipal, do *gonfalonier*? — perguntei. *Gonfalonier* era o nome que davam ao governador de Florença, o homem que nominalmente, pelo menos, dirigia as coisas.

— Temos um *borsellino* — disse o padre —, e escolhemos seis ou oito nomes novos de vez em quando, mas nunca acontece nada de excepcional por aqui. Não há litígios. Os comerciantes se encarregam dos impostos. Tudo corre às mil maravilhas.

O pequeno duende deu uma boa gargalhada.

— Oh, não temos impostos! — declarou.

Seu filho, o padre, olhou para o velho como se aquilo fosse uma coisa que não devesse ser dita, mas depois pareceu apenas intrigado.

— Bem, não é exatamente assim, papai. É apenas que os impostos são... pequenos. — Ele parecia perplexo.

— Então vocês são realmente abençoados — eu disse, concordando, mas no fundo tentando encontrar sentido naquele quadro totalmente implausível.

— E aquele terrível Oviso, lembra-se dele? — perguntou o padre, dirigindo-se subitamente ao pai e depois a mim. — Era um indivíduo doente. Quase matou o filho. Era desequilibrado, bufava como um touro. Um médico itinerante disse que poderia ser curado em Pádua. Ou teria sido Assis?

— Ainda bem que nunca mais apareceu por estas bandas — disse o velho. — Costumava deixar a cidade em polvorosa.

Estudei os dois atentamente. Estariam falando sério, ou estariam me enganando? Não percebi nenhuma dissimulação em nenhum dos dois, mas uma certa melancolia visivelmente tomava conta do padre.

— Deus realmente escreve certo por linhas tortas — ele disse. — O provérbio talvez não seja bem assim.

— Não provoque o Todo-Poderoso — disse o pai, sorvendo o resto de vinho do seu copo.

Servi-lhes rapidamente mais vinho.

— O garoto mudo — disse uma voz.

Olhei para cima. Era o estalajadeiro, com as mãos nas cadeiras, seu ventre volumoso coberto por um avental, que trazia uma bandeja.

— As freiras levaram ele, não foi?

— Creio que voltaram para apanhá-lo — disse o padre. Parecia agora realmente preocupado. Diria mesmo, perturbado.

O estalajadeiro recolheu meu prato vazio.

O grande susto foi com a peste ele sussurrou no meu ouvido. — Graças a Deus já se foi, ou nem pronunciaria seu nome. Não há palavra que esvazie mais depressa uma cidade.

— Não, as famílias não desapareceram sem mais nem menos — disse o velho. — Graças aos nossos médicos e aos monges visitadores, foram todas transferidas para o hospital de Florença.

— Vítimas da peste? Levadas para Florença? — perguntei com óbvia descrença. — Imagino quem estaria guardando as portas da cidade, e por qual delas foram admitidas.

O franciscano olhou-me fixamente por um momento, como se alguma coisa o tivesse perturbado violenta e profundamente.

O estalajadeiro apertou de leve o ombro do padre.

— Os tempos agora são ditosos. Sinto falta das procissões do mosteiro — elas também acabaram, naturalmente —, mas nunca atravessamos uma época melhor.

Deixei deliberadamente que meus olhos se desviassem do estalajadeiro para o padre e notei que ele olhava diretamente para mim. O canto de sua boca parecia tremer um pouco. Ele estava barbeado com desleixo, tinha o maxilar caído e seu rosto muito vincado ficou triste de repente.

O velho concordou que não havia muito tempo, uma família inteira do campo tinha sido vitimada pela peste, mas fora levada para Lucca.

— Foi um rasgo de generosidade de... quem foi mesmo, filho? Não me...

— Oh, que importância tem isso? — disse o estalajadeiro. — *Signore?* — perguntou, dirigindo-se a mim. — Um pouco mais de vinho?

— Para meus convidados — disse, num gesto largo. — Tenho que ir andando. Minhas pernas estão indóceis. Preciso ver os livros que se encontram à venda.

— Este é um bom lugar para se demorar mais tempo — disse o padre com repentina convicção, num tom de voz baixo, continuando a me olhar com o cenho franzido.

"Um bom lugar, sem dúvida, e estamos precisados de gente preparada. Mas..."

— Sou muito jovem — disse. Preparei-me para levantar, erguendo a perna sobre o banco. — Aqui não há moços, gente da minha idade?

— Bem, a maioria deixa a cidade — disse o duende. — Há um ou outro, mas estão ocupados trabalhando com os pais. Não, meu jovem, a rapaziada aqui não perde tempo pelas esquinas!

O padre me estudou atentamente como se ele não tivesse ouvido o que seu pai dissera.

— Sim, você é um jovem de boas maneiras, ilustrado — disse o padre, mas ele estava inconfundivelmente perturbado. — Vejo isso bem, percebo na sua voz e nas suas atitudes... — Ele interrompeu bruscamente sua louvação. — Mas suponho que está de partida a qualquer momento, não é verdade?

— Acha que devo ficar ou partir? — perguntei, educadamente.

Ele esboçou um meio sorriso.

— Não sei dizer — respondeu, reassumindo a expressão melancólica, quase trágica. — Que Deus esteja com você — sussurrou.

Inclinei-me na direção dele. O estalajadeiro ao me ver nessa postura confidencial, virou as costas e foi cuidar de outras coisas. O velho estava falando com seu copo.

— O que o preocupa, padre? — perguntei num sussurro. — É o fato da cidade estar tão próspera?

— Siga seu caminho, filho — ele disse quase melancolicamente. — Quem dera que eu pudesse. Mas estou preso pelo meu voto de obediência e porque aqui é o meu lar, aqui vive meu pai, enquanto os outros todos sumiram no vasto mundo. — Suas feições tornaram-se subitamente duras. — Ou assim parece — ele acrescentou. E depois: — Se fosse você, não permaneceria aqui.

Acenei com a cabeça.

— Parece estranho, filho — ele me disse no mesmo tom sussurrante. Nossas cabeças estavam quase juntas. — Você chama a atenção. É um belo jovem, elegantemente trajado de veludo, e, para sua idade, parece muito maduro, sabia?

— Sim, compreendo, realmente não vejo muitos homens jovens na cidade, não do tipo dos que questionam. Somente homens velhos, complacentes, os que aceitam e não vêem o macaquinho bordado no canto da tapeçaria.

Ele não respondeu à tirada retórica excessivamente zelosa, e me arrependi de tê-la proferido. Nesse pequeno lapso talvez tivesse deixado transparecer minha cólera e minha dor. Simplesmente lamentável! Tive raiva de mim mesmo.

Ele mordeu o lábio, ansioso por mim, ou por ele, ou por nós dois.

— Por que veio para cá? — ele perguntou com sinceridade, quase protetoramente. — Qual foi o caminho que tomou para chegar aqui? Ouvi dizer que chegou à noite. Não vá embora de noite. — Sua voz tornara-se um sussurro tão débil que mal conseguia ouvi-lo.

— Não se preocupe comigo, padre. Reze por mim. Isso já é bastante.

Notei nele um tipo de medo tão real quanto o que percebera no padre moço, só que mais inocente, a despeito de suas rugas e dos seus lábios úmidos de vinho. Parecia cansado de alguma coisa que não compreendia.

Passei a perna por cima do banco e já me afastava quando ele segurou minha mão. Abaixei a cabeça, aproximando o ouvido de seus lábios.

— Meu jovem — ele disse —, há uma coisa... uma coisa...

— Eu sei, padre — disse, batendo de leve na sua mão.

— Não, não sabe. Ouça. Quando for embora, tome a estrada principal que vai para o sul, mesmo que fique fora do seu caminho. Não vá para o norte, não tome a estrada estreita em direção ao norte.

— Por que não? — perguntei.

Hesitante, silencioso, visivelmente confuso, ele soltou minha mão.

— Por que não? — insisti no seu ouvido.

Ele não estava mais me olhando de frente.

— Bandidos — respondeu. — Assaltantes que controlam a estrada, exigindo pedágio para que se possa passar. Tome o rumo sul. — Virando as costas abruptamente, começou a falar com seu pai num tom de suave reprimenda, como se eu já tivesse me retirado.

Eu me afastei.

Estava atônito ao pôr os pés na rua.

— Bandidos que cobram pedágio?

Muitas lojas estavam fechadas àquela hora, como era costume depois de uma lauta refeição, mas nem todas.

Minha espada pesava uma tonelada na minha cintura, e me sentia esfogueado do vinho e meio estonteado com tudo que aquela gente havia me revelado.

Então pensei com o rosto ardendo, esta é uma cidade onde não existem jovens, aleijados, deficientes mentais, enfermos, nem crianças rejeitadas! E a estrada para o norte está infestada de temíveis bandidos.

Desci a ladeira, caminhando cada vez mais depressa, e transpus os grandes portões abertos de par em par em direção ao campo. A brisa era maravilhosa e bem-vinda.

À minha volta viam-se ricas e bem cuidadas lavouras, vinhedos, pomares e sedes de fazendas — terras exuberantes e férteis que não vira ao chegar na escuridão da noite. Quanto à estrada para o norte, não consegui avistar nenhum trecho devido ao imenso tamanho da cidade, cujas fortificações mais elevadas voltavam-se para o norte.

Podia ver mais abaixo, numa crista, o que deviam ser as ruínas do convento e bem mais longe, do lado oeste da montanha, o que deveria ter sido o mosteiro.

Passei por duas fazendas no espaço de uma hora, detendo-me para tomar um copo de água fresca com seus proprietários.

Era sempre a mesma conversa de paraíso na Terra, livre de hereges e do horror das execuções, positivamente o lugar mais pacífico do mundo, onde só havia crianças eugenicamente perfeitas.

Há muitos anos que os bandidos não se atreviam a invadir suas florestas. Naturalmente, nunca se sabia quem poderia passar por elas, mas a cidade era bem protegida e mantinha a paz.

— Nem mesmo a estrada para o norte? — perguntei.

Nenhum dos dois fazendeiros sabia qualquer coisa sobre essa estrada.

Quando perguntei o que acontecia com os doentes, os inválidos, os feridos, a resposta foi a mesma. Um médico, ou padre ou uma ordem religiosa os haviam levado para uma universidade ou outra cidade. Os fazendeiros sinceramente não conseguiam se lembrar direito.

Voltei para a cidade muito antes do crepúsculo. Fiquei assuntando, entrando e saindo de forma sistemática de cada loja, observando atentamente as pessoas sem chamar atenção.

Naturalmente, não tinha a pretensão de cobrir nem mesmo uma rua do lugar, mas estava no firme propósito de descobrir tudo o que fosse possível.

Nas livrarias, folheei os velhos compêndios da *Ars Grammatica* e da *Ars Minor*, e os grandes e belos exemplares das Bíblias que estavam à venda, que só consegui manusear pedindo para que as retirassem de estantes fechadas.

— Como posso ir daqui para o norte? — perguntei ao livreiro com ar entediado que se apoiou num dos cotovelos e olhou para mim sonolento.

— Para o norte? Ninguém vai para o norte — ele disse, e bocejou na minha cara. Usava roupas finas, sem nenhum sinal de remendo, e calçava sapatos de couro bem-trabalhado. — Tenho livros muito melhores do que estes — ele disse.

Fingi interesse e depois agradeci, explicando que todos versavam mais ou menos sobre os mesmos assuntos de livros que já possuía.

Entrei numa taberna onde homens jogavam dados ruidosamente, como se não tivessem nada melhor para fazer. E depois passei pela rua dos padeiros, onde o cheiro do pão era delicioso, até para mim.

Eu nunca me sentira tão solitário em minha vida, do que caminhando entre aquela gente, ouvindo seus alegres comentários sobre a segurança e as bênçãos que reinavam naquele lugar.

Meu sangue gelava só de pensar no anoitecer. E qual seria o mistério da estrada para o norte? Ninguém, a não ser o padre, sequer erguera uma sobrancelha à sua menção.

Cerca de uma hora antes do cair da noite, entrei numa loja onde a proprietária, que negociava com sedas e rendas de Veneza e Florença, não se mostrou tão paciente com a minha presença quanto outros comerciantes tinham sido, apesar de minha aparência não deixar dúvida de que eu tinha dinheiro.

— Por que faz tantas perguntas? — ela indagou. Parecia cansada, esgotada. — Acha que é fácil cuidar de uma criança doente? Olhe só aí dentro.

Olhei-a como se ela estivesse louca. Mas logo me dei conta. Percebi exatamente o que ela quis dizer. Enfiei a cabeça numa porta coberta por uma cortina e vi uma criança doente e febril, dormitando numa cama estreita e suja.

— Então, acha que é fácil? Ano após ano e ela não melhora — disse a mulher.

— Perdão, mas o que é preciso que seja feito? — perguntei.

A mulher rasgou o alinhavo da costura que estava fazendo, largando a agulha. Parecia ter perdido completamente a paciência.

— O que precisa ser feito? Não me diga que não sabe! — ela sussurrou. — Um moço esperto como o senhor! — Ela mordeu o lábio. — Mas meu marido vive dizendo para esperarmos, que ainda não chegou a hora, e com isso vamos carregando a cruz.

Ela retomou a costura, resmungando, e eu, horrorizado e procurando manter as aparências, retirei-me. Fui a mais umas poucas lojas. Nas duas primeiras não aconteceu nada de especial. Na terceira, porém, encontrei um velho possesso e suas duas filhas tentando impedir que ele rasgasse as roupas.

— Deixem-me ajudá-las — disse espontaneamente.

A muito custo, conseguimos fazê-lo sentar-se, tiramos sua camisa pela cabeça, e finalmente ele parou de fazer barulhos incoerentes. Estava muito mirrado, e só dizia bobagens.

— Oh, se Deus quiser, isso não vai durar muito tempo — disse uma das irmãs, enxugando a testa. — Será uma bênção divina.

— Por que não deverá durar muito? — perguntei.

Ela me lançou um rápido olhar, desviou os olhos bruscamente e voltou a me olhar admirada.

— Ah, o senhor não é daqui. Desculpe-me, *signore*, mas é ainda tão jovem. Assim que o vi, tomei-o por um menino. O que quis dizer foi que Deus é misericordioso. Nosso pai está muito velho.

— Humm, compreendo — disse.

Ela me olhou com olhos frios, dissimulados, como se fossem de metal.

Fiz um cumprimento de cabeça e fui embora. O velho começou a tirar a camisa novamente, e a outra irmã, que se mantivera calada o tempo todo, deu um tapa nele.

Estremeci e continuei andando. Resolvi ver o mais que pudesse sem perda de tempo.

Passando por pequenas lojas de alfaiates aparentemente tranqüilas cheguei finalmente ao setor onde se concentravam os comerciantes de louças. Em frente a uma das lojas, dois homens discutiam acaloradamente sobre uma grande travessa de porcelana.

Era uma das bandejas de parto, como as chamavam, usadas antigamente para receber o nascituro ao sair do ventre da mãe. No meu tempo tinham-se tornado um presente original ofertado depois de a criança ter nascido. Eram travessas avantajadas pintadas com graciosos motivos domésticos, e aquela loja dispunha de um grande sortimento.

Ouvi a discussão sem ser visto.

Um dos homens dizia querer comprar a bandeja, enquanto outro dizia que o bebê não sobreviveria e que o presente era prematuro, e um terceiro afirmava que a mulher receberia de muito bom grado a bandeja finamente pintada de qualquer maneira.

Interromperam a discussão quando entrei na loja para apreciar a grande variedade de artigos importados, mas, quando virei as costas, um dos homens disse em voz baixa:

— Se ela tiver um pingo de juízo, é o que fará.

De tal forma fiquei intrigado com as palavras que acabara de ouvir que me virei bruscamente para apanhar um bonito prato exposto numa das prateleiras, fingindo estar muito impressionado com ele.

— Encantador — disse, como se não os tivesse ouvido.

O comerciante levantou-se e começou a louvar as peças de porcelana que estavam à venda. Os outros se misturaram com os passantes no fim de tarde movimentado. Olhei fixamente para o homem.

— A criança está doente? — perguntei no tom de voz mais casual e inocente que consegui emitir.

— Oh, não. Quer dizer, acho que não, mas sabe como são essas coisas — disse o homem. — A criança nasceu muito miudinha.

— Franzina — ponderei.

Muito desajeitadamente, ele disse:

— É, muito fraquinha. — Seu sorriso foi artificial, mas ele pareceu aliviado, achando que tinha se saído muito bem.

Voltei a fuçar as mercadorias, assessorado de perto pelo dono da loja. Acabei comprando uma pequena xícara de porcelana, pintada com requinte, que ele disse ter adquirido de um veneziano.

Sabia muito bem que o melhor que tinha a fazer era retirar-me sem dizer uma palavra, mas não resisti, e ao pagar perguntei:

— Acredita que a frágil criaturinha sobreviverá?

Ele esboçou um sorriso discreto ao receber meu dinheiro.

— Não — disse, e depois olhou para mim como se estivesse inteiramente desligado. — Não se preocupe com isso, *signore*. O senhor veio com a intenção de fixar residência aqui?

— Não, estou só de passagem, a caminho do norte.

— Do norte? — ele perguntou admirado, mas num tom sarcástico. Fechou a caixa em que guardava o dinheiro e girou a chave. Depois, sacudindo a cabeça ao colocar a caixa no armário e fechar as portas, ele disse com uma risadinha azeda: — É uma estrada antiga. Trate de se pôr a caminho o mais depressa que puder assim que o sol nascer.

— Obrigado, senhor.

A noite estava chegando.

Corri para um beco e fiquei lá, encostado na parede, prendendo a respiração, como se alguém estivesse me perseguindo. Deixei a xícara cair e ela se desfez em pedaços, o barulho ecoando nas paredes altas dos prédios.

Eu estava meio desorientado.

Mas instantânea e plenamente cônscio de minha situação, convencido dos horrores que tinha descoberto, tomei uma decisão inabalável.

Não tinha a menor segurança na estalagem, então que diferença fazia? Ia conduzir as coisas à minha maneira e verificar a procedência de minhas suspeitas com meus próprios olhos.

E foi o que fiz.

Sem voltar à estalagem, sem deixar meu quarto oficialmente, dei meia-volta quando as sombras da noite se tornaram suficientemente densas para me dar cobertura, e subi a colina, dirigindo-me para a rua estreita que ia dar no velho castelo em ruínas.

Durante o dia todo tinha estudado minuciosamente o imponente conjunto de pedra corroído pelo tempo, completamente vazio, à exceção dos pássaros que cruzavam o seu espaço e, como disse antes, dos andares inferiores que supostamente abrigavam repartições do governo municipal.

O castelo tinha duas torres remanescentes dos seus dias de glória, uma voltada para a cidade, e a outra, muito danificada, ficava no alto de um penhasco, que eu avistara dos campos cultivados da planície.

Bem, encaminhei-me para a torre de onde se avistava a cidade.

As repartições da municipalidade estavam fechadas naturalmente, e os soldados que davam o toque de recolher já tinham passado. Ouvia-se barulho somente de uma ou outra taberna que permanecia aberta sem tomar conhecimento da lei.

A *piazza* em frente ao castelo estava deserta, e levando em conta que as três ruas da cidade davam muitas voltas no seu percurso ladeira abaixo, não conseguia ver quase nada, a não ser a luz fraca de algumas tochas.

O céu, entretanto, estava maravilhosamente brilhante, límpido, notando-se apenas uma que outra nuvem discreta que se destacava contra o fundo azul-escuro da noite, e as estrelas pareciam por demais numerosas.

Deparei-me com centenárias escadas circulares, quase estreitas demais para um ser humano, que volteavam a parte útil da velha cidadela e conduziam à primeira plataforma de pedra, antes de chegar-se à entrada da torre.

É claro que essa arquitetura não me era nem um pouco estranha. Suas pedras eram de uma textura mais tosca do que as de minha casa, e um pouco mais escuras, mas a torre era larga e quadrada, de uma solidez que desafiava a eternidade.

Sabia que o lugar era antigo o bastante para ter certeza de que encontraria escadas que me levariam ao topo da torre. E assim foi. Logo cheguei ao fim de minha investida exploratória, desembocando num aposento elevado de onde descortinei a cidade inteira estendida aos meus pés.

Havia câmaras mais altas, a que, em séculos passados, tinha-se acesso por meio de escadas de madeira que podiam ser retiradas para derrotar um inimigo, encurralando-o nos andares inferiores. Não consegui chegar até elas. Ouvi pássaros baterem as asas em debandada, assustados com minha presença. E ouvi até a brisa sussurrar docemente.

Aquela sensação de total isolamento nas alturas era extremamente agradável.

Desfrutava uma vista total das quatro janelas estreitas do lugar, abraçando a paisagem em todas as direções.

E muito especialmente, e importante para mim, pude ver a cidade bem abaixo de mim, com seu feitio de um grande olho — um oval com as extremidades afiladas — e tochas ardendo aqui e ali, uma ocasional janela palidamente iluminada, e distingui uma lanterna movendo-se devagar enquanto alguém caminhava em passo descansado por uma das vias públicas.

Mal percebi a lanterna em movimento e ela logo se apagou. As ruas pareciam estar completamente desertas.

Em seguida as janelas também se obscureceram, e passei a ver não mais do que três ou quatro tochas acesas em toda a cidade.

A escuridão teve um efeito calmante para os meus nervos. A vastidão que se abria à minha frente mergulhava num azul forte sob o céu perolado, e avistei a floresta chegando até a orla das terras cultivadas, por vezes invadindo-as, enquanto as colinas emendavam-se umas nas outras ou mergulhavam fundo em vales de pura escuridão.

Podia ouvir o vazio total da torre.

Nada se mexia agora, nem mesmo os pássaros. Estava na mais completa solidão. Podia ouvir o mais leve pisar nos degraus da escada abaixo de mim. Ninguém sabia que eu estava ali. Todos dormiam.

Estava seguro ali e podia manter-me vigilante.

Estava por demais angustiado para sentir medo, e francamente preparado para enfrentar Ursula naquele reduto; na verdade, preferia-o ao confinamento da estalagem. Nada receava quando fiz minhas orações e, como de hábito, apertei o punho da minha espada.

O que esperava surpreender naquela cidade entregue aos braços de Morfeu? *Qualquer coisa que nela pudesse acontecer.*

O que pensava que pudesse ser? Não saberia dizer exatamente a ninguém. Mas enquanto dava voltas ao redor do aposento, enquanto olhava a todo instante para as poucas luzes espalhadas pela colina e para a massa dos contrafortes em declive sob o fulgurante céu de verão, o lugar parecia abominável, impregnado de traição, feitiçaria, submissão ao diabo.

— Pensa que não sei para onde são levados seus bebês rejeitados? — murmurei raivoso. — Pensa que acredito que as vítimas da peste são recebidas de braços abertos nas cidades vizinhas?

Estava assustado com o eco de minhas ruminações reverberando nas paredes frias.

— O que foi que você fez com elas, Ursula? O que foi que fez com meu irmão e minha irmã?

Minhas ruminações talvez fossem um sinal de loucura, ou assim pudessem parecer a alguns. Mas aprendera que a vingança desvia a dor da mente. A vingança é uma promessa sedutora, um poderoso alento, mesmo que seja sem esperança.

Um golpe dessa espada e posso decepar-lhe a cabeça, pensei, e arremessá-la pela janela, e o que ela será então senão um demônio destituído de qualquer poder?

De vez em quando ameaçava sacar minha espada, mas logo enfiava-a de volta na sua bainha. Peguei minha adaga mais comprida e bati com sua lâmina na palma de minha mão. Não parava de andar.

De repente, ao fazer uma de minhas enfadonhas circunvoluções, avistei casualmente, numa montanha distante, não sei em que direção — mas não na direção por onde viera —, uma grande quantidade de pontos de luz cintilando por trás do manto espesso da silvestre escuridão.

A princípio pensei que pudesse ser um incêndio, tamanho era o clarão, mas ao apertar os olhos e concentrar minha mente, percebi que a hipótese estava fora de questão.

Não havia um fulgor excessivo nas raras nuvens visíveis, e a iluminação, apesar de sua extensão, era restrita, como se emanasse de uma vasta congregação reunida com uma quantidade fantástica de velas. Embora pulsante, essa orgia de luzes era constante.

Senti um calafrio ao olhar para ela. Era uma habitação! Inclinei-me sobre o peitoril da janela. Pude ver então seu contorno complexo e esparramado. O luxuriantemente iluminado castelo sobressaía da terra e era obviamente visível daquele lado da cidade. Na construção espetacular encoberta pela floresta, algum tipo de ritual parecia exigir que todas as tochas, archotes e velas fossem acesos, e cada janela e cumeeira tivesse uma lanterna pendurada.

Sim, era o norte, não havia dúvida, já que a cidade esparramava-se exatamente atrás de mim. O castelo ficava ao norte, na direção de que me haviam prevenido, e quem naquela cidade podia ignorar sua existência? Entretanto, não ouvira uma única menção a ele, a não ser um vago sussurro do aterrorizado padre franciscano que se sentara à minha mesa na estalagem.

Mas para o que estava olhando? O que podia ver? Uma densa floresta, muito alta mas cercada por outras florestas mais próximas que a ocultavam parcialmente, e através das quais o clarão refulgia como uma grande ameaça. Mas o que era que estava vindo de lá, o que era aquele movimento desordenado, quase imperceptível na escuridão, sobre as encostas do misterioso promontório?

Haveria coisas movendo-se nas trevas da noite? Avançando daquele castelo distante em direção à cidade? Coisas pretas, amorfas, como se fossem grandes pássaros macios, disformes, seguindo o alinhamento da Terra mas livres de sua gravidade. Estariam vindo na minha direção? Eu teria sido enfeitiçado?

Não, eu tinha visto aquilo. Ou será que não?

Havia dúzias deles!

Estavam se aproximando cada vez mais.

Eram de pequenas proporções, não eram absolutamente grandes, seu tamanho tinha sido ampliado pelo fato de voarem em bandos. E agora, ao chegarem perto da cidade, os bandos tinham se dispersado e os vi saltando dos muros à minha frente como se fossem gigantescas mariposas.

Virei-me e corri para a janela.

Eles haviam descido sobre a cidade como uma nuvem de gafanhotos! Vi-os desaparecerem na escuridão em vôos rasantes. Abaixo de mim, na *piazza*, surgiram dois vultos negros, homens com longas capas, que correram, ou melhor, saltaram nas bocas das ruas, dando uma gargalhada estrepitosa e audaciosa.

Ouvi choro na noite, soluços.

Ouvi um queixume, e um gemido abafado.

Não apareceram luzes na cidade.

E novamente aqueles seres malignos irromperam da escuridão, correndo pela beirada dos muros e lançando-se no espaço.

— Meu Deus, eu o estou vendo! Eu o esconjuro! — sussurrei.

Senti um súbito e forte ruído nos meus ouvidos, um roçar de tecido macio no meu rosto, e diante de mim ergueu-se a figura de um homem.

— Você está nos vendo, meu jovem? — A voz era de um homem moço, saudável, cheio de alegria. — Meu jovem curioso?

Ele estava muito junto de mim para que eu pudesse desembainhar minha espada. Não conseguia ver nada além de panos esvoaçantes.

Com meu cotovelo e meu ombro e toda a minha força, apliquei-lhe um golpe na virilha.

Sua gargalhada encheu a torre.

— Ah, isso não me causa a menor dor, minha criança. E, já que é tão curioso, também vamos levá-lo para ver o que tanto quer conhecer.

Ele me pegou, envolvendo-me e sufocando-me com sua capa. E de repente senti que estava sendo alçado do chão, enfiado num saco, e percebi que tínhamos deixado a torre.

Estava com a cabeça virada para baixo, nauseado. Parecia que ele estava voando, carregando-me nas costas, e sua gargalhada era levada pelo vento. Não consegui soltar meus braços. Sentia minha espada, mas não alcançava seu punho.

Procurei desesperadamente minha adaga, não a que devia ter deixado cair quando ele me agarrou, mas a que estava escondida na minha bota. De posse dela, contorci-me e voltei-me para as costas que me carregavam, e me debatendo e rosnando, cravei a adaga diversas vezes no tecido da capa da diabólica figura.

Ele deu um grito lancinante. Esfaqueei-o novamente.

Meu corpo, dentro do saco, foi arremessado no ar, desprendendo-se do meu captor.

— Seu pequeno monstro — ele gritou. — Seu desgraçado, impudente fedelho.

Descemos vertiginosamente, e senti quando caí no solo, um solo rochoso e esparsamente gramado. Rolei o corpo para suavizar o impacto e rasguei com minha faca o pano do saco que me cegava.

— Seu bastardo — ele xingou.

— Está sangrando, diabo nojento? — gritei. — Está? — Estraçalhei o saco, não parando de rolar até sentir a grama molhada com a mão.

Vi o céu estrelado.

Finalmente consegui desvencilhar-me do saco com as pernas.

Deixei-me ficar deitado aos pés dele, mas só por um momento.

6

A CORTE DO GRAAL DE RUBI

NADA PODERIA TER ARRANCADO A ADAGA DE MINHA MÃO. GOLPEEI FUNDO SUAS pernas, provocando outra saraivada de gritos desesperados. Ele me ergueu subitamente do chão, na verdade me arremessou no ar, e caí, atordoado, na grama orvalhada.

Isso me permitiu a primeira visão, turva porém imperativa, da criatura. Uma luz vermelha de intenso fulgor iluminou-o, uma figura encapuzada envolta numa capa, trajada como um cavaleiro, com uma longa túnica antiga e mangas de malha reluzente. Ele torceu o tronco, seus cabelos louros emaranhados sobre o rosto, sentindo obviamente a dor das punhaladas que lhe dera nas costas, e agora mancando da perna ferida.

Rolei duas vezes na grama, empunhando com força a adaga e desembaraçando minha espada o suficiente para poder desembainhá-la a qualquer momento. Pus-me de pé de um salto, antes mesmo que ele pudesse esboçar um movimento, e girei a espada com uma das mãos, desajeitadamente, mas com toda a minha força, ouvindo-a atingir seu flanco com um ruído pastoso, repugnante. A golfada de sangue à luz brilhante foi horrível e monstruosa.

Emitindo seu grito mais lancinante, ele caiu de joelhos.

— Acudam-me, imbecis; ele é um demônio! — ele gritou, deixando cair o capuz.

Sondei as imensas fortificações que se erguiam à minha esquerda, as imponentes torres dentadas com suas bandeiras tremulando ao vento sob a luz vacilante de archotes sem conta, como tinha visto de longe, da cidade. Era um castelo fantástico, com telhados pontudos, janelas ogivadas e elevadas plataformas onde se viam as silhuetas escuras de figuras debruçadas nas ameias, assistindo à nossa luta.

Súbito, surgiu a figura alada de Ursula numa túnica vermelha esvoaçante, sem capuz, com suas longas tranças amarradas com fitas vermelhas, correndo pela grama molhada ao meu encontro.

— Não lhe façam mal, eu ordeno — ela gritou. — Não toquem nele.

Um grupo de figuras masculinas, envergando as mesmas túnicas antigas que batiam nos seus pés, com capacetes de ferro pontiagudos, acompanhava-a. Todos usavam barbas, e sua pele era assustadoramente branca.

Meu adversário contorceu-se na grama, espirrando sangue como se fosse um hediondo chafariz.

— Vejam o que ele me fez, vejam! — ele gritou.

Enfiei minha adaga na cintura, peguei a espada com as duas mãos e assestei-a contra o seu pescoço, deixando escapar um rugido por entre os dentes, e vi sua cabeça rolar colina abaixo.

— Ah, agora você está morto, sangrentamente morto! — exclamei. — Está morto, seu demônio asqueroso. Vá buscar sua cabeça. Coloque-a de volta no lugar!

Ursula enlaçou-me com seus braços, pressionando os seios contra as minhas costas. Sua mão aprisionou a minha mais uma vez, forçando-me a abaixar a ponta da espada.

— Não toquem nele — ela ordenou novamente, com voz ameaçadora. — Não cheguem perto.

Um dos homens tinha recuperado a desgrenhada cabeça loura de meu inimigo e a brandia no ar, enquanto os outros observavam o corpo que se contorcia no chão.

— Não adianta, é muito tarde — disse um dos homens.

— Não, coloque-a de volta, coloque-a no pescoço dele — gritou outro.

— Solte-me, Ursula — disse. — Deixe-me morrer com honra. É capaz de me fazer essa cortesia? — Eu lutava. — Liberte-me para que possa morrer à minha maneira, com dignidade. Conceda-me ao menos esse favor.

— Não — ela disse ardentemente no meu ouvido. — Não o farei.

Estava totalmente subjugado pela sua força. Por mais macio que fosse o seu regaço e por mais refrescantes e suaves fossem os seus dedos, estava completamente dominado, à sua inteira mercê.

— Procure Godric — disse um dos homens.

Os outros dois pegaram o corpo convulso do homem decapitado.

— Levem-no à presença de Godric — disse o que segurava a cabeça. — Somente Godric pode se pronunciar sobre isso.

Ursula bradou:

— Godric! — Seu brado soou como o uivo do vento ou de uma fera acuada, estridente, imenso, ecoando contra as muralhas.

No alto, no vão da porta em arco da cidadela, com as costas voltadas para a luz, postava-se a figura esguia de um ancião, com as pernas vergadas pela idade.

— Tragam os dois — ele comandou. — Ursula, acalme-se, do contrário assustará todo mundo.

Implorei para que me libertasse. Ela aumentou o aperto de sua mão. E logo veio a picada de seus dentes no meu pescoço.

— Oh, não, Ursula, deixe-me ver o que vai acontecer! — sussurrei. Mas senti as nuvens sombrias que me invadiam, como se de repente o ar tivesse se adensado e estivesse me envolvendo com aromas, sons e força sensual.

Oh, amo-a, desejo-a, sim. Não posso negá-lo. Senti que a abraçava na relva úmida da campina, que ela estava debaixo de mim, mas tudo não passava de sonho, e eu estava sendo levado para algum lugar. Ela havia apenas me enfraquecido, tocado nas cordas sensíveis do meu coração.

Tentei amaldiçoá-la. Estávamos cercados de flores vermelhas, deitados na relva macia, e ela disse: "Fuja", mas isso era totalmente impossível porque não era real, era uma fantasia exaltada pela sensação de sua boca na minha e de suas pernas se enroscando no meu corpo, como se ela fosse uma serpente.

Um castelo francês. Era como se eu tivesse sido transportado para o norte.

Tinha aberto meus olhos.

Todos os atavios de uma corte francesa.

Até a música suave que ouvia me fazia recordar velhas canções francesas cantadas na minha distante infância.

Acordei sentado de pernas cruzadas num tapete, e recobrei os sentidos esfregando o pescoço, sentindo uma falta desesperada das armas que me tinham sido tomadas. Quase perdi o equilíbrio, caí para trás.

A música era repetitiva, monótona e tinha um efeito hipnótico. Vinha de baixo, de algum lugar distante, sobressaindo a percussão de tambores abafados e o sopro agudo, anasalado de cornetas. Não tinha melodia.

Olhei para cima. Francesa, sem dúvida, a alta e estreita passagem arqueada que conduzia a um comprido balcão externo, embaixo do qual uma celebração qualquer estava em franco e ruidoso progresso. Tipicamente francesas as tapeçarias reproduzindo damas elegantes com seus chapéus altos em forma de cone e unicórnios brancos como a neve.

Requintadas antigüidades, como as ilustrações em livros de oração de cortes nas quais poetas liam em voz alta o tedioso *Roman de la Rose* ou as fábulas de Reynard, a Raposa.

A janela era drapeada com uma cortina de cetim azul estampado com flores-de-lis. Uma delicada filigrana de ouro pendia sobre o vão da porta e do que pude ver da esquadria da janela. Os armários eram dourados e pintados no estilo francês, envelhecido e frio.

Virei-me.

Lá estavam os dois homens, com suas túnicas compridas manchadas de sangue e suas mangas de malha. Tinham tirado seus capacetes, e olhavam para mim com olhos de gelo, pálidos, cada um deles uma solene figura de barba. A luz cintilava na pele branca e lisa de ambos.

E Ursula também lá estava, uma jóia numa moldura de prata refulgindo na escuridão, olhando fixamente para mim, com sua túnica de cintura alta e suave caimento, tão antiga quanto os trajes dos homens, como se ela também tivesse vindo de um longínquo reino francês. O amplo decote desnudava seus níveos seios quase até os mamilos, sob um rico corpete de veludo florido vermelho e dourado.

Junto a uma mesa, sentado numa cadeira em formato de X, estava sentado o Ancião, sua idade condizendo com a postura da figura cuja silhueta eu divisara recortada contra a luz do castelo. Era pálido como os outros, com a mesma pele mortalmente branca, ao mesmo tempo bonita e terrível, macabra.

Lanternas turcas pendiam de correntes em torno da sala, suas chamas irradiando uma luz que feria meus olhos aturdidos, e exalando uma fragrância de rosas e campos estivais, algo que não tinha nada a ver com calor e coisas queimadas.

O Ancião tinha a cabeça calva, feia como o bulbo desenterrado de uma íris, completamente desguarnecida de pêlos, raspados pela raiz, e implantada com dois olhos cinza brilhantes, e uma boca rasgada, estreita, solene, resignada, indiferente.

— Ah, então... — ele me disse, numa voz suave, erguendo uma sobrancelha, quase imperceptível a não ser pela ruga arqueada destacando-se na sua pele de branco perfeito. Suas faces macilentas eram vincadas por profundos sulcos. — Se dá conta de que matou um dos nossos?

— Espero que sim — respondi desafiadoramente. Fiquei na ponta dos pés. Quase perdi o equilíbrio. Ursula esticou o braço para me amparar, mas logo recuou, como se tivesse percebido a tempo que estava incorrendo numa falta de decoro.

Refiz-me e olhei para ela com indisfarçável ferocidade, e depois para o Ancião, que, por sua vez, me olhou, imperturbável.

— Quer ver o que fez? — ele me perguntou.

— Por que haveria de querer? — Mas acabei cedendo à curiosidade.

Numa grande mesa com cavaletes à minha esquerda jazia o ladrão louro morto que me havia seqüestrado, carregando-me de corpo e alma no seu grande saco de pano. Ah, a dívida tinha sido paga na íntegra.

Seu corpo rígido estava grotescamente encolhido, como se seus membros tivessem entrado pelo corpo adentro, e sua cabeça exangue, com as pálpebras abertas sobre os olhos coagulados, repousava no seu pescoço decepado. Que deleite. Olhei para uma das mãos descarnadas da repulsiva criatura, dependurada sobre a beira da mesa, lívida e semelhante a um encarquilhado monstro marinho definhando sob um sol causticante à beira do oceano.

— Ah, excelente — disse. — Este homem que ousou me seqüestrar e me trazer aqui à força está mesmo morto. Agradeço-lhe por esse espetáculo. — Olhei para o Ancião. — É o mínimo que a honra exige. Nem precisamos falar de bom senso, não é mesmo? E quem mais raptaram da aldeia? O velho tresloucado que rasgava a camisa? A criança que nasceu atrofiada? Os desvalidos, os enfermos, os inválidos? O que foi que lhes deram em troca?

— Oh, cale a boca, rapaz — disse o solene Ancião. — Está se vendo que sua audácia ultrapassa sua noção de honra ou de bom senso.

— Não, não é verdade. Seus pecados contra mim exigem que eu os combata, todos vocês, até meu último alento. — Girei os calcanhares e olhei para a porta aberta. A cadência surda dos tambores era enervante, e ameaçava me deixar estonteado dos golpes e quedas que tinha sofrido. — Esse barulho que vem lá de baixo. O que vocês são, uma corte sanguinária?

Os três homens irromperam numa gargalhada.

— Quase que acertou — disse um dos soldados de barba com uma voz cava. — Somos a Corte do Graal de Rubi, este é o nosso nome, só que preferimos que o pronuncie apropriadamente em latim ou francês, como fazemos.

— A Corte do Graal de Rubi! — repeti. — Sanguessugas, parasitas, bebedores de sangue, é isso o que vocês todos são. O que é o Graal de Rubi? Sangue?

Fiz força para me lembrar da picada dos dentes de Ursula na minha garganta sem o feitiço que sempre se seguia, mas lá estava ela, ameaçando me engolir, a esvoaçante, perfumada lembrança de pradarias floridas e de seus seios macios. Senti o corpo todo tremer.

— Bebedores de sangue. Graal de Rubi! É isso o que fazem com todos eles, com as vítimas indefesas que seqüestram? Bebem seu sangue?

O Ancião olhou incisivamente para Ursula.

— O que veio me pedir, Ursula? — ele pôs a questão para ela. — Como posso tomar semelhante decisão?

— Oh, Godric, ele é valente, belo e forte — disse Ursula. — Basta que diga sim e ninguém se insurgirá contra ele. Ninguém ousará questionar sua decisão. Por favor, eu lhe imploro, Godric. Quando foi que lhe pedi...

— Pediu o quê? — perguntei, desviando o olhar de seu rosto suplicante e inconsolável para o Ancião. — Por minha vida? É isso o que está pedindo? Prefiro que me mate.

O velho sabia disso. Não precisava lhe dizer. Naquela altura não havia nenhuma chance de me concederem misericórdia. Sabiam que eu me voltaria contra eles novamente, procurando abater mais um e outro mais.

De repente, irritado e impaciente, o Ancião levantou-se com surpreendente agilidade e agarrou-me pela gola do gibão ao passar por mim num farfalhar estonteante de vestimentas vermelhas, e me arrastou com ele, como se eu não pesasse nada, pela passagem abaulada até a amurada de pedra.

— Olhe para baixo, para a Corte — ele mandou.

O espaço era imenso. A sacada onde estávamos estendia-se por toda a volta, e as paredes abaixo eram todas recobertas de finas tapeçarias e ricos adornos dourados e vermelhos. A grande mesa no meio do salão acomodava uma plêiade de cavalheiros e damas, todos impecavelmente trajados com roupagens de tecidos vermelhos, da cor de sangue, não de vinho, como pensara a princípio, e diante deles brilhava a madeira polida, sem qualquer prato de comida ou copo de vinho. Mas todos demonstravam estar contentes, olhando com olhos alegres, enquanto conversavam e admiravam os dançarinos que evoluíam graciosamente sobre grossos tapetes que cobriam o piso, como se apreciassem a macia alfombra por baixo de suas sapatilhas.

Havia tantos círculos interligados de figuras movendo-se ao ritmo da música que formavam uma série de arabescos. O vestuário abrangia estilos de diversas nacionalidades, do francês ao florentino moderno, e por toda parte viam-se grupos álacres de seda vermelha ou de outros tecidos estampados com flores vermelhas e outros desenhos que pareciam estrelas e luas crescentes, que não pude distinguir claramente.

Era um quadro a um tempo sinistro e fascinante, todos com a mesma cor vibrante, que oscilava entre a pútrida abjeção do sangue e o atordoante esplendor do escarlate.

Notei a profusão de lanternas, candelabros, castiçais e tochas. Como seria fácil atear fogo nas tapeçarias, pensei. Perguntei-me se aquelas criaturas podiam queimar, como outros bruxos e heréticos.

Ouvi Ursula sussurrar com a voz entrecortada:

— Vittorio, seja prudente.

Ao seu sussurro, o homem no centro da mesa — o que ocupava a mesma poltrona de honra de espaldar alto, que meu pai ocuparia em nossa casa — olhou para cima, para mim. Seu cabelo era louro como o do desgrenhado demônio que eu decapitara, mas suas madeixas bem-cuidadas e sedosas caíam-lhe sobre os ombros largos. Sua fisionomia era jovem, muito mais que a de meu pai, porém era bem mais velho do que eu, e tão desumanamente pálido quanto os outros. Seus olhos de um azul cortante estavam fixados em mim, mas logo voltaram a se concentrar no seu estudo da dança.

O espetáculo todo parecia tremer com a ondulação da fumaça quente que se desprendia das chamas, e meus olhos ficaram marejados. Percebi de pronto que as figuras reproduzidas na tapeçaria não eram as damas bem-comportadas e os unicórnios que vira no estúdio de onde tínhamos vindo, mas sim demônios dançando no inferno. E havia gárgulas hediondas talhadas no estilo mais violento e cruel em toda a volta da sacada onde nos encontrávamos. Pude ver também, nos capitéis das colunas que sustentavam a abóbada em cima de nossas cabeças, mais criaturas aladas demoníacas esculpidas na pedra.

Máscaras das muitas faces do mal enchiam as paredes atrás de mim e na minha frente. Numa das tapeçarias, os círculos do Inferno de Dante superpunham-se uns aos outros.

Olhei para a reluzente mesa vazia. Senti uma tontura. Ia desmaiar, perder os sentidos.

— Torná-lo membro da Corte, é isso o que ela pede — disse o Ancião, empurrando-me com força contra a amurada, não me soltando, não deixando que eu me virasse. Sua voz era descansada e baixa, sem trair qualquer emoção. — Ela quer que o admitamos na Corte como prêmio por ter matado um dos nossos, essa é a sua lógica.

O olhar que me lançou foi cortês, sereno. A mão com que me segurava pela gola não era cruel nem rude, apenas firme.

Eu era uma tempestade de palavras proferidas pela metade, ofensas e blasfêmias, quando subitamente percebi que estava caindo.

Seguro pela mão do Ancião, tinha caído da amurada e num segundo pousado sobre as grossas camadas de tapetes, onde me ajudaram a ficar de pé, enquanto os dançarinos abriam espaço para nós.

Estávamos frente a frente com o lorde, sentado na poltrona de espaldar alto, e pude notar que as figuras talhadas na madeira do seu trono majestoso eram, naturalmente, animalescas, felinas e diabólicas.

Era tudo de madeira preta polida, sentindo-se até o cheiro do óleo, que se misturava docemente com o perfume das lanternas, ao leve crepitar das tochas.

Os músicos tinham parado de tocar. Não conseguia vê-los. E, quando os localizei, me dei conta de que o pequeno conjunto alojava-se num mezanino, e constatei que todos os seus integrantes também tinham a mesma pele branca de porcelana e os olhos letais de gato ao olharem fixamente para mim, todos eles homens magros, modestamente trajados e aparentemente apreensivos.

Olhei para o lorde. Ele não havia se mexido ou falado. Era uma imponente figura imperial, sua basta cabeleira loura penteada para trás, caindo-lhe, como já disse, nos ombros.

Suas roupas também eram antigas, uma grande túnica folgada de veludo, não uma túnica de soldado, mas quase um manto, adornado com uma pele tingida num tom escuro para combinar com sua cor lúgubre. Por baixo, ele trajava um vistoso gibão de mangas bufantes que lhe cobriam os cotovelos e se afinavam em torno dos antebraços e dos pulsos. Uma grande corrente com pesados medalhões pendia do seu pescoço, cada um deles um disco de ouro maciço trabalhado, com uma pedra cabochão engastada no centro, um rubi vermelho como suas vestes.

Ele apoiava uma das mãos, de dedos longos e finos, dobrada sobre a mesa com naturalidade. Não consegui ver a outra. Olhou-me com seus olhos azuis penetrantes. Havia algo de recatado e refinado na simplicidade da postura.

Num passo ligeiro, segurando a saia com as duas mãos, Ursula adiantou-se, pisando nos grossos tapetes.

— Florian — ela disse, fazendo uma reverência diante do lorde atrás da mesa. — Florian, eu lhe imploro que acolha este jovem na nossa Corte pelas provas de caráter e coragem que demonstrou possuir. Eu lhe peço por mim, que atenda à voz do meu coração.

Sua voz era trêmula porém racional.

— Admitir-me na Corte? Nesta Corte? — interpelei, sentindo um calor subir-me às faces. Olhei da direita para a esquerda. Fitei todos eles, com seus rostos esbranquiçados e suas bocas escuras, da cor de sangue recentemente sorvido. Olhei para suas caras lívidas e descoradas com que me observavam. Seus olhos estariam cheios do fogo demoníaco, ou seria apenas porque qualquer resquício de humanidade havia sido banido de seus semblantes?

Vi minhas próprias mãos ao baixar os olhos, meus próprios punhos cerrados, muito corados e humanos, e, de repente, como se fosse inevitável, senti meu próprio cheiro, o odor de meu suor misturado com a poeira da estrada entranhada no que houvesse em mim de simplesmente humano.

— Sim, você é de fato uma tentadora iguaria para nós — disse o grão-senhor, revelando sua verdadeira face. — Não resta dúvida, o ambiente está fortemente impregnado do seu cheiro. Mas ainda é muito cedo para festejarmos. Só o fazemos quando o sino toca doze vezes, esse é o nosso costume infalível.

Era uma voz bonita, de ressonante clareza e um certo charme que lhe conferia o sotaque francês, de si tão cativante. Ele se expressava com comedimento a que não faltava a pompa muito própria dos franceses.

Ele sorriu para mim, e seu sorriso foi gentil, como o sorriso de Ursula, mas não foi um sorriso de piedade e de modo algum cruel ou sarcástico.

Eu não tinha olhos para os outros rostos à sua esquerda ou à sua direita. Sabia apenas que eram muitos, alguns de homens e outros de mulheres, e essas exibiam os mesmos penteados elaborados usados na corte francesa em outros tempos. Pelo canto do olho, cheguei a ver um homem levantar-se como se fora um bufão.

— Ursula, uma coisa como essa — disse o lorde — requer muita reflexão.

— Será? — questionei insolentemente. — Pretende me fazer membro da sua Corte? Isso não exige maiores deliberações.

— Pense bem, meu jovem — o lorde disse com sua voz suave, calma. — Afinal, aqui não estamos sujeitos à morte, à decadência física ou à enfermidade. Você foi fisgado pelo anzol, é uma presa do mar que não tem como escapar e nem sequer sabe que está fora d'água, do elemento que lhe assegura a vida.

— Milorde, não quero fazer parte de sua Corte. Poupe sua gentileza e seus conselhos. — Lançando um olhar desafiador em volta, acrescentei: — Não me fale de sua Festa.

As criaturas que cercavam o grão-senhor tinham assumido uma abominável imobilidade, um olhar congelado extremamente antinatural e ameaçador. Fui invadido por uma onda de repugnância. Ou seria pânico, pânico que não permitiria que tomasse conta de mim, embora estivesse irremediavelmente cercado e só em absoluto.

As figuras sentadas à mesa pareciam feitas de louça, de tal forma mantinham-se imóveis. Na verdade, a impressão era de que a perfeição que se impunham era inerente à sua impassividade.

— Ah, se eu tivesse um crucifixo — disse em voz baixa, sem mesmo pensar no que estava dizendo.

— Isso não significaria nada para nós — disse o lorde, imperturbável.

— Sei disso muito bem; sua dama aqui presente entrou na minha capela para capturar meu irmão e minha irmã! Não, cruzes não significam nada para vocês. Mas significariam alguma coisa para mim neste exato momento. Diga-me, tenho anjos em torno de mim me protegendo? Vocês permanecem sempre visíveis? Ou de quando em vez fundem-se com a escuridão da noite e desaparecem? E, quando isso acontece, são capazes de ver os anjos que me protegem?

O lorde sorriu.

O Ancião, que havia soltado a minha gola, pelo que lhe era muito grato, riu à socapa. Mas ninguém mais deixou transparecer qualquer manifestação de júbilo.

Olhei para Ursula. Como parecia adorável e desesperada, arrojada e inabalável quando desviou os olhos de mim para aquele lorde, a quem chamara de Florian. Todavia, não era mais humana do que qualquer um deles; era a imagem fatídica de uma jovem mulher, dotada de atributos e graças indescritíveis, mas há muito destituída de vida, da mesma forma que eles.

— Ouça suas palavras, meu senhor, não importa o que ele diga — ela suplicou. — Faz tanto tempo que não se ouve uma voz nova dentro destas paredes, uma voz que permaneça conosco, torne-se um de nós.

— Sim, e ele quase acredita nos seus anjos, e você o considera maravilhosamente astuto — disse o lorde compreensivamente. — Meu jovem Vittorio, posso assegurar-lhe que não vejo anjos da guarda ao seu redor. E somos sempre visíveis, como sabe, pois já nos viu em nossos bons e maus momentos. A rigor, não em nossos melhores, não em nossos momentos excepcionais.

— Oh! — exclamei. — Mal posso esperar por eles, milorde, pois amo muito vocês e seu estilo requintado de ceifar vidas em massa. Isso sem falar, naturalmente, na corrupção que implantaram na cidade ali adiante, roubando até as almas dos próprios padres.

— Cale-se, está se deixando dominar por uma febre mortal — ele disse. — O seu cheiro enche minhas narinas como se o caldeirão estivesse fervendo. Posso devorá-lo, meu jovem, esquartejá-lo e dar seus pedaços ainda palpitantes a todos os que estão em volta dessa mesa, para que seu sangue quente seja sugado enquanto seus olhos permanecem piscando...

Ao ouvir essas palavras pensei que enlouqueceria. Pensei na minha irmã e no meu irmão mortos. Pensei nas hediondas e ternas expressões de suas cabeças decepadas. Não pude suportar aquilo. Fechei os olhos. Pensei numa imagem qualquer para afastar de minha mente aquelas atrocidades. Fui buscar no fundo da memória o espetáculo do anjo Gabriel de Fra Filippo Lippi ajoelhado diante da Virgem. Sim, anjos, anjos, protejam-me com suas asas. Oh, Deus, mande-me seus anjos!

— Maldita seja sua Corte infame, demônio de fala mansa — gritei. — Como foi que botou os pés nestas terras? Como isso aconteceu? — Abri os olhos, mas só vi os anjos de Fra Filippo num turbilhão de obras que me vieram à cabeça, seres radiosos animados pelo sopro quente, carnal da Terra misturado com a bem-aventurança celestial. — Ele foi para o inferno? — gritei mais alto. — O miserável de quem cortei a cabeça. Ele está ardendo nas chamas eternas?

Se o silêncio pode se dilatar e se retrair, então foi o que aconteceu com o silêncio daquele grande solar, e não ouvi mais nada a não ser minha respiração ansiosa.

Mesmo assim o lorde permaneceu imperturbável.

— Ursula — disse ele —, isso pode ser considerado.

— Não! — gritei. — Nunca! Juntar-me a vocês? Tornar-me um de vocês?

A mão do Ancião mantinha-me dominado com seus dedos crispados no meu pescoço. Debater-me seria uma estupidez. Era só ele apertar sua pega e eu estaria morto. Talvez fosse melhor assim. Só que eu ainda tinha mais a dizer.

— Nunca faria isso. Como ousa pensar que minha alma seja tão barata que é bastante pedi-la?

— Sua alma? — perguntou o lorde. — Que alma é essa que se recusa a viajar pelos séculos afora sob as inescrutáveis estrelas, preferindo uns poucos anos? Que alma é a sua que em vez de buscar a verdade para sempre, conforma-se com uma mesquinha existência comum?

Muito lentamente, em meio ao ruído de suas farfalhantes roupagens, ele se levantou, exibindo pela primeira vez em toda sua extensão um manto vermelho, formando uma grande cauda cor de sangue atrás dele. Inclinou ligeiramente a cabeça, e as luzes deram aos seus cabelos um rico brilho dourado, e seus olhos azuis se abrandaram.

— Chegamos aqui muito antes de você e seus parentes — disse ele, sem perder o decoro, mantendo-se cortês e elegante. — Já estávamos aqui séculos antes de vocês chegarem à sua montanha. Estávamos aqui quando todas as montanhas que nos cercam eram nossas. Você é que é o invasor. — Ele fez uma pausa e recompôs-se. — É a sua gente que avança cada vez mais com suas terras cultivadas, com a aldeia, a fortaleza e o castelo, encurralando-nos nas florestas que são nossas, obrigando-nos a recorrer à dissimulação quando poderíamos ser francos, visíveis em vez de nos escondermos como "ladrões da noite", como diz o Evangelho.

— Por que mataram meu pai e minha família? — Não pude mais ficar calado. A mim pouco importavam sua eloqüência enganosa, suas palavras capciosas, seu charme.

— Seu pai e o pai dele — ele disse — e o nobre antes dele, eles cortaram as árvores que cercavam o castelo. E por isso tenho que repelir os humanos da minha floresta. E de vez em quando as circunstâncias me obrigam a abrir espaço com o meu machado, e assim tem sido feito. Seu pai poderia ter pago seu tributo e ter continuado como era. Poderia ter firmado um pacto secreto que não lhe custaria nada.

— Não pode ter acreditado que ele lhe entregaria nossos bebês para que vocês sugassem o sangue deles. Ou, quem sabe, os sacrificassem a Satã em algum altar?

— Você verá daqui a pouco — disse ele —, pois acho que você deve ser sacrificado.

— Não, Florian — Ursula disse com a voz turbada. — Eu lhe suplico.

— Permita-me fazer-lhe uma pergunta, gracioso lorde, já que a justiça e a história merecem-lhe tanto apreço. Se esta Corte é um tribunal, um tribunal de verdade, por que não tenho direito a uma defesa humana? Por que não conto com pares humanos? Ou com seres humanos para me defenderem?

Ele pareceu ter ficado embaraçado com a pergunta. Ao cabo de alguns segundos, falou.

— Nós somos o tribunal desta Corte, meu filho. Você não é nada, e sabe disso. Teríamos deixado seu pai sobreviver, assim como deixamos o cervo viver na floresta para que possa procriar com a corça. Nada mais do que isso.

— Há muitos humanos aqui?

— Nenhum que possa ajudá-lo — ele respondeu sem rodeios.

— Guardas humanos durante o dia? — perguntei.

— Não há guardas durante o dia — ele disse, e pela primeira vez sorriu com certo orgulho. — Julga que precisamos deles? Acha que nossa pequena comunidade possa ficar descontente durante o dia? Acredita que necessitamos de guardas humanos aqui?

— Certamente. E é muita ingenuidade de vossa parte pensar que eu jamais ousaria penetrar em vossa Corte! Dispensar guardas humanos, quando lá embaixo existe uma aldeia inteira que sabe o que sois e quem sois, e que só apareceis à noite porque não podeis vos expor à luz do dia?

Ele sorriu pacientemente.

— Eles são uma praga — disse tranqüilamente. — Está me fazendo perder tempo com criaturas que estão abaixo do desprezo.

— Humm, um julgamento precipitado como esse pode lhe ser prejudicial. Acho que, de uma forma ou de outra, tem mais amor por elas do que quer fazer parecer, milorde!

O Ancião riu.

— Talvez pelo seu sangue — ele disse baixinho.

Ouviu-se uma risada reprimida em algum lugar do vasto salão, ecoando como o fragmento de alguma coisa quebrada.

O lorde voltou a falar:

— Ursula, considerarei seu pedido, mas não...

— Não, porque eu não considerarei! — eu disse. — Mesmo que estivesse amaldiçoado, não me juntaria a vocês.

— Segure sua língua — advertiu o lorde calmamente.

— Vocês são idiotas se pensam que os habitantes da aldeia não se rebelarão e tomarão esta cidadela à luz do dia, devassando e destruindo seus esconderijos!

Ouviu-se um ruge-ruge e um ruído no salão, mas ninguém falou, pelo menos que eu pudesse ouvir. Parecia, entretanto, que aqueles monstros de caras pálidas estavam se comunicando entre si pelo pensamento ou simplesmente trocando olhares que faziam com que suas pesadas e belas indumentárias farfalhassem ao se movimentarem.

— Vocês estão cegos pela estupidez! — declarei. — Vocês se expõem ao mundo à luz do dia e pensam que esta Corte do Graal de Rubi poderá durar para sempre?

— Você me insulta — disse o lorde. Suas faces se coloriram divinamente de um maravilhoso rosa pálido. — Peço-lhe polidamente que modere suas palavras.

— Estou-lhe insultando? Permita-me, milorde, lembrar-lhe. Vocês todos são completamente indefesos à luz do dia; não tenho a menor dúvida. Vocês atacam à noite, somente à noite. Os gestos, as palavras, tudo denuncia a sua fragilidade. Lembro-me de suas hordas fugindo da casa de meu pai. Lembro-me da advertência desesperada: "Olhe para o céu!" A verdade, milorde, é que viveram por muito tempo no seu mundo de florestas. Deviam ter seguido o exemplo de meu pai e mandado alguns discípulos estudarem com os filósofos e os sacerdotes da cidade de Florença.

— Não continue zombando de mim — ele disse num tom suplicante, com a mesma contenção bem-educada. — Você está provocando minha ira, Vittorio, e não tolero essa atitude insolente.

— Seu tempo é curto, velho demônio. Portanto, divirta-se no seu castelo antiquado enquanto pode.

Ursula sussurrou qualquer coisa, mas nada me faria calar.

— Vocês podem ter comprado a velha geração de imbecis que governa a cidade atualmente, mas se não acreditam que as forças do bem e do saber de Florença, Veneza e Milão estão apertando o cerco contra vocês inexoravelmente, com uma fúria que jamais terão condições de conter, então é porque vivem no mundo da lua. Não são homens como meu pai que constituem uma ameaça à sua corja. São os homens de ciência com seus livros; são os astrólogos e os alquimistas das universidades que os destruirão; são os tempos modernos, de que não sabem nada, que os caçarão implacavelmente como as bestas das velhas lendas, e os desalojarão e arrastarão de seu covil para o calor do sol e cortarão as cabeças de todos...

— Matem-no! — gritou uma voz feminina dentre os circunstantes.

— Acabem com ele agora — disse um homem.

— Ele não serve para nós! — gritou outro.

— Ele não é digno de pertencer à nossa seita! Não merece nem ser sacrificado!

E ergueu-se um coro exigindo minha morte.

— Não — gritou Ursula, abrindo os braços para o lorde. — Florian, eu lhe imploro!

— Tortura, tortura, tortura — começaram a entoar, primeiro, duas ou três vozes, que logo se multiplicaram.

— Milorde — disse o Ancião, mas quase não consegui ouvir sua voz —, ele não passa de um menino. Admitamo-lo no nosso aprisco com o resto do rebanho. Daqui a uma ou duas noites ele nem se lembrará do seu nome. Estará tão dócil e roliço quanto os outros.

— Matem-no agora — uma voz destacou-se entre as demais.

— E acabemos com ele — gritaram outras, seus protestos cada vez mais altos.

E como um raio fulminante, imediatamente secundado pela maioria:

— Arranquem-lhe os membros um a um. Agora. Não percam tempo!

— Sim, sim, sim! — O refrão soava como o rufar marcial de tambores de guerra.

7

O CATIVEIRO

Godric, o Ancião, exigiu silêncio em voz alta, no exato momento em que numerosas mãos algo glaciais tinham apertado meus braços.

Certa vez, em Florença, tinha visto um homem ser estraçalhado pela multidão. Estava muito perto do espetáculo para meu gosto, e quase fui pisoteado na ânsia dos que, como eu, queriam afastar-se do tumulto.

Portanto, para mim, não era mera fantasia a possibilidade disso acontecer. Estava tão resignado com meu fim quanto em relação a qualquer outra forma de morte, acreditando, penso eu, com tanta convicção no fundamento de minha santa cólera quanto na fatalidade da morte.

Mas Godric ordenou que os bebedores de sangue se afastassem, e a sinistra congregação de caras pálidas recuou com uma graça palaciana que beirava os limites da timidez e da saciedade, com as cabeças baixas ou voltadas para os lados, como se momentos antes não tivesse participado de uma comoção coletiva.

Não tirei os olhos do lorde, cujo rosto agora denotava tanto calor que ele parecia quase humano, o sangue pulsando nas suas faces magras, e sua boca tão escura quanto o sangue coagulado de um ferimento. Seu cabelo louro-escuro parecia quase marrom, e seus olhos azuis revelavam preocupação.

— Sou favorável a que ele seja colocado junto aos demais — disse Godric, o calvo Ancião.

Imediatamente, Ursula rompeu em soluços, como se não pudesse mais contê-los. Avistei-a pouco adiante. Tinha a cabeça abaixada, as mãos tentando esconder-lhe o rosto, e, por entre seus dedos longos, percebi que caíam gotículas de sangue como se suas lágrimas dele fossem feitas.

— Não chore — disse, sem pensar na conveniência de minhas palavras. — Ursula, você fez tudo o que podia. Sou um caso perdido.

Godric virou-se e olhou para mim com a sobrancelha erguida. Dessa vez estava suficientemente perto para ver que sua cabeça não era totalmente desprovida de cabelo. Havia um ou outro fio branco, e sua testa exibia fiapos de sobrancelhas parecendo lascas de madeira patinada.

Ursula tirou um lenço cor-de-rosa do decote de sua túnica francesa de cintura alta, um tecido delicado, bordado com folhas verdes e flores róseas, enxugando com ele suas adoráveis lágrimas rubras, e olhou para mim como se estivesse morta de saudade.

— Minha situação é irremediável — disse-lhe. — Você fez tudo o que pôde para me salvar. Se pudesse, a envolveria com meus braços para poupá-la desse sofrimento. Mas estou manietado por esse monstro aqui ao meu lado.

Gritos abafados e murmúrios partiam da lúgubre assembléia, que se mantinha parada no mesmo lugar. Num rápido e embotado relance permiti-me ver os rostos magros, macilentos, brancos como ossos alinhados ao longo da mesa, de cada lado do lorde, e observei algumas das damas tão afrancesadas com suas extravagantes perucas e toucas que não deixavam ver um fio de seus próprios cabelos. Ao mesmo tempo que pareciam ridículas na sua absurda francesice, transmitiam uma certa delicadeza, e, naturalmente, eram todas demônios.

O Ancião calvo, Godric, deu um risinho.

— Demônios! — exclamei. — Uma coleção e tanto.

— Mande-o para o cativeiro, milorde — disse Godric, o Ancião. — Para a companhia dos outros, e depois poderei fazer-lhe minhas sugestões em particular e conversar sobre Ursula. Ela se aflige desmedidamente.

— É verdade — ela disse. — Por favor, Florian, quando mais não seja, pelo fato de nunca ter-lhe pedido nada dessa natureza, como sabe muito bem.

— Sei, sim, Ursula — disse o lorde, com a voz mais suave que saíra de seus lábios até então. — Estou sabendo, minha encantadora flor. Mas esse jovem é recalcitrante, e sua família, sempre que esteve em situação mais vantajosa do que os pobres de nós que saíam daqui para caçar, destruiu esses desafortunados membros de nossa tribo. E não foram poucas as vezes que isso aconteceu.

— Quanta bravura! — bradei. — Que presente maravilhoso está me dando.

O lorde ficou espantado com meu arrebatamento, e irritado.

Mas Ursula precipitou-se numa impetuosa lufada de trajes de veludo, e inclinou-se sobre a mesa reluzente para ficar mais perto dele. Só podia ver suas longas tranças caprichosamente atadas com fitas de veludo vermelho, e o contorno de seus braços magníficos, delgados e ao mesmo tempo carnudos, encantou-me contra minha vontade.

— Mande-o para o cativeiro, por favor, milorde — ela suplicou —, e deixe que eu o tenha pelo menos por tantas noites quantas precisar para apaziguar meu coração. Permita que ele compareça à Missa da Meia-Noite de hoje, e possa refletir melhor.

Não respondi ao que ela disse, apenas memorizei suas palavras.

Dois homens da congregação, de rostos escanhoados e vestimentas soberbas, surgiram subitamente ao meu lado para executar as ordens de Godric e me levarem.

Antes que soubesse o que me aguardava, uma venda de pano foi colocada nos meus olhos. Fiquei cego.

— Não, deixem-me ver — gritei inutilmente.

— Pois bem, o cativeiro então — ouviu-se a voz do lorde, e senti que estava sendo rapidamente removido do salão, como se os pés da dupla que me escoltava nem precisassem tocar no chão.

A música fez-se ouvir novamente, em acordes soturnos. Ainda bem que estava sendo misericordiosamente afastado dela. Somente a voz de Ursula me acompanhou ao me conduzirem escada acima, machucando os pés ao batê-los de vez em quando contra os degraus, e sentindo a pressão dos dedos que me seguravam com força.

— Mantenha-se calado, por favor, Vittorio, não ofereça resistência e fique em silêncio.

— Por que, meu amor? Por que insiste em prender seu coração a mim? Seria capaz de beijar-me sem morder-me com seus dentes afiados?

— Sim, sim, e sim — ela disse no meu ouvido.

Estava sendo arrastado por uma passagem. Podia ouvir um coro de vozes misturadas, engajadas em conversas comuns, ao ar livre, e um tipo de música completamente diferente.

— O que é isso? Para onde estamos indo? — perguntei.

Ouvi portas sendo fechadas atrás de mim, e de repente a venda foi retirada dos meus olhos.

— Aqui é o cativeiro, Vittorio — ela disse, pressionando seu braço contra o meu e tentando sussurrar no meu ouvido. — Aqui é onde as vítimas são mantidas até se tornarem necessárias.

Estávamos numa plataforma de pedra alta, despojada, cujos degraus em curva conduziam para baixo, para um grande pátio, abrigando tantas atividades das mais bizarras naturezas que não pude compreender o sentido de tudo aquilo imediatamente.

Estávamos num piso elevado no interior do castelo, não tinha dúvidas quanto a isso. O pátio era fechado pelos quatro lados, e, ao olhar para cima, notei que as paredes eram revestidas de mármore branco, vendo-se por toda parte pequenas e estreitas janelas geminadas, em arco, no estilo francês. E, acima, o céu tinha um brilho pulsante, alimentado decerto pelas inúmeras tochas nos telhados e nos contrafortes do castelo.

Nada disso significava grande coisa para meus olhos, exceto a certeza de que não era possível escapar dali, uma vez que as janelas mais próximas eram muito altas, e o mármore era demasiado liso para poder ser escalado fisicamente.

Havia muitos pequenos balcões debruçados sobre o espaço na parte mais elevada, mas também eram inatingíveis dada a sua altura. Vi os demônios pálidos vestidos de vermelho nesses balcões, olhando para baixo, para mim, como se minha introdução fosse um espetáculo. Havia algumas varandas muito amplas, onde se viam olhares maldosos de seus impiedosos ocupantes.

Malditos sejam vocês todos, pensei.

O que me deixou atordoado e ao mesmo tempo me fascinou foi a grande mistura de seres humanos e habitações precárias atravancando o pátio diante de mim.

Em primeiro lugar, o local era muito mais intensamente iluminado do que o lívido tribunal onde eu tinha sido julgado, se é que assim podia ser chamado, e constituía um mundo à parte — um pátio retangular plantado com dúzias de oliveiras e árvores frutíferas, como laranjeiras e limoeiros, todas elas providas de lanternas que pendiam de seus galhos.

Era um pequeno mundo autônomo habitado por pessoas que pareciam embriagadas e confusas. Corpos, alguns seminus, outros ricamente trajados, andavam arrastando os pés, tropeçavam ou se deixavam ficar pelos cantos sem nenhum propósito. Todos tinham uma aparência imunda, desgrenhada, aviltada.

Construções toscas, improvisadas, erguiam-se por toda parte como cogumelos — choupanas de palha, barracões de madeira, pequenos enclaves de pedra —, e viam-se ainda jardins cercados de treliças e a área toda cortada por sinuosas alamedas.

Era um labirinto caótico que fora se expandindo desordenadamente sob a noite nua.

As árvores frutíferas tinham sido plantadas juntas umas das outras, mas depois, ao crescerem, abriram seus galhos, revelando espaços gramados onde as pessoas ficavam indolentemente olhando as estrelas, como se estivessem cochilando, embora seus olhos se mantivessem abertos.

Uma infinidade de trepadeiras floridas cobriam caramanchões que pareciam não ter outra finalidade senão criar recantos com direito a alguma privacidade. Havia também gaiolas enormes cheias de pássaros bem alimentados, e inúmeras fogueiras pelos quatro cantos com caldeirões cozinhando sobre carvões em brasa, dos quais se desprendia uma fragrância fortemente condimentada.

Caldeirões! Sim, cheios de caldo.

Notei que vagava pelo gueto — talvez houvesse outros — um quarteto de demônios de pernas finas e pele esbranquiçada como seus amos e senhores, forçados a usar os mesmos trajes vermelhos, só que os seus eram quase andrajos.

Dois cuidavam de um caldeirão de caldo, sopa ou o que pudesse ser, enquanto outro varria com uma grande vassoura velha, e um terceiro carregava indiferentemente um pirralho chorão cuja cabeça balançava aflitivamente no seu pescoço franzino.

O cenário era mais grotesco e perturbador do que a hedionda Corte, com seus pomposos cadavéricos falsos aristocratas.

— Meus olhos estão ardendo — disse. — Da fumaça que sobe dos caldeirões. — Era uma picante, deliciosa mistura de fragrâncias. Era capaz de identificar muitas das especiarias que estavam sendo cozinhadas com a carne de carneiro e de vaca, mas havia outros condimentos mais exóticos adicionados ao caldo fumegante.

Seres humanos maltrapilhos perambulavam completamente entorpecidos. Crianças, mulheres velhas, os aleijados que tinham desaparecido da cidade, corcundas e indivíduos com os corpos deformados, atrofiados, assim como homens espadaúdos, barbudos e truculentos, e rapazes da minha idade ou mais velhos — todos andando vagarosamente, uns poucos parados, mas com um ar aparvalhado, ensandecido, olhando para nós e piscando os olhos ou detendo-se, como se nossa presença significasse alguma coisa com que não atinavam.

Oscilei na plataforma, e Ursula segurou meu braço. Senti-me faminto com a fragrância que penetrava nas minhas narinas. Era uma fome devoradora, como nunca havia sentido. Não, era uma vontade incontrolável de tomar sopa, como se não houvesse outra comida que não fosse líquida.

De repente, os dois homens sinistros e alienados que permaneciam ao nosso lado — os que haviam vendado meus olhos e me arrastado para aquele lugar — viraram-se e desceram a escada, fazendo barulho com seus calcanhares nos degraus de pedra.

Gritos ansiosos ressoaram, vindos da grande assembléia tresmalhada e abandonada. Cabeças voltaram-se. Corpos lerdos tentaram erguer-se do seu torpor.

Os dois lordes, com suas longas mangas pendentes e as costas empertigadas, marcharam juntos como se fossem parentes ao se encaminharem para o primeiro dos caldeirões visíveis.

Vi quando mortais embriagados reuniram-se e avançaram, trôpegos, na direção dos lordes vestidos de vermelho. Quanto a estes, pareciam se comprazer em ludibriar a todos.

— O que eles estão fazendo? O que vão fazer? — Estava me sentindo nauseado. Ia cair. Mas como aquela sopa cheirava bem, como tinha vontade de tomá-la! — Ursula — chamei. Não soube, porém, que palavras formular para acompanhar esse nome pronunciado como se fosse uma prece.

— Estou segurando você, meu amor. Isto aqui é o cativeiro. Olhe, está vendo?

Numa névoa, vi os lordes passarem por baixo dos galhos espinhentos das laranjeiras em flor, em que ainda havia seus frutos, como se nenhuma daquelas almas penadas precisasse de uma coisa tão fresca e colorida como uma laranja.

Os lordes posicionaram-se de cada lado do primeiro caldeirão, e cada um, estendendo a mão direita, cortou o pulso direito com uma faca segura pela mão esquerda, e deixou o sangue escorrer copiosamente dentro do caldo.

Um grito fraco de contentamento levantou-se do grupo de homens que os cercava resignadamente.

— Oh, miseráveis, é o sangue, naturalmente — sussurrei. Teria caído se Ursula não tivesse me amparado. — O caldo é temperado com sangue.

Um dos lordes virou as costas, como se a fumaça e os eflúvios o incomodassem. Contudo, permitiu-se verter seu sangue no caldo. Em seguida, virando-se bruscamente, quase com raiva, esticou a mão e pegou pelo braço um dos demônios macilentos, pálidos, vestido com roupas de camponês.

Agarrou o pobre homem e arrastou-o até o caldeirão. O demônio mirrado, insignificante, implorou para que ele o soltasse, mas seus dois pulsos foram cortados, e então, embora virasse o rosto cadavérico, foi furiosamente sangrado na sopa.

— Ah, você deve estar sentindo-se melhor do que Dante neste círculo infernal, não é mesmo? — disse, logo me arrependendo por ter falado com ela nesse tom.

Ela me amparou firmemente.

— São camponeses que sonham em se tornar lordes, e, se obedecerem, poderão.

Lembrei-me que os soldados-demônios que me haviam trazido de volta ao castelo eram caçadores rudes. Como tudo era bem pensado, mas aquela criatura etérea ao meu lado, minha amada de ombros estreitos, suaves braços protetores e rosto reluzente das muitas lágrimas vertidas por minha causa, era, sem sombra de dúvida, uma grande dama.

— Vittorio, quero tanto que você não morra!

— É verdade, minha querida? — Enlacei-a com meus braços. Não podia mais manter-me de pé sem o seu apoio.

Minha vista estava falhando.

Contudo, com minha cabeça encostada no seu ombro, os olhos voltados para a multidão lá embaixo, podia ver os seres humanos cercando os caldeirões e mergulhando suas canecas no caldo, exatamente onde o sangue havia caído, e depois soprando o líquido para esfriá-lo antes de bebê-lo.

Uma risada sinistra, arrepiante, ecoou pelas paredes. Tive a impressão de que viera dos espectadores nos balcões no alto.

Subitamente, um turbilhão vermelho a todos envolveu, como se uma bandeira gigantesca tivesse sido desfraldada.

Mas foi uma dama caindo de algum lugar remoto nas alturas, e pousando no meio das hordas de admiradores do cativeiro.

Todos curvaram-se e a saudaram, recuando para lhe dar passagem, e deixando escapar exclamações de reverência quando ela também se aproximou do caldeirão e, com uma ruidosa gargalhada rebelde, cortou o pulso e derramou seu sangue na grande panela.

— Sim, meus queridos, meus pintinhos — ela declarou. E olhou para cima, para nós.

— Desça, Ursula, tenha piedade de nosso pequeno mundo faminto aqui embaixo; seja generosa, Embora não seja sua noite de doar, faça-o em homenagem à nossa nova aquisição.

Ursula parecia envergonhada com tudo aquilo, e segurava-me gentilmente com seus dedos longos. Eu me fixei nos seus olhos.

— Estou bêbado, embriagado apenas com a fragrância.

— Agora meu sangue é somente para você — ela murmurou.

— Então me dê logo, desejo-o ardentemente. Estou fraco, estou me sentindo morrer — disse. — Ó Deus, vós me conduzistes a isso. Não, não, perdoai-me. Eu mesmo sou culpado.

— Acalme-se, meu amor, meu querido — ela disse.

Seu braço enroscou-se na minha cintura e de repente senti seus lábios macios, logo abaixo de minha orelha, sugando a carne, como se ela quisesse fazer uma dobra no meu pescoço, aquecê-la com a língua, e depois cravar os dentes.

Senti-me exaurido, e com as duas mãos, numa súbita fantasia, tentei alcançá-la enquanto corríamos pela campina que só a nós pertencia, na qual aquelas criaturas jamais poderiam ser admitidas.

— Oh, inocente amado — ela disse, mesmo enquanto sorvia meu sangue. — Oh, doce e inocente amado.

E então uma sensação de fogo penetrou-me pelo orifício no pescoço, dando-me a impressão de que era um parasita de longos tentáculos que uma vez dentro do meu corpo atingiu minhas mais remotas entranhas.

A campina espalhava-se à nossa volta, vasta, fresca, salpicada de lírios em flor. Ela estaria comigo? Ao meu lado? Pareceu-me que sim, num radioso instante em que fiquei só e a ouvi chamar-me como se estivesse atrás de mim.

Quis, nesse sonho extasiante, nesse esvoaçante, refrescante sonho de céus azuis e delicadas hastes quebradiças, virar-me e correr para ela. Mas pelos cantos dos olhos, contemplei algo de tamanho esplendor e magnificência que minha alma teve um sobressalto.

— Olhe, está vendo?

Minha cabeça pendeu para trás. O sonho se desfez. As altas paredes de mármore branco do castelo-prisão estendiam-se para além do alcance de minha vista. Ela me aninhava no seu regaço e olhava para mim, aturdida, com os lábios rubros de sangue.

Ergueu-me nos braços. Sentia-me indefeso como uma criança. Carregou-me até a escada para descermos. Não houve nada que eu pudesse fazer para despertar minhas pernas e meus braços.

Parecia que o mundo acima de nós era habitado só por figuras minúsculas debruçadas dos balcões e plataformas, rindo e apontando com as mãos estendidas, tão escuras contra a luz das tochas que as cercavam.

Sangue vermelho, sinta o cheiro.

— Mas o que era; você viu na campina? — perguntei-lhe.

— Não! — gritou. Parecia muito assustada.

Eu estava deitado numa cama improvisada num monte de feno, e camponeses pobres, malnutridos, olhavam estupidamente para mim com os olhos injetados. E ela, ela chorava com as mãos no rosto.

— Não posso deixá-lo aqui — ela disse.

Sua voz soava longe, muito longe. Ouvi gemidos e lamúrias. Estaria havendo uma revolta entre os drogados e os malditos? Ouvi gente soluçando.

— Mas você ficará; então, primeiro venha até o caldeirão e dê o seu sangue.

Quem teria pronunciado essas palavras?

Não saberia dizer.

— ... hora da Missa.

— Você não o levará esta noite.

— Por que estão chorando? — perguntei. — Ouça, Ursula, todos começaram a chorar.

Um dos jovens esqueléticos olhava diretamente nos meus olhos. Tinha uma das mãos na minha nuca e com a outra segurava uma caneca de sopa quente na minha boca. Eu não queria que ela escorresse pelo meu queixo. Bebi avidamente, enchendo a boca.

— Esta noite, não — chegou até mim a voz de Ursula. Beijos na minha testa, no meu pescoço. Alguém a puxou bruscamente. Senti sua mão desprendendo-se da minha, e, então, que ela se afastava.

— Venha, Ursula, deixe-o.

— Durma, meu querido — ela sussurrou no meu ouvido. Senti suas saias roçando em mim. — Vittorio, procure dormir.

A caneca foi posta de lado. Atordoado, completamente intoxicado, pude ver quando o líquido escuro derramou e foi absorvido pelo monte de feno. Ela estava ajoelhada diante de mim, com sua boca terna, deliciosamente rubra, aberta.

Segurou-me o rosto com as mãos frias. O sangue jorrou de sua boca dentro da minha.

— Oh, amor — eu disse. Queria tanto ver o campo, mas ele não apareceu. — Deixe-me ver o campo, deixe-me vê-lo!

Mas não havia campo florido, somente a visão chocante do seu rosto, e depois uma luz que se apagava, um abraço envolvente de escuridão e som. Não podia mais lutar. Não podia mais falar. Não conseguia mais me lembrar... Mas alguém havia dito essa mesma coisa.

E o choro. Era tão triste. Aquele choro generalizado, aquele doloroso, desesperado soluçar.

Quando abri os olhos, já era dia claro. O sol me incomodava, e minha cabeça doía insuportavelmente.

Um homem estava em cima de mim, tentando tirar-me as roupas. Bêbado idiota. Virei-me, tonto e nauseado, com vontade de vomitar, e, desvencilhando-me dele, dei-lhe um soco que o deixou desacordado.

Tentei levantar-me, mas não consegui. A náusea era intolerável. À minha volta outros dormiam. O sol feria meus olhos, escaldava minha pele. Aconcheguei-me no monte de feno. Subiu-me um calor à cabeça, e quando passei os dedos pelos cabelos, senti que estavam quentes. A dor na cabeça latejava nos ouvidos.

— Venha para o abrigo — disse uma voz. Era uma velha enrugada, que acenava para mim debaixo de um teto de palha. — Venha para cá, aqui está fresco.

— Malditos sejam vocês todos — eu disse. Dormi. Ou melhor, apaguei.

Só recuperei os sentidos no fim da tarde.

Surpreendi-me de joelhos perto de um dos caldeirões. Estava tomando uma caneca do caldo, da maneira mais desmazelada e deplorável. A velha tinha me dado a caneca.

— Os demônios — disse. — Eles estão dormindo. Podemos... podemos... — mas logo me dei conta da futilidade do que estava vindo à minha cabeça. Meu primeiro impulso foi de jogar longe a caneca, mas acabei tomando o caldo quente.

— Não é só sangue, é vinho também, vinho do bom — disse a velha. — Beba, meu filho, e não sinta mais dores. Eles vão matá-lo a qualquer momento. Não é tão terrível.

Quando ficar escuro novamente, eu sabia.

Rolei no feno.

Consegui abrir os olhos totalmente e eles não doeram como acontecera durante o dia.

Sabia que tinha perdido todo o movimento de rotação do sol naquele estúpido e desastroso torpor. Tinha caído na armadilha deles. Não pudera reagir, não tivera condições para ao menos tentar sublevar os inúteis que me rodeavam. Meu Deus, como deixara que isso acontecesse! Oh, a tristeza, a tênue e distante tristeza... A doçura da languidez.

— Acorde, rapaz.

Uma voz de demônio.

— Eles querem você esta noite.

— E quem me quer? Para quê? — Olhei para cima. As tochas estavam todas acesas, e senti um suave farfalho de folhas acima de minha cabeça, um forte perfume adocicado de laranjeiras. O mundo acima era tecido de chamas dançantes e fascinantes desenhos de folhas negras. O mundo era feito de fome e sede.

O caldo fervia, e sua fragrância anulava tudo mais. Abri a boca para tomá-lo, embora não houvesse nenhum perto de mim.

— Calma, eu vou lhe dar — disse a voz de demônio. — Mas sente-se. Primeiro, tenho que limpá-lo. Precisa apresentar-se decentemente hoje à noite.

— Para quê? Todos eles estão mortos.

— Quem?

— Minha família.

— Não há nenhuma família aqui. Estamos na Corte do Graal de Rubi. Você é propriedade do Lorde da Corte. Vamos, tenho que aprontá-lo.

— Aprontar-me para quê?

— Para a Missa a que comparecerá, levante-se — disse o demônio, de pé, entediado, à minha frente, apoiando-se na sua vassoura, com os cabelos emaranhados. — Levante-se, rapaz. Eles vão querer você. É quase meia-noite.

— Não, não, ainda não é quase meia-noite — gritei. — Não!

— Não tenha medo — ele disse fria e tediosamente. — É inútil.

— Não é capaz de compreender, é a perda de tempo, a perda da racionalidade, o desperdício de horas durante as quais meu coração pulsou e meu cérebro dormiu. Não tenho medo, demônio asqueroso!

Imobilizou-me contra o feno. Lavou meu rosto.

— Pronto, aí está, e você é um belo rapaz. Eles sempre sacrificam imediatamente os bem-dotados como você. Você é bastante forte, muito bem aquinhoado fisicamente, não só de compleição como de cara. Você e lady Ursula, que vive chorando e ansiando por você, até que fazem um bonito par. Mas eles a levaram.

— Ah, eu também estava sonhando... — disse. Estaria falando mesmo com aquele lacaio nojento, como se fôssemos amigos? Que fim levara a maravilhosa teia de meus sonhos, onde estava a imensa e luminosa majestade?

— Você pode falar comigo, por que não? — ele disse. — Você vai morrer em êxtase, meu jovem e belo lorde. E verá a igreja toda iluminada, e a Missa; você será o sacrifício.

— Não, estava sonhando com a campina florida. Vi uma coisa na campina. Não, não era a Ursula. — Estava falando comigo mesmo, com minha mente enferma, atormentada, procurando despertar minha razão. — Vi alguém na campina, alguém tão... Não posso...

— Você torna as coisas mais penosas para si mesmo — disse o demônio conciliatoriamente. — Olhe só, tenho todos os seus botões e todas as suas fivelas. Você deve ter sido um lorde muito garboso.

Deve ter sido, deve ter sido, deve ter sido...

— Está ouvindo isso? — ele perguntou.

— Não estou ouvindo nada.

— É o relógio batendo o terceiro quarto de hora. Está quase na hora da Missa. Não dê atenção ao barulho. São os outros que vão ser sacrificados. Não deixe que isso o abata. É a mesma choradeira de sempre.

8

RÉQUIEM OU O SAGRADO SACRIFÍCIO DA MISSA COMO NUNCA HAVIA VISTO

ALGUMA VEZ UMA CAPELA TERIA SIDO MAIS BONITA? ALGUMA VEZ TER-SE-IA tirado tanto partido do mármore branco? E de que fonte de ouro eterno provinham aqueles gloriosos floreios e sinuosos adornos, aquelas janelas pontiagudas, iluminadas por fora por tremeluzentes labaredas que conferiam a perfeição de jóias às suas minúsculas facetas de vidro multicor, formando solenes, esguios vitrais aparentemente reproduzindo cenas sacras?

Mas as cenas não eram sacras.

Estava na galeria do coro, bem acima do átrio, olhando para a nave com o altar ao fundo. Estava novamente flanqueado por abomináveis, truculentos guardas que pareciam ardentemente empenhados na sua tarefa de manter-me de pé firme e seguro pelos braços.

Minha mente tinha clareado, mas muito pouco. O pano molhado foi novamente pressionado contra os meus olhos e a minha testa. A água dava-me a sensação de fluir de um regato na montanha de neve derretida.

Na minha náusea, na minha febre, via tudo.

Vi os demônios pintados nos vidros das janelas faiscantes, tão artisticamente reproduzidos em vermelhos, dourados e azuis quanto qualquer anjo ou santo. Vi suas caras malignas olhando para baixo, para a congregação, monstros alados com mãos que na verdade eram garras.

Embaixo, a larga nave central permitia acomodar a grande Corte com sua vistosa indumentária da cor de rubi, reunida de pé, de frente para a mesa da comunhão em mármore trabalhado, e o altar num nível mais elevado logo atrás.

O nicho detrás do altar era recoberto de pinturas murais. Demônios dançando no meio das chamas do inferno, como se estivessem se banhando numa calorosa e acolhedora refulgência. Acima deles, flâmulas drapejantes reproduziam em letras douradas as palavras de santo Agostinho, que me eram tão familiares, dizendo que aquelas labaredas não eram de fato labaredas, mas sim a ausência de Deus. Mas a palavra "ausência" fora substituída pela palavra latina equivalente a "liberdade".

"Liberdade" era a palavra em latim talhada nas paredes de mármore branco, num friso embaixo dos balcões de cada lado da igreja, no mesmo nível da galeria onde me encontrava, onde outros membros da Corte contemplavam o espetáculo.

Luzes iluminavam as arestas dos arcos da abóbada.

E no que consistia o espetáculo?

O altar estava recoberto por uma cortina vermelha com franjas douradas. Seu amplo panejamento era entretanto insuficiente, revelando o quadro esculpido em mármore branco de figuras saltitantes no inferno. A grande distância, porém, talvez pudesse enganar meus olhos quanto à frivolidade da cena.

O que vi nitidamente foram os grossos castiçais diante não de um crucifixo, mas de uma grande réplica de pedra de Lúcifer, o anjo caído, de longas madeixas em chamas e as vestes também em fogo, e nas mãos levantadas os símbolos da morte — na direita a foice do implacável ceifador, e na outra a espada do algoz.

Ofeguei quando contemplei a imagem! Monstruosa, estava posicionada precisamente onde queria tanto ver meu Cristo Crucificado, e no entanto, num momento de delírio e agitação, senti meus lábios esboçarem um sorriso, e ouvi minha mente me dizer sabiamente que não havia nada menos grotesco sobre o Cristo Crucificado caso Ele próprio estivesse ali.

Os guardas seguraram-me com mais firmeza. Será que eu tinha cambaleado?

Da assembléia em torno e atrás de mim, daqueles para quem nem tinha olhado, subitamente veio o surdo rufar de tambores, abafado e compassado, fúnebre e bonito na sua contida simplicidade.

Imediatamente seguiu-se o coro grave de instrumentos de sopro nos acordes de uma encantadora canção harmoniosamente executada, tocando não a música repetitiva de instrumentos de corda da noite anterior, mas uma forte e lamentosa polifonia de melodias tão pungentes que encheram meu coração de tristeza, tocando-o fundo, fazendo com que as lágrimas quase aflorassem aos meus olhos.

Oh, o que era aquilo? O que era aquela música rica e mesclada, envolvendo-me e enchendo a nave, ecoando nas paredes de mármore acetinado e reverberando gentilmente e com perfeita modulação no lugar onde eu estava, olhando fascinado a figura distante de Lúcifer?

Aos seus pés, todas as flores em vasos de prata e ouro eram vermelhas, o vermelho das rosas e dos cravos, o vermelho das íris, o vermelho das flores silvestres cujos nomes ignorava, um altar vivo e enfeitado com todas essas coisas de cores vibrantes, sua gloriosa tonalidade, a única que talvez pudesse alçá-lo de sua inevitável e irresgatável escuridão.

Ouvi as empoeiradas, sonoras canções tocadas em diversos instrumentos como a charamela, o pequeno oboé e o harmônio, e outros pequenos órgãos de boca, e depois o tom mais sonoro do antigo trombone de vara, e talvez até o som leve, delicado das baquetas ferindo as cordas esticadas da cítara.

Aquela música por si só era bastante para me mobilizar, encher minha alma, suas melodias entrelaçando-se, superpondo-se, harmonizando-se e depois sendo levadas pelo vento. Deixavam-me sem fôlego para falar ou olhos para ver outras coisas. Contudo, contemplava compulsivamente as estátuas dos demônios dispostas da direita para a esquerda — à semelhança dos lordes e das damas da mesa palaciana da noite anterior — a partir da figura imponente do seu diabo.

Seriam bebedores de sangue todos aqueles terríveis, lúgubres santos do inferno, talhados em madeira dura com brilho avermelhado de mogno, seus corpos magros vestidos de finas roupagens, seus olhos semicerrados, suas bocas abertas deixando entrever em cada lábio inferior dois caninos brancos pontiagudos, como se fossem de níveo marfim, para não deixar dúvidas quanto aos propósitos de cada um daqueles monstros.

Oh, catedral de horrores. Tentei virar a cabeça, fechar os olhos, mas a monstruosidade do insólito espetáculo me fascinava. Patéticos pensamentos desordenados não chegavam nunca aos meus lábios.

O som dos instrumentos à minha volta cessara. Oh, não se vá, doce música. Não me deixe só.

Mas o que chegou aos meus ouvidos foi o coro das mais doces e suaves vozes de tenores. Cantavam em latim, e eu não conseguia acompanhar todas as palavras, um hino sobre a morte, um hino sobre a mutabilidade das coisas, ao mesmo tempo em que se elevavam as vozes harmoniosas de um coro completo de sopranos, homens e mulheres, baixos e barítonos, cantando fervorosamente uma esplêndida polifonia em resposta ao naipe isolado de tenores:

"Vou agora para o Senhor, porque Ele permitiu que essas Criaturas das Trevas respondessem às minhas súplicas..."

Que palavras sinistras eram aquelas?

Ouviu-se novamente o coro rico, denso, de muitas vozes, sublinhando o cântico dos tenores:

"Os instrumentos da morte me aguardam no seu cálido e piedoso beijo, e nos seus corpos, pela vontade de Deus, levarão o sangue de minha vida, meu êxtase, a ascensão de minha alma por meio das suas, a fim de melhor conhecer o Céu e o Inferno no seu Tenebroso Serviço."

O órgão de palheta tocou sua solene canção.

Em direção ao Santuário da igreja, ao som dos mais vibrantes acordes da polifonia, avançava uma procissão de figuras sacerdotais.

Vi lorde Florian numa suntuosa casula sacerdotal como se fosse o próprio bispo de Florença, só que seu deslumbrante paramento exibia impudentemente a Cruz de Cristo de cabeça para baixo em homenagem ao Maldito, e na sua cabeça não-tonsurada de cabelos louro-escuros ele ostentava uma coroa de ouro e pedras preciosas, parecendo ser ao mesmo tempo um monarca francês e um servo do Senhor das Trevas.

As notas altas e penetrantes dos instrumentos de sopro dominaram a canção. Uma marcha tinha começado. Os tambores rufaram embaixo, surdos, firmes, constantes.

Florian tomara seu lugar diante do altar com o rosto voltado para a congregação, tendo ao seu lado a frágil Ursula, com seus fartos cabelos soltos caindo-lhe nos ombros, envolta como uma Maria Madalena numa mantilha escarlate que batia na bainha de sua toga.

Seu rosto voltado para cima dirigia-se para mim, e pude ver, apesar da distância, que suas mãos, com os dedos juntos numa postura de oração, tremiam.

Do outro lado do supremo sacerdote Florian estava o Ancião calvo, com sua casula sacerdotal e grossas mangas bordadas, outro auxiliar do celebrante.

De cada lado acorreram acólitos, jovens e esbeltos demônios com os mesmos rostos esculpidos de marfim, e sobrepelizes simples dos ajudantes de missa. Todos tomaram suas posições ao longo da Mesa da Comunhão.

Mais uma vez, crescia à minha volta o magnífico coro de vozes em falsete misturadas com as de sopranos autênticos e baixos profundos, tão evocativas das florestas quanto os instrumentos de madeira, e por baixo de tudo isso a pesada e vigorosa declaração dos metais.

O que pretendiam fazer? O que significava o hino que os tenores cantavam agora? E o que era a resposta que vinha de todas as vozes tão perto de mim, as palavras pronunciadas em latim envolvendo-me incoerentemente:

"Senhor, venho para o Vale da Morte; Senhor, venho para o fim da minha Dor; Senhor, com a vossa entrega dou vida aos que ficariam ociosos no Inferno não fora vosso plano divino."

Minha alma rebelou-se. Abominava-o, mas não conseguia desviar o olhar do espetáculo. Meus olhos varriam a igreja. Vi pela primeira vez os macilentos, lúgubres demônios com suas presas vampirescas nos pedestais suspensos entre as estreitas janelas, e os suportes de pequenas velas ardendo por toda parte.

A música foi novamente interrompida para a declaração solene dos tenores:

"Que seja trazida a pia, que aqueles que serão nossos sacrifícios sejam lavados."

E assim foi feito.

Duas alas de jovens demônios vestidos como sacristães avançaram, carregando nas mãos precocemente fortes uma magnífica pia batismal de mármore de Carrara rosa-escuro. Eles a depositaram a uns três metros diante da Mesa da Comunhão.

— Oh, suprema abominação, por que fazê-la tão bonita — sussurrei.

— Cale-se — disse o guarda majestoso ao meu lado. — Olhe, porque o que vai ver aqui jamais verá novamente entre o céu e a terra, e, como vai se apresentar a Deus sem se confessar, arderá nas trevas para todo o sempre.

Ele parecia acreditar no que dizia.

— Você não tem poderes para amaldiçoar minha alma — murmurei, tentando em vão clarear minha vista turva devido à fraqueza que ainda me obrigava a depender das mãos que me sustentavam.

"Adeus, Ursula", sussurrei, fazendo dos lábios um beijo.

Mas naquele miraculoso e particular momento, aparentemente despercebido de toda a congregação, vi sua cabeça sacudir-se numa pequena, secreta negação.

Ninguém viu porque todos os olhares estavam voltados para outro espetáculo, muito mais trágico do que qualquer um dos rituais controlados e modulados que tínhamos presenciado até então.

Ao longo da nave, conduzidos por demônios acólitos exibindo túnicas carmesim com mangas de renda bordadas de vermelho e dourado, desfilava uma pobre, miserável amostra dos desgraçados do cativeiro: velhas arrastando os pés, bêbados e meninos, meras crianças, agarrando-se aos próprios demônios que os escoltavam para a morte, como vítimas indefesas de algum horrendo tribunal onde os filhos dos condenados eram levados à execução com seus pais. Macabro!

— Malditos sejam vocês todos. Deus, faça valer sua justiça sobre essa infâmia — murmurei. — Deus, derrame sua misericórdia. Chore por nós, Cristo, por isto estar acontecendo.

Meus olhos reviraram na minha cabeça. Parecia que estava sonhando, e mais uma vez a luminosa, verdejante, ilimitada campina abriu-se diante de mim, e uma vez mais, enquanto Ursula fugia de mim, enquanto sua figura jovem, vivaz, corria pela campina florida, outra figura surgiu, outra figura familiar...

— Sim, eu o estou vendo! — gritei para a visão no meu sonho resgatado pela metade.

Mas tão pronto a reconheci, ela desapareceu; sumiu, e com ela se foi sua possível compreensão, toda a lembrança de sua face e de sua forma e seu significado, seu puro e poderoso significado. Faltaram-me palavras.

Vi lorde Florian olhar lá de baixo, irritado, silencioso. As mãos ao meu lado apertaram minha carne.

— Silêncio — disseram os dois guardas que me ladeavam, suas vozes superpondo-se.

A encantadora música subiu num crescendo cada vez mais alto, como se as vozes de soprano e os plangentes acordes dos instrumentos de sopro me fizessem calar, celebrando tão-somente o batismo profano.

O batismo começara. A primeira vítima, uma mulher velha com as esquálidas costas curvadas, tinha sido despojada de suas vestes andrajosas e lavada com mancheias da água da pia, e em seguida levada para a Mesa da Comunhão. Pobre criatura, tão desprotegida de amigos e parentes e de seus anjos da guarda!

Oh, e agora ver as crianças serem despidas, ver suas pernas finas e nádegas murchas, seus ombros ossudos e omoplatas diminutas onde parecia que pequeninas asas de anjos tinham brotado um dia de suas costas, vê-las serem lavadas e despachadas, permanecendo trêmulas ao longo do parapeito de mármore.

Aconteceu muito depressa.

— Cães danados, é isso o que vocês são, não demônios alados, não! — murmurei, debatendo-me nas mãos dos dois odiosos sicários. — É isso mesmo, lacaios covardes, por tomarem parte nessa ignomínia.

A música abafava minhas preces. "Deus Misericordioso, mande os meus anjos", roguei com toda devoção, "envie meus coléricos anjos, mande-os com sua espada de fogo. Oh, Deus, esse espetáculo satânico é intolerável."

A Mesa da Comunhão tinha agora sua cota completa de vítimas, nuas, trêmulas e aviltadas, a cor da carne humana contrastando com o mármore reluzente e os lívidos sacerdotes.

A luz das velas bruxuleava contra o gigantesco Lúcifer, com suas grandes asas abertas, que a tudo presidia.

Lorde Florian desceu os degraus para tomar em suas mãos o primeiro comungante, abaixando os lábios para beber.

Os tambores rufavam arrebatada e docemente, e as vozes se entrelaçavam e voltavam-se para o céu. Mas não havia céu debaixo daquelas colunas brancas sustentando as abóbadas. Não havia nada a não ser a morte.

Toda a Corte formara duas imensas filas ao longo das naves laterais da capela e marchava silenciosamente no sentido da Mesa da Comunhão, onde cada um podia separar uma vítima dentre as que ali se encontravam, indefesas e prontas para o sacrifício. Os lordes e as damas escolhiam então os que queriam, e alguns compartilhavam — uma vítima passando de um para o outro. E assim prosseguia aquele diabólico simulacro, aquela sinistra, predatória Comunhão.

Somente Ursula não saiu do seu lugar.

Os comungantes estavam morrendo. Alguns já estavam mortos. Nenhum chegava a cair no chão. Seus membros dobrados e exangues eram capturados silenciosa e habilmente por pressurosos demônios auxiliares que se incumbiam de remover os corpos.

Mais vítimas ainda estavam sendo banhadas. Outras eram levadas para a Mesa da Comunhão. E o ritual continuava.

Lorde Florian bebia sofregamente. Uma criança depois da outra era colocada diante dele, seus dedos finos segurando o pescoço da pequena vítima enquanto ele abaixava os lábios.

Imagino quais as palavras em latim que ele ousava pronunciar.

Lentamente, os membros da Corte retiravam-se do Santuário, retornando aos seus lugares nas naves laterais. Tinham recebido seu quinhão.

Por toda a igreja a cor do sangue ruborizava rostos antes lívidos. Pareceu à minha visão turva, à minha cabeça inebriada com o encantamento da música, que agora eram todos humanos, humanos ainda que por um fugaz momento.

— Tem razão — disse Florian, sua voz soando aos meus ouvidos suave e segura, percorrendo toda a extensão da nave central. — Humanos por este breve instante, com o sangue dos vivos, reencarnados, jovem príncipe. Você compreendeu.

— Mas, lorde — eu disse, no meu sussurro exausto —, não perdôo isto.

Após um intervalo de silêncio, os tenores declararam:

"Está na hora, e a cerimônia da meia-noite ainda não terminou."

As mãos firmes e apertadas que me seguravam viraram-me para um dos lados. Fui escamoteado da galeria do coro e levado para baixo pela escada de mármore em caracol.

Quando dei conta de mim, ainda seguro pelos guardas, notei, ao olhar para a nave central, que somente a pia batismal permanecia no lugar. Todas as vítimas tinham sido removidas.

Mas uma grande cruz havia sido trazida e colocada *de cabeça para baixo* ao lado do altar, na Mesa da Comunhão.

Lorde Florian ergueu numa das mãos, para que eu pudesse ver, cinco grandes cravos de ferro, e fez um sinal para que eu me aproximasse.

A cruz estava firmemente ancorada, como se fosse freqüentemente fixada naquele lugar. Era feita de madeira maciça, grossa, pesada e envernizada, embora deixasse ver as marcas de outros cravos, e sem dúvida manchas de sangue de outras vítimas.

Encaixava-se no próprio parapeito de mármore da Mesa da Comunhão, de maneira que aquele que seria crucificado ficaria quase um metro acima do chão, visível a todos os devotos.

— Adoradores sacrílegos, imundos! — gritei, dando uma gargalhada. Graças a Deus e a todos os seus anjos, os olhos de meu pai e de minha mãe estavam inundados pela luz celestial e não podiam ver aquela inominável degradação.

O Ancião revelou-me em suas mãos estendidas dois cálices de ouro. Sabia qual era o seu significado. Destinavam-se a recolher meu sangue quando ele esguichasse dos ferimentos provocados pelos cravos.

Ele curvou a cabeça.

Fui arrastado pela nave acima. A estátua de Lúcifer parecia imensa por trás da figura cintilante, pontifical de Florian. Meus pés não tocaram o mármore. Os membros da Corte à minha volta viraram-se para me ver passar, mas nunca perto demais, de modo a fazê-los desviar os olhos do seu lorde.

Meu rosto foi lavado na pia batismal.

Atirei a cabeça para trás, torci o pescoço, jogando água despudoradamente nos que tentavam me banhar. Os acólitos ficaram com medo de mim. Acercaram-se, hesitantes, procurando a fivela do meu cinto.

— Dispam-no — ordenou o lorde, erguendo novamente os cravos para que eu os visse.

— Estou vendo muito bem, meu covarde lorde. Não é nada crucificar um menino como eu. Salve sua alma, lorde, faça isso! E toda sua Corte ficará pasma.

A música ganhou volume, vindo da galeria ao alto. O coro também voltou a se fazer ouvir, contrapondo e sublinhando o hino dos tenores.

Dessa vez não houve palavras dirigidas a mim. Havia apenas a luz mortiça dos candelabros e a consciência de que iam me tirar as roupas, de que o horror seria consumado, aquela crucificação de cabeça para baixo, jamais santificada por são Pedro, pois a cruz invertida era um dos símbolos do Maldito.

Subitamente, os acólitos recolheram suas mãos trêmulas.

Do alto, baixava a mais bela, pungente melodia.

Os tenores, com vozes impecáveis, formularam sua pergunta:

"Este não poderia ser salvo? Não poderia deixar de ser entregue?"

O coro entoou em uníssono:

"Este não poderia ser poupado do poder de Satã?"

Ursula deu um passo à frente e tirou da cabeça a longa mantilha escarlate que lhe caía até os pés e jogou-a para o alto, de modo que descesse em torno dela como uma nuvem púrpura. Ao lado dela, um acólito surgiu com minha espada e minhas adagas em suas mãos.

Mais uma vez as vozes dos tenores imploraram:

"Uma alma libertada para vaguear pelo mundo, enlouquecida, e testemunhar apenas em favor dos ouvidos mais pacientes ao poder de Satã."

O coro voltou a cantar, dele irrompendo uma torrente de melodias, parecendo que seu canto se revestia de uma repentina afirmação.

— O quê, não morrer! — exclamei. Procurei ver o rosto do lorde em cujas mãos tudo aquilo repousava. Mas ele estava bloqueado de minha vista.

Godric, o Ancião, se interpusera entre nós. Abrindo o portão da Mesa de mármore da Comunhão com o joelho, ele desceu a nave ao meu encontro. Encostou um de seus cálices de ouro nos meus lábios.

— Beba e esqueça, Vittorio, do contrário a perderemos, seu coração e sua alma.

— Oh, então terá que perdê-la!

— Não! — ela gritou. — Não. — Por cima do ombro dele, pude vê-la pegar três dos cravos na mão esquerda de Florian e atirá-los no mármore. O coro ergueu o tom de suas vozes, enchendo toda a igreja. Não ouvi os cravos baterem na pedra.

O som do coro era jubiloso, celebrativo. Não se ouviam mais os tons fúnebres de réquiem.

— Não, Deus, se puderem salvar-lhe a alma, leve-me então para a cruz, leve-me!

Mas o cálice de ouro foi forçado nos meus lábios. Meus maxilares foram abertos pela mão de Ursula e o líquido desceu pela minha garganta abaixo. Vi minha espada ser levantada diante de meus olhos semicerrados como se fosse uma cruz, com seu punho longo e as alças.

Uma risada branda, zombeteira ecoou, misturando-se com a beleza mágica, indescritível do coro.

Sua mantilha vermelha rodopiou por cima de minha cabeça. Vi o tecido rubro subir na minha frente. Senti cair em torno de mim como uma chuva encantada, impregnada do seu perfume, macia como sua ternura.

— Ursula, venha comigo... — sussurrei.

Estas foram minhas últimas palavras.

— Expulsem — gritaram vozes exaltadas vindo de cima. — Expulsem... — gritou o grande coro, e a Corte pareceu repetir com ele: — Expulsem. — E meus olhos fecharam-se quando o vaporoso tecido vermelho cobriu meu rosto, quando caiu como a teia de uma feiticeira sobre meus dedos e selou minha boca aberta.

As trombetas anunciaram a verdade.

— Perdoado! Expulso! — entoaram as vozes.

— Banido para a loucura — sussurrou Godric ao meu ouvido. — Para a loucura para o resto dos seus dias, e você, você poderia ter sido um de nós.

— Sim, um de nós — atalhou Florian, com sua voz sussurrante, acetinada, imperturbável.

— Você foi um idiota — disse Godric. — Poderia ter se tornado imortal.

— Um de nós, para sempre imortal, imperecível, para reinar aqui cercado de glória — disse Florian.

— Imortalidade ou morte — disse Godric —, e estas eram opções reais, mas preferiu vagar sem rumo e escarnecido pelo mundo afora.

— Sim, desnorteado e objeto de menosprezo — disse uma voz infantil no meu ouvido. E depois mais outra. — Desnorteado e escarnecido.

— Desnorteado e escarnecido — repetiu Florian.

Mas o coro continuou cantando, obliterando todo o veneno de suas palavras, sua delirante ladainha que assumia proporções cada vez mais tenebrosas no meu estado de semilucidez.

— Um idiota trocando pernas pelo mundo, humilhado — disse Godric.

Cego, emudecido na suavidade da mantilha, intoxicado pela bebida, não pude lhes responder. Creio que sorri. Aquelas palavras pareciam tão descabidamente associadas às suntuosas, lenientes vozes do coro. E insensíveis que eram, nunca perceberam que o que diziam simplesmente não importava.

— Você poderia ter sido nosso jovem príncipe. — Seria Florian quem estaria ao meu lado? O frio, audaz Florian. — Podíamos tê-lo amado como nossa princesa o ama.

— Um jovem príncipe — disse Godric — para reinar aqui conosco por toda a eternidade.

— Em vez disso, tornar-se o bufão dos alquimistas e das velhas esposas. — disse Florian triste, solenemente.

— Sim — disse uma voz infantil —, um idiota por nos deixar.

Como eram maravilhosas as antenas que faziam de suas palavras meras sílabas contraponteadas.

Creio que senti seu beijo através da seda. Sim, creio que o senti. Tive a impressão de ouvi-la me dizer no mais suave dos sussurros femininos, com encantadora simplicidade, sem cerimônia:

— Meu amor. — O seu triunfo e o seu adeus estavam contidos nessas palavras.

Mergulhei no mais profundo, amável e generoso dos sonos que Deus possa conceder. A música deu forma a meus braços e pernas, encheu de ar meus pulmões, quando todos os outros sentidos tinham sido abandonados.

9

ANJOS QUE OUVIMOS NAS ALTURAS

CHOVIA A CÂNTAROS. NÃO, A CHUVA TINHA PARADO. ELES AINDA NÃO CONSEguiam me entender.

Estava cercado por aqueles homens. Estávamos perto do ateliê de Fra Filippo. Conhecia aquela rua. Tinha estado ali com meu pai há alguns anos.

— Fale devagar. Corr... não faz sentido!

— Escute — disse outro. — Queremos ajudá-lo. Diga o nome de seu pai. Pronuncie devagar.

Eles sacudiram as cabeças, desalentados. Eu achava que fazia perfeito sentido o que estava dizendo. Ouvia nitidamente, Lorenzo di Raniari, por que eles não conseguiam ouvir? Eu era o filho dele, Vittorio di Raniari. Mas sentia como meus lábios estavam inchados. Sabia que estava sujo da chuva.

— Levem-me, por favor, ao ateliê de Fra Filippo. Conheço pessoas lá — disse. Meu grande senhor, o atormentado pintor da minha maior admiração, seus aprendizes me reconheceriam. Ele não, mas seus discípulos e colaboradores, que me haviam visto chorar naquele dia, emocionado diante da obra do mestre. E depois... depois aqueles homens me levariam à casa de Cosimo, na Via del Largo.

— Fi, fi? — eles disseram, repetindo minhas desastradas tentativas de falar. Tinha falhado novamente.

Comecei a me encaminhar para o ateliê. Cambaleei e quase caí. Aqueles homens eram honestos. Carregava os pesados alforjes no ombro direito, e minha espada pendia da cintura tirando-me praticamente o equilíbrio. Os muros de Florença pareciam fechar-se sobre mim. Quase esbarrei nas suas pedras.

— Cosimo! — gritei com toda a força de meus pulmões.

— Não podemos levá-lo à presença de Cosimo nestas condições. Cosimo se recusará a recebê-lo.

— Ah, vocês compreenderam, me ouviram!

Um dos homens pôs a mão em concha na orelha. Um honesto mercador, encharcado até os ossos nos seus sóbrios trajes verdes, sem dúvida por minha causa. Um absurdo. Tinham me encontrado deitado na chuva no meio da Piazza della Signoria.

— Estou me lembrando, tudo está me voltando claramente.

Avistei a entrada do ateliê de Fra Filippo logo adiante. As venezianas estavam sendo levantadas, agora que o temporal tinha passado, e a água estava secando nas ruas de pedra. As pessoas estavam saindo de suas casas.

— Vocês aí dentro — gritei.

— O que é que está dizendo?

Fisionomias fechadas à minha volta, mas eles me ajudaram. Um homem idoso segurou meu cotovelo.

— Devíamos levá-lo para San Marco, para que os monges cuidem dele.

— Não, não, não, preciso falar com Cosimo! — gritei.

Eles franziram as sobrancelhas novamente e sacudiram as cabeças.

De repente parei. Balancei e me aprumei apoiando-me no ombro do homem mais moço.

Olhei para o ateliê ainda um pouco distante.

A rua naquele trecho era nada mais do que uma viela, mal permitindo a passagem de cavalos sem molestar os pedestres, e as fachadas de pedra quase obstruíam a nesga cinza de céu. As janelas estavam abertas, e tinha-se a impressão de que uma mulher no primeiro andar poderia tocar na casa do outro lado da rua.

Mas vejam o que estava lá, bem em frente ao ateliê.

E os vi nitidamente, os dois!

— Vejam — disse novamente. — Estão vendo?

Os homens não conseguiam vê-los. Meu Deus, as duas figuras diante do ateliê brilhavam como se fossem iluminadas por dentro, por baixo de suas peles coradas e vestes folgadas.

Passei os alforjes para o ombro esquerdo e coloquei a mão no punho da espada. Mantive-me de pé, mas meus olhos deviam estar fora das órbitas, olhando estarrecidos o que eu contemplava.

Os dois anjos estavam discutindo. Os dois anjos, com suas asas movendo-se ligeiramente ao compasso de suas palavras e de seus gestos, discutiam bem em frente ao ateliê.

Pareciam ignorar solenemente todos os homens que passavam por eles e não conseguiam vê-los. Aqueles dois anjos que discutiam, ambos louros, eu os conhecia. Conhecia-os dos quadros de Fra Filippo, e podia ouvir suas vozes.

Reconheci os cabelos encaracolados de um deles, cuja cabeça era coroada com uma grinalda de flores minúsculas perfeitamente casadas, seu manto carmesim folgado, sua roupa de baixo azul-celeste bordada a ouro.

E o outro, também o conhecia, conhecia sua cabeça de cabelos mais curtos, sua gola dourada, a insígnia no seu manto e as grossas faixas ornamentais nos seus pulsos.

Mas acima de tudo reconheci seus rostos, seus inocentes rostos corados, seus olhos serenos, cheios, porém estreitos.

A luz se dissolvera, ainda sombria e tempestuosa, embora o sol queimasse por trás das nuvens cinzentas. Meus olhos começaram a marejar.

— Olhem só as suas asas — sussurrei.

Os homens não podiam ver.

— Conheço as asas. Conheço os dois. Reparem, o anjo de cabelos louros, com os cachos caindo-lhe da cabeça, é da *Anunciação*, e as asas, suas asas são como as do pavão, brilhantemente azuis; e o outro, suas penas são pulverizadas com o mais puro pó de ouro.

O anjo com a grinalda de flores gesticulou excitadamente para o outro; para um homem mortal, os gestos e a postura denotariam exacerbação, ira, mas não era nada tão radical. O anjo estava apenas procurando se fazer entender.

Avancei lentamente, desligando-me de meus prestimosos companheiros, que não podiam ver o que eu via!

O que pensariam que eu estava contemplando? O ateliê entreaberto, os aprendizes movimentando-se nas sombras do seu interior, os breves e pálidos relances de telas e painéis, a boca bocejante atrás da qual o trabalho era levado a cabo.

O outro anjo sacudiu a cabeça sombriamente.

— Não concordo — ele disse, com a voz mais serena e cadenciada. — Não podemos ir tão longe. Você acha que isso não me faz chorar?

— O quê? — perguntei. — O que é que o faz chorar?

Os dois anjos voltaram-se, olhando-me da frente. Recolheram simultaneamente suas asas multicores, como se quisessem tornar-se invisíveis, mas, para mim, não ficaram menos visíveis, ambos tão luminosos, tão louros, tão reconhecíveis. Seus olhos estavam cheios de espanto ao olharem para mim, como que admirados por me verem.

— Gabriel! — chamei, apontando o dedo. — Eu os conheço, conheço-os da *Anunciação*. Vocês dois são Gabriel, conheço os quadros, eu vi vocês. Gabriel e Gabriel, como pode ser?

— Ele pode nos ver — disse o anjo que gesticulara tão veementemente. Sua voz era contida, mas parecia chegar aos meus ouvidos sem esforço, gentilmente. — Ele pode nos ouvir — ele disse, e o espanto estampado no seu rosto aumentou, e ele parecia sobretudo inocente e paciente, e muito gentilmente preocupado.

— Em nome de Deus, o que é que você está dizendo, meu jovem? — interpelou o homem mais velho ao meu lado. — Seja razoável. Você está carregando uma fortuna nos seus alforjes. Seus dedos estão cobertos de anéis. Fale sensatamente. Eu o levarei à casa de sua família, se ao menos você me disser quem ela é.

Sorri. Aquiesci com um gesto de cabeça, mas continuei olhando fixamente os dois anjos assustados, perplexos. Suas vestes pareciam leves, quase translúcidas, como se não fossem tecidas com um fio natural, da mesma forma que sua pele incandescente não era natural. Toda a sua constituição era rarefeita e finamente tecida de luz.

Seres etéreos, mensageiros alados, feitos de presença e do que realizam — seriam essas as palavras de santo Tomás de Aquino que voltavam à minha mente, a *Summa Theologica* na qual aprendera meu latim?

Oh, como eram maravilhosamente belos e tão seguramente à parte de tudo que os cercava, transfixados na rua na sua tranqüila perplexidade, ponderando enquanto me olhavam com compaixão e interesse.

Um deles, o coroado com flores, de mangas azul-celeste, o que tanto tocara meu coração quando o vira na *Anunciação* com meu pai, o que tanto despertara meu entusiasmo, avançou na minha direção.

Ele ia se tornando maior à medida que se aproximava, mais alto, um pouco mais volumoso do que um ser comum, e tão cheio de amor no embaralhamento de suas vestes soltas e graciosamente esvoaçantes que parecia mais imaterial e monumentalmente sólido, talvez mais autêntico, mais fiel à expressão da criação de Deus do que qualquer coisa de carne e osso poderia ser.

Ele sacudiu a cabeça e sorriu.

— Não, porque você é a mais perfeita criação de Deus — disse numa voz baixa que abriu caminho por entre o vozerio que me cercava.

Ele andou como se fosse um ser mortal, com os pés limpos, descalços, pisando as pedras sujas da rua florentina, ignorando os homens que não o podiam ver, abrindo e fechando as asas, de sorte que só vi seus ossos emplumados implantados nos seus ombros, que eram caídos como os de um menino.

Seu rosto era brilhantemente claro e corado, com a cor radiosa com que Fra Filippo o pintara. Quando sorriu, senti meu corpo todo tremer violentamente do mais legítimo júbilo.

— É esta a minha loucura, arcanjo? — perguntei. — Será esta a praga que me rogaram, que terei essa visão ao tentar me aproximar dos homens de saber e incorrer no seu escárnio? — Dei uma sonora gargalhada.

Surpreendi os cavalheiros que tanto tinham tentado me ajudar. Eles estavam completamente aturdidos.

— O quê? Falar novamente?

Mas num extraordinário lampejo, iluminando meu coração, minha alma e minha mente, como se o sol tivesse inundado uma sombria e adormecida célula, acudiu-me uma lembrança.

— Foi você quem eu vi na campina, quando ela bebeu meu sangue.

Aquele anjo calmo, comedido, com seus louros cabelos cacheados e faces plácidas, acetinadas, olhou dentro dos meus olhos.

— Arcanjo Gabriel — disse reverentemente. As lágrimas inundaram-me os olhos, fazendo meu pranto cantar.

— Meu jovem, meu pobre, desafortunado jovem — disse o velho mercador. — Não há nenhum anjo na sua frente. Agora preste atenção, por favor.

— Eles não podem nos ver — disse-me o anjo com simplicidade. Exibiu de novo seu sorriso fácil, cativante. Seus olhos captaram a luz do céu que se desanuviara, fitando-me penetrantemente, como se visse mais fundo à medida que esmiuçava seu estudo.

— Eu sei — respondi. — Eles não sabem!

— Mas não sou Gabriel, não deve me chamar por esse nome — ele disse muito cortesmente. — Estou longe de ser o Arcanjo Gabriel, meu jovem. Sou Setheus, e sou apenas um anjo da guarda. — Ele foi de uma paciência sem limites comigo, com o meu choro, e com os mortais cegos e aflitos à sua volta.

Estava tão perto de mim que podia tocá-lo, mas não ousei.

— Meu anjo da guarda? — perguntei. — É verdade?

— Não — disse o anjo. — Não sou seu anjo da guarda. Você tem que encontrá-lo por sua conta. Você viu os anjos da guarda de outra pessoa, embora não saiba por que nem como.

— Não reze agora — disse o velho, irritado. — Diga-nos quem é, garoto. Você mencionou um nome antes. De seu pai. Diga-nos quem ele é.

O outro anjo, que permanecera parado como se estivesse muito chocado para se mexer, de repente rompeu sua reserva e deu um passo à frente no mesmo estilo silencioso, descalço, como se as pedras do calçamento, molhadas e sujas, não pudessem lhe causar qualquer dano.

— Acha que isso poderá ser uma boa coisa, Setheus? — ele perguntou. Mas seus olhos pálidos, iridescentes, estavam focalizados em mim com a mesma carinhosa atenção, o mesmo sincero e piedoso interesse.

— E você, você aparece no outro quadro, também o conheço. Amo-o de todo o coração.

— Meu filho, com quem está falando? — indagou o homem mais moço. — Quem é que ama de todo o coração?

— Ah, consegue me ouvir? — disse, voltando-me para o homem. — É capaz de me entender!

— Sim, agora me diga o seu nome.

— Vittorio di Raniari, amigo e aliado dos Medici, filho de Lorenzo di Raniari, do Castello Raniari, no norte da Toscana. Meu pai está morto, e todos os meus parentes. Mas...

Os dois anjos estavam logo atrás de mim, juntos, com as cabeças voltadas uma para a outra, olhando-me. Parecia que os mortais, com toda sua cegueira, não podiam bloquear a trajetória da visão dos anjos ou se interpor entre mim e eles. Faltava-me coragem, mas queria muito tocá-los.

As asas do que havia falado primeiro abriram-se e uma poeira dourada caiu das penas que se alçavam, mas nada se comparava ao rosto meditativo, espantado, do anjo.

— Deixe que eles o levem para San Marco — disse o anjo chamado Setheus —, deixe que eles o levem. Esses homens são bem-intencionados, e você será conduzido a uma cela confortável e cuidado pelos monges. Não poderia estar num lugar melhor, pois se trata de uma instituição que conta com o patrocínio de Cosimo, e você sabe que Fra Giovanni decorou a cela em que ficará.

— Setheus, ele sabe dessas coisas — disse o outro anjo.

— Eu sei, estou apenas fortalecendo sua confiança — disse o primeiro anjo, dando de ombros e olhando admirado para seu companheiro.

— Mas você, Setheus — eu disse —, posso chamá-lo pelo seu nome?, deixará que eles me tirem de sua proteção? Não pode fazer isso. Por favor, não me deixe. Eu lhe imploro. Não me abandone.

— Temos que deixá-lo — disse o outro anjo. — Não somos seus guardiães. Por que não procura seus anjos da guarda?

— Espere, sei como se chama. Eu posso ouvi-lo.

— Não — disse o anjo mais desaprovador, sacudindo o dedo no meu nariz como se estivesse repreendendo uma criança.

Mas ninguém seria capaz de me deter.

— Sei o seu nome. Ouvi-o quando vocês estavam discutindo, e ouço-o novamente ao olhar para o seu rosto. Ramiel, este é o seu nome. E vocês dois são guardiães de Fra Filippo.

— Isso é um desastre — sussurrou Ramiel, com o mais comovente olhar de infortúnio. — Como foi que isso ocorreu?

Setheus limitou-se a sacudir a cabeça, e sorriu generosamente de novo.

— Só pode ser para o bem, não pode deixar de ser. Temos que ir com ele. Não resta dúvida.

— Agora? Temos que ir agora? — perguntou Ramiel, e novamente, apesar da premência, não demonstrou aborrecimento. Parecia que os pensamentos eram purificados de todos os sentimentos subalternos, e era natural que fosse assim, certamente que era.

Setheus debruçou-se sobre o velho, que naturalmente não podia vê-lo nem ouvi-lo, e disse no seu ouvido:

— Leve o rapaz para San Marco; faça com que o acomodem numa boa cela, pela qual ele pode pagar bem, e recomende que restabeleçam a saúde dele.

E olhando para mim, disse:

— Vamos com você.

— Não podemos fazer isso — disse Ramiel. — Não podemos abandonar quem foi confiado à nossa guarda; como podemos fazer uma coisa dessas sem permissão?

— Isso é uma permissão. Sei que é — disse Setheus. — Não percebe o que aconteceu? Ele nos viu e pegou seu nome no ar, e também teria pegado o meu se eu não o tivesse revelado. Pobre Vittorio, estamos com você.

Acenei com a cabeça, prestes a me debulhar em lágrimas ao ouvir meu nome pronunciado. A rua toda tornara-se pardacenta, silenciosa e difusa em torno de suas figuras avantajadas, tranqüilas e coradas, a luz tênue de suas vestes cintilando em torno deles como se o tecido celestial fosse sujeito a invisíveis correntes de ar que os homens são incapazes de sentir.

— Esses não são nossos nomes verdadeiros! — disse Ramiel, repreendendo-me, mas tão brandamente como se repreende um bebê.

Setheus sorriu.

— São nomes suficientemente bons. Pode nos chamar por eles, Vittorio — ele disse.

— Sim, vamos levá-lo para San Marco — disse o homem ao meu lado. — Vamos. Deixemos que os monges cuidem disso.

Os homens ajudaram-me a caminhar em direção à boca da rua.

— Será muito bem tratado em San Marco — disse Ramiel, como se estivesse se despedindo de mim, mas os dois anjos continuaram a caminhar ao nosso lado, apenas um pouco recuados.

— Não me deixem, nenhum dos dois, não podem! — disse-lhes.

Eles se mostravam perplexos, suas vestes diáfanas sem qualquer sinal da chuva, as bainhas imaculadas como se não tivessem tocado nas pedras da rua, e seus pés descalços pareciam muito estranhamente tenros e frágeis ao acompanharem nossas passadas.

— Está bem — disse Setheus. — Não se preocupe tanto, Vittorio. Nós iremos com você.

— Não podemos simplesmente abandonar nosso tutelado para seguir outro homem, não podemos fazer isso — Ramiel continuou protestando.

— É a vontade de Deus; como pode ser de outra maneira?

— E Mastema? Não teríamos que consultar Mastema? — inquiriu Ramiel.

— Por que teríamos que perguntar a Mastema? Para que levar-lhe preocupações? Mastema deve saber.

E começaram a discutir novamente, atrás de nós, enquanto eu era conduzido pela rua.

O céu de aço brilhou momentaneamente, depois empalideceu, dando lugar ao azul quando chegamos a uma *piazza* aberta. O sol me provocou um choque, me deixou nauseado, e, no entanto, como eu o queria, como ansiava por ele. Mas ele me castigou, parecendo me açoitar como se fosse um chicote.

Estávamos muito perto de San Marco. Minhas pernas não agüentariam por muito tempo. Não parava de olhar para trás, por cima do ombro.

As duas resplandecentes figuras nos acompanhavam silenciosamente, e Setheus fez um gesto para que prosseguíssemos.

— Estamos aqui com você — disse Setheus.

— Não sei por quanto tempo, não sei não! — disse Ramiel. — Filippo nunca esteve tão ameaçado, nunca foi submetido a tamanha tentação, tamanha indignidade...

— Razão pela qual nos afastamos um pouco, para não interferir com o que deve acontecer com Filippo. Sabemos que estivemos à beira de nos comprometermos por causa de Filippo e do que ele fez dessa vez. Oh, Filippo, eu prevejo o que está por acontecer, vejo a grande conspiração.

— Do que é que eles estão falando? — perguntei aos homens. — Estão falando alguma coisa de Fra Filippo.

— E quem estaria falando, posso perguntar? — disse o velho mercador, sacudindo a cabeça ao me escoltar, o jovem louco sob sua tutela com a espada tilintante.

— Meu filho, agora fique calado — disse o outro homem, que fazia mais força para me carregar. — Somos capazes de compreendê-lo perfeitamente agora, mas você faz cada vez menos sentido, falando com pessoas que ninguém vê ou ouve.

— Fra Filippo, o pintor, o que está acontecendo com ele? — indaguei. — Está havendo algum problema.

— Oh, é intolerável — disse o anjo Ramiel atrás de mim. — É inadmissível que uma coisa dessas pudesse ter acontecido. E se me perguntarem, o que ninguém fez nem fará, acredito que se Florença não estivesse em guerra com Veneza, Cosimo de Medici protegeria seu pintor dessa situação.

— Protegê-lo de quê? — perguntei, olhando nos olhos do velho.

— Filho, obedeça-me — ele disse. — Ande em linha reta e pare de bater nas minhas pernas com essa espada. Você é um grande *signore*, está se vendo, e o nome de Raniari soa forte nos meus ouvidos vindo das distantes montanhas da Toscana, e o ouro na sua mão direita só ele pesa mais do que o dote de minhas duas filhas juntas, sem falar nas pedras preciosas, mas não grite no meu rosto.

— Desculpe. Foi sem querer. É que os anjos não falam claramente.

O outro homem que me conduzia tão gentilmente, que me ajudava com os alforjes onde estava minha fortuna, e não tentara me roubar coisa alguma, começou a falar:

— Se está querendo saber sobre Fra Filippo, ele se meteu novamente em encrenca. E dessa vez a coisa foi feia. Está sendo torturado.

— Não, não é possível que isso esteja acontecendo com Filippo Lippi! — disse incrédulo e gritei. — Quem faria uma coisa dessas ao grande pintor?

Virei-me, e os dois anjos cobriram de súbito seus rostos, tão delicadamente quanto Ursula costumava fazer, e começaram a chorar. Só que suas lágrimas eram maravilhosamente cristalinas. Eles evitaram me olhar. Oh, Ursula, pensei, com excruciante e repentina dor, como são belas essas criaturas, e em que túmulo você dorme sob o solo do Reino do Graal de Rubi que não lhe permite vê-las na sua silenciosa, secreta passagem pelas ruas da cidade?

— É verdade — disse Ramiel. — É tudo terrivelmente verdadeiro. Que espécie de guardiães somos nós que permitimos que Filippo se envolvesse nessa abominável situação? Já que ele é tão polêmico e astucioso, por que não fomos mais atentos?

— Somos apenas anjos — disse Setheus. — Ramiel, não temos que acusar Filippo. Não somos acusadores, somos guardiães, e em consideração ao rapaz que tanto o ama, não diga essas coisas.

— Eles não podem torturar Fra Filippo — bradei. — Quem foi que ele prejudicou?

— A si mesmo — disse o velho. — Dessa vez cometeu uma fraude. Vendeu uma obra encomendada, e todos sabem que um de seus aprendizes pintou grande parte da tela. Ele foi colocado na roda, mas não chegou a ser realmente supliciado.

— Não o torturaram, então! Ele é apenas magnífico! Mas ele foi colocado no instrumento de tortura, acabaram de me dizer. Por que fizeram isso com ele? Como alguém pode justificar tamanha estupidez, tamanho insulto, isso é um insulto aos Medici.

— Cale-se, criança; ele confessou — disse o mais moço dos mortais. — O processo está quase terminado. Se quer saber, um monge das arábias, esse Fra Filippo; quando não está correndo atrás das mulheres, está metido em alguma briga.

Chegamos a San Marco. Estávamos na Piazza San Marco bem em frente às portas do mosteiro, que eram niveladas com a rua, como acontecia com muitos prédios de Florença, como se o rio Arno nunca transbordasse. E fiquei muito contente ao contemplar aquele porto seguro.

Mas minha mente estava indócil. Todas as lembranças de demônios e crimes hediondos tinham sido momentaneamente postas de lado diante da notícia absurda de que o artista que mais admirava no mundo tinha sido colocado na roda como um criminoso comum.

— Ele às vezes... bem — disse Ramiel —, comporta-se como um criminoso... comum.

— Ele vai se safar, pagará uma fiança — disse o velho. Ele tocou a sineta do mosteiro. Bateu de leve nas minhas costas com sua mão comprida, cansada, ressequida. — Agora pare de chorar, meu filho. Filippo é um criador de casos, todo mundo sabe disso. Se ele tivesse ao menos um pouco da santidade de Fra Giovanni, só um pouquinho!

Fra Giovanni. Naturalmente, com esse nome, Fra Giovanni, referiam-se ao grande Fra Angelico, o pintor que séculos mais tarde levaria seus admiradores praticamente a se ajoelharem diante de suas obras, e era naquele mosteiro que Fra Giovanni trabalhava e vivia, era ali que, a pedido de Cosimo, pintara as celas dos monges.

O que podia dizer?

— Sim, sim, Fra Giovanni, mas eu não... não o amo. — É claro que o amava; reverenciava-o e à sua maravilhosa obra, mas não era como o meu amor por Filippo, o pintor que vira de longe somente uma vez... Como explicar essas coisas?

Uma súbita ânsia de vômito me fez dobrar o corpo. Afastei-me de meus solícitos acompanhantes. Vomitei o conteúdo do meu estômago na rua, uma massa pastosa de sangue e imundície que os demônios tinham me forçado a ingerir. Vi aquela nojeira sair de minha boca e escorrer pela rua. Senti seu cheiro pútrido e vi o bolo nauseante de vinho e sangue digerido pela metade infiltrar-se pelas pedras do calçamento.

Todo o horror da Corte do Graal de Rubi manifestou-se violentamente naquele momento. O desamparo tomou conta de mim, e ouvi os demônios soprando no meu ouvido, *desnorteado e escarnecido*, e duvidei de tudo o que tinha visto, de tudo o que era, de tudo o que transpirara minutos antes. Numa floresta onírica, meu pai e eu cavalgávamos e conversávamos sobre a pintura de Filippo, eu era um estudante e jovem lorde com o mundo todo pela frente, e o cheiro forte dos cavalos penetrava nas minhas narinas misturado com o perfume da floresta.

Desnorteado e escarnecido. Louco quando poderia ter sido imortal.

Ao me reerguer apoiei-me no muro do mosteiro. A luz do céu azul estava tão intensa que tive que fechar os olhos, mas me banhei no seu calor. Aos poucos, enquanto meu estômago se acalmava, tentei olhar fixamente para a frente, para combater a dor provocada pela luz, que amava e em que confiava.

Minha visão encheu-se com o rosto do anjo Setheus logo à minha frente, olhando-me com a mais profunda comiseração.

— Graças a Deus que *está* aqui — sussurrei.

— Sim — ele disse. — Eu lhe prometi.

— Não vai me deixar, não é mesmo? — perguntei.

— Não — ele respondeu.

Ramiel me observava de perto por cima do ombro, como se me analisasse com vagar e empenho pela primeira vez. Seu cabelo mais curto e solto fazia-o parecer mais moço, embora essas distinções não fizessem diferença.

— Não, nenhuma, de modo algum — ele sussurrou, e pela primeira vez, também sorriu.

— Faça como essas bondosas pessoas lhe dizem — disse Ramiel. — Deixe que eles o levem para dentro, e depois deverá dormir um sono natural, e quando acordar estaremos com você.

— Oh, mas é um horror, uma história de horrores — murmurei. — Filippo nunca pintou horrores como esses.

— Não somos coisas pintadas — disse Setheus. — O que Deus nos reserva descobriremos juntos, você, Ramiel e eu. Agora você precisa entrar. Os monges estão aqui. Entregamos você aos seus cuidados, e quando você despertar estaremos ao seu lado.

— Como na oração — murmurei.

— Oh, sim, como na oração — disse Ramiel, levantando a mão. Vi a sombra de seus cinco dedos e senti seu toque sedoso fechando-me os olhos.

10

NO QUE EU CONVERSO COM OS INOCENTES E PODEROSOS FILHOS DE DEUS

SIM, EU IRIA DORMIR, E PROFUNDAMENTE, MAS SÓ MUITO MAIS TARDE. O QUE veio foi uma nebulosa, onírica terra encantada de imagens protetoras. Fui carregado por um corpulento monge e seus assistentes para o interior do mosteiro de San Marco.

Não podia haver um lugar melhor para mim em toda Florença — com exceção talvez da casa de Cosimo — do que o Mosteiro Dominicano de San Marco.

Conheço, em toda Florença, uma porção de prédios soberbos, magníficos, mas não podia, menino que era, ter catalogadas na cabeça todas as riquezas que a cidade esbanjava.

Mas não há em parte alguma um claustro mais sereno, creio, do que o de San Marco, que recentemente havia sido restaurado pelo humilde e decente Michelozzo por incumbência de Cosimo, o Mais Velho. Tinha uma longa e venerável história em Florença, mas só há pouco tempo havia sido doado aos dominicanos, e era dotado de certas características sublimes que nenhum outro mosteiro ostentava.

Como toda Florença sabia, Cosimo havia investido uma fortuna em San Marco, talvez como uma forma de compensar o dinheiro ganho com a usura, pois, como banqueiro, recebia juros e por conseguinte era um usurário, como, de resto, éramos todos nós que depositávamos dinheiro no seu banco.

Fosse como fosse, Cosimo, nosso *capo*, nosso legítimo líder, amava aquele palácio e o cumulara de tesouros, mas principalmente, talvez, enriquecera-o ainda mais com seus acréscimos maravilhosamente proporcionados.

Seus detratores, os ressentidos, os que não são capazes de fazer nada com grandeza, e suspeitam de tudo que não esteja num estado de perpétua desintegração, diziam dele: "Ele colocou seu brasão até nas privadas dos monges."

Por falar em brasão, o seu era um escudo com cinco bolas protuberantes cujo significado era explicado de muitas maneiras. Mas o que seus inimigos diziam era que ele pendurara seus colhões nas privadas dos monges. Pura inveja e maledicência. Quem dera que seus inimigos tivessem privadas e bolas como aquelas!

Como seria muito mais inteligente se seus desafetos mencionassem que Cosimo costumava passar dias no mosteiro meditando e rezando, e que o ex-prior da irmandade, Fra Antonino, grande amigo e conselheiro de Cosimo, era o atual arcebispo de Florença.

Ah, o que fazer com os medíocres e os ignorantes que até hoje, quinhentos anos mais tarde, ainda contam mentiras sobre Cosimo!

Ao passar pela porta, pensei: Valha-me, Senhor, o que devo dizer a essas pessoas nesta Casa de Deus?

Mal esse pensamento assomou à minha cabeça sonolenta e, receio, à minha boca intoxicada e entorpecida, ouvi a risada de Ramiel no meu ouvido.

Tentei ver se ele estava ao meu lado. Mas estava novamente choramingando, com vontade de vomitar e estonteado, e só deu para perceber que havíamos entrado no mais tranqüilo e agradável claustro.

O sol ardia tanto nos meus olhos que não me foi possível agradecer a Deus pela beleza do jardim verdejante no centro do claustro, mas pude ver os arcos baixos e suavemente abaulados que criavam abóbadas incolores, gentis e humildes sobre minha cabeça.

E a tranqüilidade transmitida pela pureza das colunas com seus capitéis jônicos, pequenos e enrolados, tudo isso aumentava minha sensação de segurança e paz. Proporções harmoniosas sempre foram o dom maior de Michelozzo. Ele abria as coisas quando as construía. E aquelas espaçosas *loggias* eram a sua marca registrada.

Nada apagaria da minha lembrança os arcos góticos pontiagudos como a lâmina de uma adaga dos castelos franceses para os lados do norte, os picos de pedra filigranada por toda parte parecendo apontar com hostilidade para o Todo-Poderoso. E, embora soubesse que estava julgando incorretamente aquele estilo arquitetônico e sua intenção — pois certamente, antes de Florian e sua Corte do Graal de Rubi dele terem se apossado, ele nascera da devoção dos franceses e dos alemães —, ainda não conseguia afastar de minha mente a visão odiosa.

Tentando desesperadamente não botar os bofes para fora novamente, relaxei as pernas e os braços ao ver aquele sereno pátio florentino.

Avançando pela arcada em torno do jardim escaldante, o monge grandalhão, um verdadeiro urso, sorrindo para mim com uma candura habitual e inveterada, carregava-me nos seus braços vigorosos, enquanto outros o acompanhavam com seus hábitos preto-e-branco, rostos radiantes parecendo nos cercar a despeito de nosso rápido progresso. Não consegui ver meus anjos.

Mas aqueles homens eram o que de mais parecido com anjos podia haver no mundo.

Não demorei a perceber — devido às minhas visitas anteriores àquele lugar — que não estava sendo conduzido ao hospital, onde remédios eram distribuídos aos doentes de Florença, ou para o abrigo dos peregrinos, sempre cheio dos que vinham trazer oferendas e rezar, mas para a escada de acesso ao corredor das celas dos monges.

Num clarão aguçado pela doença, com um nó na garganta provocado pela beleza impactante, vi no topo da escada, reproduzido na parede em frente, o afresco da *Anunciação* de Fra Giovanni.

Minha pintura, a *Anunciação*! Minha predileta, a pintura que significava mais para mim do que qualquer outro motivo religioso.

Não, não era o gênio do meu turbulento Filippo Lippi, não, mas era minha pintura favorita, sem dúvida um augúrio de que nenhum demônio pode danar uma alma com o veneno de sangue ingerido à força.

O sangue de Ursula também tinha-lhe sido forçado? Hediondo pensamento. Procure não se lembrar de seus dedos macios afastando-se de você, seu idiota, seu bêbado idiota, procure não se lembrar de seus lábios e do seu beijo derramando sangue na sua boca aberta.

— Olhe! — gritei excitado, erguendo o braço frouxo e apontando para o afresco.

— Sim, sim, temos muitos — disse sorrindo o monge do tamanho de um urso.

Fra Giovanni era naturalmente o pintor. Quem não teria logo se apercebido? Ainda mais eu, que já o conhecia. E Fra Giovanni — deixem-me lembrar-lhes mais uma vez que ele passou para a posteridade como Fra

Angelico — tinha concebido o Anjo e a Virgem de uma maneira rigorosa, serena, terna mas extremamente simples, impregnada de humildade, despojada, a visitação ocorrendo entre arcos baixos, abaulados, como os do claustro por onde tínhamos acabado de passar.

Enquanto o monge seguia em frente, girando o corpanzil e enveredando pelo largo corredor — para mim, de fato amplo, reluzente, austero e bonito —, eu tentava formar palavras, com a imagem do anjo na cabeça.

Queria dizer a Ramiel e Setheus, se ainda estivessem comigo, que reparassem como as asas de Gabriel tinham listras coloridas, e como suas vestes diáfanas caíam em dobras simétricas e disciplinadas. Compreendia tudo isso, como compreendia a grandeza exuberante de Ramiel e Setheus, mas estava novamente ruminando disparates.

— Os halos — disse. — Vocês dois, onde é que se meteram? Seus halos flutuam sobre suas cabeças. Eu vi. Vi na rua e vi nas pinturas. Mas no afresco de Fra Giovanni, o halo é chato e circunda o rosto pintado, um disco maciço e dourado bem no campo da pintura...

Os monges riram.

— Com quem está falando, jovem *signore* Vittorio di Raniari? — um deles me perguntou.

— Acalme-se, meu jovem — disse o monge corpulento, sua voz de baixo trovejando do seu peito. — Você está sob nossos cuidados. E agora precisa calar-se. Veja, ali é a nossa biblioteca, está vendo nossos monges trabalhando?

Seu orgulho era indisfarçável. Mesmo durante o percurso, quando eu podia ter vomitado no chão imaculado, o monge virou-se para que eu pudesse ver através da porta aberta o grande salão repleto de livros e monges trabalhando, mas o que também vi foi o teto abobadado de Michelozzo, não pairando a grande altura, distante das pessoas, mas debruçando-se gentilmente sobre as cabeças dos monges e deixando um volume de luz e de ar sobre eles.

Parecia que estava tendo visões. Vi figuras múltiplas e triplas onde só deveria haver uma, e num vertiginoso lampejo uma nebulosa confusão de asas angelicais e rostos ovais voltou-se para mim, olhando-me através do véu de um segredo sobrenatural.

— Está vendo? — foi tudo o que pude dizer. Tinha que ir àquela biblioteca, tinha que encontrar textos que definissem os demônios. Não tinha desistido! Oh, não, não era um conversa-fiada. Contava até com a assistência dos anjos de Deus. Levaria Ramiel e Setheus à biblioteca e mostraria os textos a eles.

Nós sabemos, Vittorio, apague as imagens de sua mente, pois nós as vemos.

— Onde estão vocês? — gritei.

— Silêncio — disseram os monges.

— Mas vocês me ajudarão a voltar lá e matá-los?

— Você está falando sozinho — disseram os monges.

Cosimo era o curador da biblioteca. Quando o velho Niccolo de Niccoli morreu, um maravilhoso bibliófilo com quem conversei muitas vezes na livraria de Vaspasiano, todos os seus livros religiosos, e talvez mais até, foram doados por Cosimo ao mosteiro.

Eu encontraria provas naquela biblioteca, nos textos de santo Agostinho ou de santo Tomás de Aquino sobre os diabos com quem havia lutado.

Não, não estava louco. Não tinha desistido. Não era um idiota falastrão. Se ao menos o sol que entrava pelas pequenas janelas naquele lugar arejado deixasse de queimar minhas pupilas e minhas mãos.

— Silêncio, silêncio — disse o monge avantajado ainda sorrindo. — Você está tatibitateando como um bebê. Está me ouvindo? Veja, agora a biblioteca está muito concorrida. Hoje, é franqueada ao público. Estão todos muito ocupados.

Ele deu apenas mais alguns passos além da biblioteca e me levou para uma cela.

— É logo ali... — ele prosseguiu, como se estivesse engambelando uma criança desobediente. — A poucos passos da cela do prior, e adivinhe quem está lá neste momento? O arcebispo!

— Antonino — sussurrei.

— Sim, sim, você acertou. Ele já foi o nosso Antonino. Pois é, ele está aqui, e adivinhe por quê?

Eu estava muito grogue para responder. Os outros monges me cercaram. Esfregaram-me com panos molhados. Ajeitaram meu cabelo para trás.

Era uma cela grande e limpa. Oh, se o sol parasse de queimar. O que aqueles demônios tinham feito comigo, teriam me transformado num meio-demônio? Ousaria pedir um espelho?

Acomodado numa cama macia, naquele lugar limpo e aquecido, perdi o controle de meus membros. Estava novamente com ânsia de vômito.

Os monges me socorreram com uma bacia de prata. O sol banhava brilhantemente um afresco, mas eu não podia nem pensar em olhar as figuras reluzentes, não naquela claridade dolorosa. Parecia que havia outras figuras na cela. Seriam anjos? Vi seres translúcidos esvoaçando, agitando-se, mas não pude captar um contorno definido. Somente o afresco refulgindo na parede com suas cores vivas parecia sólido, válido, verdadeiro.

— Será que eles fizeram isso nos meus olhos para sempre? — Julguei vislumbrar uma forma angelical no vão da porta da cela, mas não era a figura de Setheus ou de Ramiel. Teria asas membranosas? Asas de demônio? Firmei os olhos, aterrorizado.

Mas já se tinha ido. Farfalhando, sibilando. *Nós sabemos*.

— Onde estão meus anjos? — perguntei, gritei. Pronunciei os nomes de meu pai e do pai dele, e de todos os Raniari de que consegui me lembrar.

— Psiu — disse o jovem monge. — Cosimo foi avisado de que você está aqui. Mas hoje é um dia terrível. Lembramo-nos do seu pai. Agora deixe que tiremos essas roupas imundas.

Minha cabeça rodou. A cela desapareceu.

Um sono pesado, um vislumbre dela, de minha salvadora — Ursula. Ela corria pela campina acariciada pelo vento. Quem a perseguia, desviando-a das flores balouçantes? Contudo, vez ou outra, os íris vermelhos que a cercavam eram inevitavelmente esmagados pelos seus pés. Ela virou para trás. Não, Ursula! Não faça isso. Não está vendo a espada flamejante?

Acordei num banho tépido. Seria a maldita pia batismal? Não. Vi o afresco, as figuras santas, vagamente, e mais de imediato os monges de carne e osso que me cercavam ajoelhados na pedra, com as mangas arregaçadas banhando-me na água morna, docemente perfumada.

— Ah, esse Francesco Sforza... — eles disseram em latim. — Investir contra Milão e tomar posse do ducado! Como se Cosimo já não tivesse problemas suficientes, Sforza tinha que fazer isso.

— Ele fez isso? Apoderou-se de Milão? — perguntei.

— O que foi que disse? Sim, filho, ele tomou a cidade. Quebrou a paz. E sua família, sua pobre família toda ela massacrada pelos mercenários; não pense que eles ficarão impunes, destruindo e saqueando pelo país afora, esses malditos venezianos...

— Não, não foi nada disso, vocês têm que dizer a verdade a Cosimo. Não foi um ato de guerra o que aconteceu com minha família, não foi praticado por seres humanos...

— Cale-se, criança.

Mãos castas esfregaram uma esponja nos meus ombros. Eu estava sentado, encostado no metal quente da banheira.

— ... di Raniari, sempre leal — disse um deles. — E seu irmão que deveria vir estudar conosco, seu doce irmão, Matteo...

Deixei escapar um grito angustiado. A mão suave de um dos monges fechou meus lábios.

— O próprio Sforza os punirá. Ele limpará aquela região.

Chorei copiosamente. Ninguém era capaz de compreender. Não me davam ouvidos.

Os monges puseram-me de pé. Vestiram-me com um longo e confortável roupão de linho. Veio-me à cabeça que estava sendo vestido para ser executado, mas a hora desse perigo já havia passado.

— Não estou maluco! — disse claramente.

— Não, de modo algum, apenas muito traumatizado.

— Vocês me compreendem?

— Você está cansado.

— A cama macia e aconchegante o aguarda. Foi trazida especialmente para você. Agora, trate de descansar, não delire mais.

— Foram os demônios — sussurrei. — Não eram soldados.

— Eu sei, meu filho. A guerra é uma coisa terrível. A guerra é obra do diabo.

Não, mas não foi guerra. Será que acreditarão em mim?

Acalme-se, é Ramiel quem está falando no seu ouvido; eu não lhe disse para dormir? Quer nos escutar? Ouvimos seus pensamentos assim como suas palavras!

Deitaram-me na cama. Os monges escovaram e secaram meu cabelo. Ele estava muito comprido agora. Alvoroçado, cabelo de um lorde rural. Mas era um conforto imenso estar banhado, sentir-me limpo como um cavalheiro.

— São velas? — perguntei. — O sol já se pôs?

— Sim — disse o monge ao meu lado. — Você dormiu.

— Pode me dar mais velas?

— Pois não. Vou buscá-las.

Fiquei no escuro. Fechei os olhos e tentei dar forma às palavras da *Ave Maria*.

Diversas luzes apareceram na porta, seis ou sete, cada uma delas uma pequena chama perfeitamente delineada. Depois tremularam quando os pés do monge aproximaram-se suavemente de mim. Vi-o claramente quando ele se ajoelhou para colocar o candelabro ao lado da minha cama.

Ele era alto e magro, muito jovem, desajeitado no hábito frouxo, flexível. Suas mãos eram muito limpas.

— Você está numa cela especial. Cosimo mandou homens para sepultar seus mortos.

— Louvado seja Deus.

— Amém.

Então agora podia falar!

— Eles ainda estão conversando, e já é tarde — disse o monge. — Cosimo está muito preocupado. Ele vai passar a noite aqui. A cidade está cheia de agitadores venezianos instigando o povo contra ele.

— Agora silêncio — disse outro monge que apareceu de repente. Ele se abaixou e levantou minha cabeça para colocar outro travesseiro.

Quanto conforto! Pensei nos desgraçados aprisionados no cativeiro.

— Oh, que barbaridade! É noite, e eles estão esperando pela horrível comunhão.

— Quem, filho? Que comunhão?

Vislumbrei novamente vultos agitando-se no escuro, mas eles logo se foram.

Tinha que vomitar. Precisava de uma bacia. Seguraram meus cabelos. Teriam visto o sangue à luz do candelabro? A golfada de sangue? Cheirava tão mal.

— Como alguém pode sobreviver a um veneno como esse? — um monge sussurrou a outro em latim. — Acha que deveríamos ministrar-lhe um purgante?

— Só iríamos assustá-lo. Cale a boca. Ele está sem febre.

— Estão redondamente enganados se pensam que me privaram do meu juízo — declarei repentinamente, gritando para Florian e Godric e para todos eles.

Os monges olharam para mim completamente estarrecidos.

Dei uma risada.

— Só estava falando com os que tentaram me fazer mal — disse, emprestando a cada palavra uma forma clara, distinta.

O monge magro com mãos extraordinariamente bem esfregadas ajoelhou-se ao meu lado. Ele alisou minha testa.

— E sua bonita irmã, que estava para se casar, ela também...

— Bartola! Ela estava para se casar? Não sabia. Bem, seu pretendente poderá guardar-lhe a cabeça. — Chorei. — Os vermes devem estar trabalhando na escuridão. E enquanto os demônios dançam na colina, a cidade não fazia nada.

— Que cidade?

— Você está delirando de novo — disse um monge que se postara além das velas. Como ele parecia diferente, embora estivesse detrás da luz, um indivíduo de ombros arredondados, nariz adunco e pálpebras pesadas, escuras. — Não delire mais, pobre criança.

Quis protestar, mas vi subitamente uma gigantesca asa de penas douradas baixar sobre mim, envolvendo-me. Senti cócegas no corpo todo provocadas pela maciez das penas. Ramiel disse:

O que precisamos fazer para obrigá-lo a ficar calado? Filippo necessita de nós agora; poderá nos dar um pouco de paz e silêncio, a fim de nos dedicarmos a Filippo, a quem Deus nos mandou para proteger? Não me responda. Obedeça-me.

A asa afastou todas as visões, todo o infortúnio.

Uma escuridão pálida, uniforme e completa. Os candelabros estavam atrás de mim, num plano mais alto.

Despertei. Ergui-me apoiado nos cotovelos. Minha cabeça estava clara. Uma encantadora iluminação por igual tremia muito pouco, enchendo a cela. O luar penetrava pela janela ao alto. O feixe de luz batia no afresco pintado na parede, o afresco obviamente de Fra Giovanni.

Meus olhos podiam vê-lo com impressionante clareza. Seria o meu sangue demoníaco?

Um estranho pensamento me ocorreu. Soou na minha consciência com a nitidez de um sino de ouro. Eu não possuía anjos da guarda! Meus anjos tinham me deixado; tinham me desertado porque minha alma estava condenada.

Não tinha anjos. Vira os de Filippo graças ao poder que os demônios tinham me conferido, e devido a outra coisa. Os anjos de Filippo discutiam tanto um com o outro! Foi por isso que eu os vira, e algumas de suas palavras tinham chegado até mim.

Eles me recordaram de minhas leituras de santo Tomás de Aquino, ou teria sido de santo Agostinho? Foi lendo os dois que aprendera meu latim, e seus infindáveis excursos tinham me encantado. Os demônios são possuídos de paixão. Mas os anjos não.

Mas aqueles dois anjos tinham muito espírito. Foi por isso que eles haviam rompido o véu.

Empurrei as cobertas e pus os pés descalços no chão de pedra. Estava fresco e agradável, porque a cela, tendo recebido o sol o dia todo, ainda estava aquecida.

Nenhuma corrente de ar varria o chão polido e imaculado.

Fiquei de pé diante do afresco pintado na parede. Não estava tonto nem nauseado ou propenso a cair. Era eu novamente.

Que alma inocente e em paz consigo mesmo Fra Giovanni deveria ter sido. Todas as suas figuras eram destituídas de malícia. Via a figura de Cristo sentado diante de uma montanha, com um halo dourado guarnecido com uma cruz emblemática. Ao lado dele, anjos provedores. Um segurava pão para ele, e o outro, cuja figura estava cortada pela porta existente na parede, esse outro anjo, cujas pontas das asas mal se viam, carregava vinho e carne.

No alto, na montanha, também vi Cristo. Era uma representação de diferentes incidentes, em seqüência, e acima, Cristo aparecia com seu manto pregueado cor-de-rosa. Mas aqui Ele estava agitado, tão agitado quanto Fra Giovanni pôde pintá-Lo, e Cristo levantava Sua mão esquerda, como se estivesse possuído de cólera.

A figura que fugia d'Ele era o Diabo! Era uma criatura horrenda com as asas membranosas que eu julgara ter visto de relance antes, e seus pés também eram providos de membranas entre os dedos, que terminavam em garras. Mal-encarado e num manto cinza sujo, ele fugia de Cristo, que se mantinha firme no deserto, recusando-se a ser tentado, e, só depois dessa confrontação, os anjos provedores apareceram, e Cristo tomou o Seu lugar com as mãos postas em oração.

Prendi a respiração aterrorizado ao contemplar essa imagem do demônio. Mas uma grande sensação de conforto percorreu meu corpo, fazendo meus cabelos formigarem nas raízes e meus pés se arrepiarem no chão polido. Eu tinha derrotado os demônios, tinha recusado sua oferta de imortalidade. Eu a tinha rejeitado. Mesmo confrontado com a cruz!

Tive ânsia de vomitar. A dor me surpreendeu como se tivesse levado um pontapé no estômago. Virei-me. A bacia, limpa e reluzente, estava no chão. Ajoelhei-me e pus para fora outra golfada da xaroposa imundície. Não haveria água?

Olhei em volta. Lá estava o jarro e a caneca. A caneca estava cheia e derramei um pouco do seu conteúdo quando a levei aos lábios, mas a água tinha um gosto salobro, rançoso, horrível. Despejei a caneca.

— Seus monstros, vocês me envenenaram para as coisas naturais. Mas não vencerão!

Com as mãos trêmulas, peguei a caneca, enchi-a novamente e tentei beber outra vez. Mas a água não tinha um gosto natural. Com o que poderia compará-la? Não era fétida como a urina; parecia uma água cheia de minerais e metais que deixa um resíduo capaz de engasgá-lo. Era péssima!

Deixei-a de lado. Muito bem. Era hora de estudar, pesquisar. Hora de pegar as velas, e foi o que fiz.

Saí da cela. O corredor estava vazio, na penumbra, iluminado apenas pela luz pálida que vinha das pequenas janelas das celas de teto baixo.

Dobrei à direita e me aproximei das portas da biblioteca, que não estavam trancadas.

Entrei empunhando meu candelabro. A mesma tranqüilidade do estilo arquitetônico de Michelozzo aqueceu-me e reconfortou-me, trazendo-me de volta uma fé em todas as coisas, uma confiança. Duas fileiras de arcos e colunas jônicas atravessavam o centro do salão, formando uma nave até a porta distante, e, recobrindo as paredes, viam-se estantes e mais estantes de manuscritos e rolos de pergaminho.

Avancei descalço pelo piso de pedras assentadas como espinha de peixe, erguendo o candelabro bem alto para que a luz das velas iluminasse o teto abobadado, imensamente feliz por estar ali sozinho.

Janelas de ambos os lados permitiam a entrada de uma luz fraca, iluminando a impressionante quantidade de estantes. Como o pé-direito alto era divino e repousante. Como o genial arquiteto ousara fazer de uma biblioteca uma basílica.

Como poderia saber, criança que era na época, que aquele estilo seria imitado por toda a minha amada Itália? Oh, quantas coisas maravilhosas havia para os viventes e para a eternidade.

E eu? O que sou? Estou vivo? Ou estou sempre caminhando nos braços da morte, sempre enfeitiçado pelo tempo?

Deixei-me ficar parado com as minhas velas. Como meus olhos amavam todo aquele esplendor iluminado pela lua. Como gostaria de ficar ali parado para sempre, sonhando, perto das coisas da mente e do espírito, longe das lembranças da patética cidade subjugada à maldita montanha e ao seu sinistro castelo, que naquele momento provavelmente resplandecia na sua luz sinistra, fantasmagórica.

Seria capaz de discernir a ordem em que estaria disposto aquele tesouro de livros?

O catalogador da biblioteca, o monge que fizera todo o trabalho, o homem de saber responsável por aquela obra portentosa não era outro senão o atual papa de toda a cristandade, Nicolau V.

Percorri as estantes à minha direita, segurando no alto meu candelabro. Estariam em ordem alfabética? Pensei em santo Tomás de Aquino, pois o conhecia mais livremente, mas foi santo Agostinho que encontrei. Sempre o apreciara, apreciava seu estilo vívido e suas excentricidades, sua maneira dramática de escrever.

— Oh, és melhor porque escreveste mais sobre os demônios! — disse com os meus botões.

A cidade de Deus! Vi diversos volumes. Havia uma série de códices sobre aquela obra-prima, sem mencionar todas as outras obras desse grande santo, suas *Confissões*, que tinham me empolgado tanto quanto um romance romano e tantas outras maravilhas. Alguns livros eram muito antigos, feitos artesanalmente de grandes pergaminhos; outros eram extravagantemente encadernados, outros tantos eram simples e quase novos.

Por piedade e consideração, tinha que escolher os mais alentados, embora pudessem conter erros, e só Deus sabia como os monges se empenhavam para evitar erros. Sabia qual o volume que queria. Conhecia o volume sobre os demônios porque o achara muito fascinante e engraçado, muito inverossímil. Oh, como fora idiota!

Peguei o volume mais pesado, tomo nove do texto, coloquei-o debaixo do braço, e dirigi-me para a primeira mesa, fixando cuidadosamente o candelabro na minha frente, de modo a me iluminar sem projetar sombra debaixo dos meus dedos, e abri o livro.

— Está tudo aqui! — sussurrei. — Diga-me, santo Agostinho, o que é que eles eram para que eu possa convencer Ramiel e Setheus que têm que me ajudar, ou me dar os meios para convencer esses florentinos de hoje, que só se preocupam em guerrear a Serena República de Veneza com seus soldados mercenários. Ajude-me, santo Agostinho, eu lhe peço.

Ah, capítulo dez, volume nove, eu bem que sabia...

Santo Agostinho citava Plotino, ou o explicava:

... que o próprio fato da mortalidade corporal do homem é devido à compaixão de Deus, que não nos conservaria para sempre presos à miséria desta vida. A crueldade dos demônios não foi julgada merecedora dessa compaixão, e na miséria de sua condição, com uma alma sujeita a paixões, não lhes foi concedido o corpo mortal, que o homem recebeu, e sim um corpo eterno.

— Ah, sim! — eu disse. — Foi isso que Florian me ofereceu, vangloriando-se de que eles não envelheciam ou definhavam fisicamente e não eram sujeitos a doenças, que eu poderia ter vivido lá com eles para sempre. Pois aqui está uma prova que poderei mostrar aos monges!

Continuei lendo, procurando descobrir o essencial que fundamentaria minhas afirmações. E encontrei no capítulo onze:

Apuleio também diz que as almas dos homens são demônios. Ao deixarem seus corpos humanos transformam-se em espíritos tutelares se tiverem demonstrado ter sido boas; se tiverem sido más, transformam-se em espíritos noturnos, almas penadas ou larvas.

— Sim, almas penadas, conheço a expressão. Almas penadas ou larvas, e Ursula, ela me havia dito que tinha sido jovem, jovem como eu; todos tinham sido humanos e agora eram almas penadas.

Segundo Apuleio, as larvas são demônios malignos criados a partir dos homens.

Estava dominado pela excitação. Precisava de pergaminho e penas. Tinha que anotar o lugar. Tinha que tomar nota do que descobrira e continuar. Pois o próximo passo seria obviamente convencer Ramiel e Setheus de que eles tinham se metido no maior...

Meus pensamentos foram abruptamente interrompidos.

Um personagem tinha entrado na biblioteca, atrás de mim. Ouvi passos pesados porém abafados, e fez-se uma súbita sombra às minhas costas, como se os exíguos, manhosos raios da lua que penetravam no recinto pelas janelas altas e estreitas tivessem sido interceptados.

Virei-me lentamente e olhei por cima do meu ombro.

— E por que escolhe a esquerda? — perguntou o personagem.

Ele se postou diante de mim, imenso e alado, olhando-me fixamente, com o rosto luminoso refulgindo à luz trêmula das velas; suas sobrancelhas, embora ligeiramente erguidas, não estavam arqueadas, conferindo-lhe uma expressão apenas severa. Tinha os cabelos louros revoltos do pincel de Fra Filippo, parcialmente ocultos pelo grande capacete de batalha vermelho, e suas asas eram revestidas de uma grossa camada de ouro.

Envergava uma armadura, com os peitorais decorados e os ombros cobertos de fivelas imensas, e tinha na cintura uma faixa azul de seda. Sua espada estava embainhada, e num braço relaxado ostentava seu escudo com uma cruz vermelha.

Nunca tinha visto ninguém parecido.

— Preciso de você! — declarei. Levantei-me, derrubando o banco para trás. Estiquei o braço para que ele não caísse no chão com estrondo. Encarei o recém-chegado.

— Precisa de mim! — ele disse com surda indignação. — Não resta a menor dúvida! Você, que desviou Ramiel e Setheus de Fra Filippo Lippi. Sabe quem eu sou?

Sua voz era magnífica, rica, sedosa, violenta e penetrante, embora profunda.

— Você tem uma espada — disse.

— Oh, e para quê?

— Para matá-los, a todos eles! — disse. — Para ir comigo durante o dia ao castelo deles. Sabe do que estou falando?

Ele acenou com a cabeça.

— Sei o que você sonhou e o que tem balbuciado desconexamente e o que Ramiel e Setheus têm conseguido decifrar de sua mente febril. É claro que sei. Você diz que precisa de mim, e Fra Filippo rola numa cama com uma prostituta que lhe lambe as juntas doloridas.

— Uma conversa dessas partindo de um anjo! — exclamei, admirado.

— Não zombe de mim, ou lhe dou um tapa — ele disse. Suas asas alçaram-se e abaixaram ligeiramente, como se ele tivesse suspirado, ou melhor, arfado.

— Então, dê! — disse. Meus olhos contemplavam agressivamente sua beleza cintilante, imponente no seu manto preso no pedaço da túnica que aparecia acima da armadura, admiravam a solene suavidade de suas faces imberbes. — Mas venha comigo às montanhas para me ajudar a matá-los — implorei-lhe.

— Por que não vai você mesmo e resolve o problema?

— Acha que posso?

Seu rosto ficou sereno. Seu lábio inferior projetou-se num pequeno porém expressivo muxoxo de desdém. Seu maxilar e seu pescoço eram vigorosos, muito mais do que a anatomia de Ramiel e de Setheus, que pareciam mais jovens, e ele, seu esplêndido irmão mais velho.

— Por acaso, não é o Anjo Caído? — perguntei.

— Como se atreve! — ele sussurrou, despertando de sua apatia e franzindo ameaçadoramente as sobrancelhas.

— Então você é Mastema. Eles pronunciaram seu nome. Mastema.

Ele acenou com a cabeça e escarneceu.

— Eles, naturalmente, pronunciariam meu nome.

— E isto quer dizer o quê, grande anjo? Que posso invocá-lo, que tenho o poder de comandá-lo? — Virei-me e apanhei o livro de santo Agostinho.

— Largue esse livro! — ele disse impacientemente, mas sem perder a calma. — Um anjo está de pé diante de você, rapaz; olhe para mim quando eu lhe dirigir a palavra!

— Ah, fala como Florian, o demônio daquele castelo remoto. Possui o mesmo controle, a mesma modulação. O que quer de mim, anjo? Por que veio?

Ficou calado, como se não pudesse articular uma resposta. Depois de algum tempo me fez uma pergunta, calmamente:

— O que é que você acha?

— Porque eu rezei?

— Sim — ele disse friamente. — Sim! E porque eles me procuraram por sua causa.

Meus olhos se arregalaram. Senti a luz penetrá-los. Mas a luz não os incomodou. Ruídos suaves encheram meus ouvidos.

De cada lado dele apareceram Ramiel e Setheus com seus rostos mais amenos, mais gentis voltados para mim.

Mastema ergueu novamente as sobrancelhas ao olhar para mim.

— Fra Filippo está bêbado — ele disse. — Quando ele acordar, vai recomeçar a beber até a dor cessar.

— Só idiotas seriam capazes de torturar um grande pintor como ele — eu disse —, mas vocês já conhecem minha opinião sobre isso.

— Ah, e a opinião de todas as mulheres de Florença — disse Mastema. — E de todos os maiorais que pagam pelos seus quadros quando suas cabeças não estão voltadas para a guerra.

— Sim — disse Ramiel, olhando suplicante para Mastema. Eram da mesma altura, mas Mastema não se virou, e Ramiel avançou como se quisesse alcançar-lhe o olhar. — Se não estivessem todos tão envolvidos com a guerra.

— A guerra é o mundo — disse Mastema. — Perguntei-lhe antes, Vittorio di Raniari, sabe quem eu sou?

Fiquei perturbado com a pergunta, não propriamente com ela, mas pelo fato de estarmos os três reunidos, e eu ser o único mortal, e todo o mundo mortal à nossa volta parecer estar dormindo.

Por que nenhum monge tinha vindo ver quem estava sussurrando na biblioteca? Por que nenhum vigia da noite viera verificar por que as velas ardiam na passagem? Por que o jovem murmurava e delirava?

Estaria louco?

Pareceu-me súbita e ridiculamente que se respondesse a Mastema com correção, não estaria maluco.

Esse pensamento provocou nele uma pequena risada, nem áspera nem doce.

Setheus olhou para mim com sua óbvia simpatia. Ramiel não disse nada, mas olhou de novo para Mastema.

— Você é o anjo — disse — a quem o Senhor dá permissão para brandir essa espada. — Não tendo havido resposta, prossegui. — Você é o anjo que exterminou os primogênitos do Egito. — Sem resposta. — Você é o anjo, o anjo que pode se vingar.

Ele aquiesceu, mas na realidade somente com os olhos. Eles se fecharam e depois se abriram.

Setheus aproximou-se dele colocando os lábios nos seus ouvidos.

— Ajude-o, Mastema, ajudemo-lo todos nós. Filippo não está em condições de ouvir nossos conselhos agora.

— E por quê? — perguntou Mastema ao anjo a seu lado. Ele olhou para mim.

"Deus não me autorizou a punir esses seus demônios. Deus nunca me disse: 'Mastema, liquide os vampiros, as almas penadas, as larvas, os bebedores de sangue.' Jamais Deus me ordenou: 'Levante sua espada poderosa e limpe o mundo dessas criaturas profanas.'"

— Eu lhe imploro — eu disse. — Eu, um jovem mortal, lhe imploro. Mate-os, acabe com esse ninho com sua espada.

— Eu não posso fazê-lo.

— Mastema, você pode! — declarou Setheus.

Ramiel falou:

— Se ele diz que não pode é porque não pode! Por que nunca lhe dá ouvidos?

— Porque sei que ele pode ser instigado — disse Setheus sem hesitação ao seu companheiro. — Sei que ele pode, assim como Deus pode ser convencido.

Setheus deu um passo à frente, colocando-se ousadamente diante de Mastema.

— Pegue o livro, Vittorio — ele disse. Ele avançou. Imediatamente as grandes páginas de pergaminho, pesadas como eram, começaram a tremular. Ele colocou o livro na minha mão e marcou o lugar com o seu dedo pálido, mal tocando o texto escrito com caracteres pretos, grossos, compactos.

Li em voz alta:

E por conseguinte Deus que fez as maravilhas visíveis do Céu e da Terra não desdenha de realizar milagres visíveis no Céu e na Terra, pelos quais Ele desperta a alma, até agora preocupada com as coisas visíveis, para a adoração a Ele.

Seu dedo moveu-se, e meus olhos moveram-se com ele. Li a respeito de Deus:

Para Ele, não há diferença entre ver-nos prestes a rezar e ouvir nossas preces porque mesmo quando Seus anjos ouvem, é Ele quem ouve através deles.

Parei, com os olhos banhados em lágrimas. Ele tirou o livro de minhas mãos para protegê-lo de minhas lágrimas.

Um barulho penetrou no nosso pequeno círculo. Alguns monges tinham chegado. Ouvira-os sussurrando no corredor, e depois a porta foi aberta e eles entraram na biblioteca.

Gritei e, quando olhei para cima, vi-os com os olhos fixos em mim, dois monges que não conhecia ou que não me lembrava de ter visto antes.

— O que está acontecendo, meu filho? Por que está aqui sozinho, chorando? — falou o primeiro.

— Ouça, deixe que o levemos de volta para a cama. Levaremos alguma coisa para você comer.

— Não, não posso comer.

— Não, ele realmente não pode comer — disse o primeiro monge ao outro. — A comida ainda o deixa nauseado. Mas ele pode descansar. — Olhou para mim.

Virei-me. Os três anjos radiantes olhavam silenciosamente para os monges que não os podiam ver, que não tinham a menor idéia de que eles se encontravam ali!

— Pai Nosso que estais no céu, por favor, dizei-me: Enlouqueci? Os demônios terão vencido, terão me poluído de tal forma com seu sangue e suas poções que vejo coisas que não existem, que não passam de alucinações, ou, como Maria, vim ao túmulo para ver um anjo?

— Volte para sua cama — disseram os monges.

— Não — disse Mastema, dirigindo-se silenciosamente ao monge, que não o viu nem o ouviu. — Deixem que ele fique. Deixem que ele leia para acalmar a mente. Ele é um jovem instruído.

— Não, não — disse o monge, sacudindo a cabeça. E olhou para o outro. — Devemos deixá-lo ficar. Ele é um rapaz instruído. Ele pode ler sossegadamente. Cosimo disse para deixarmos ele fazer o que desejar.

— Podem ir, deixem-no agora — disse Setheus brandamente.

— Silêncio — disse Ramiel. — Deixe que Mastema diga a eles.

Eu estava muito tomado de dor e ao mesmo tempo de felicidade para responder. Cobri o rosto, e quando fiz isso pensei na minha pobre Ursula, para sempre confinada na sua corte demoníaca, e como havia chorado por mim.

— Como isso podia ter acontecido? — sussurrei aos meus próprios dedos.

— Porque ela também foi humana, e tem um coração humano — disse Mastema para mim no silêncio.

Os dois monges retiraram-se apressadamente. Por um momento o trio de anjos ficou tão transparente quanto leve, e vi através deles os dois monges que se retiravam, fechando as portas ao saírem.

Mastema olhou para mim com o seu olhar parado, poderoso.

— Pode-se ler qualquer coisa no seu rosto — eu disse.

— É assim com quase todos os anjos o tempo todo — ele respondeu.

— Eu lhe rogo, venha comigo. Ajude-me. Guie-me. Faça o que fez com os monges! Isso pode fazer, não pode?

Ele acenou com a cabeça.

— Mas não podemos fazer mais do que isso, compreende? — disse Setheus.

— Deixe que Mastema fale — disse Ramiel.

— Volte para o céu! — disse Setheus.

— Por favor, calem-se, os dois — disse Mastema. — Vittorio, não posso ajudá-lo a matá-los. Não tenho autorização. Isso você terá que fazer com sua própria espada.

— Mas você virá.

— Eu o levarei. Quando o sol nascer, quando eles estiveram dormindo debaixo de suas pedras. Mas você é quem terá que matá-los, terá que expô-los à luz, soltar aqueles pobres prisioneiros, e enfrentar a população da cidade, ou libertar o bando de inválidos e fugir.

— Compreendo.

— Podemos deslocar as pedras das tocas onde eles dormem, não podemos? — perguntou Setheus. Ao dizer isso, ele levantou a mão para calar Ramiel antes que ele protestasse. — Teremos que fazê-lo.

— Podemos fazer isso — disse Mastema. — Assim como podemos impedir que uma viga caia na cabeça de Filippo, também podemos fazer isso. Mas não podemos acabar com eles. Quanto a você, Vittorio, tampouco podemos obrigá-lo a fazer isso, caso seus nervos ou sua vontade falharem.

— Não acreditam que o milagre que me permitiu vê-los me dará forças, me sustentará?

— Será o bastante? — perguntou Mastema.

— Você está se referindo a ela, não é verdade?

— Estou? — ele perguntou.

— Cumprirei minha parte, mas você tem que me dizer...

— O que tenho que lhe dizer? — perguntou Mastema.

— A sua alma, ela irá para o inferno?

— Isso eu não posso lhe dizer — respondeu Mastema.

— Não pode deixar de me dizer.

— Não, só tenho que fazer o que Deus determinou que eu fizesse, e isso eu faço, mas não me cabe solucionar os mistérios sobre os quais santo Agostinho ponderou a vida inteira. Não, isso não é o que tenho que fazer, deva fazer ou farei.

Mastema apanhou o livro.

Novamente, as folhas moveram-se com a simples vontade dele. Senti a brisa que delas soprou.

Ele leu:

Há alguma coisa a se ganhar com os inspirados discursos das Escrituras.

— Não leia essas palavras para mim; elas não me ajudam! — disse. — Ela pode ser salva? Poderá salvar sua alma? Ainda a possui? Ela é tão poderosa quanto você? Você pode cair? O Diabo pode voltar para Deus?

Ele largou o livro num movimento tão rápido e repentino que mal percebi.

— Está pronto para a batalha? — ele perguntou.

— Eles são indefesos à luz do dia — disse Setheus, dirigindo-se a mim. — Inclusive ela. Ela também é indefesa. Você terá que remover as pedras que os cobrem, e saberá o que fazer.

Mastema sacudiu a cabeça. Virou-se e fez um gesto para que se afastassem do seu caminho.

— Não, por favor, eu lhe imploro! — disse Ramiel. — Faça isso por ele. Faça-o, por favor. Filippo não precisará de nossa ajuda por alguns dias.

— Você não pode ter certeza — disse Mastema.

— Os meus anjos não poderiam protegê-lo? — perguntei. — Não terei algum que possa ser requisitado?

Mal acabara de pronunciar essas palavras percebi que mais duas entidades tinham-se materializado diretamente ao pé de mim, uma de cada lado, e quando olhei da esquerda para a direita dei de cara com elas. Só que eram pálidas e pareciam remotas, e não tinham a flama dos guardiães de Filippo, apenas uma silenciosa, quase visível e inegável presença.

Olhei demoradamente para uma e depois para a outra, e não encontrei palavras que pudessem descrevê-las. Seus rostos eram lívidos e tinham uma aparência paciente, tranqüila. Eram seres alados, altos, sem dúvida, mas é só o que posso dizer, porque não podia atribuir-lhes cor, esplendor ou individualidade, e não exibiam trajes ou se movimentavam ou faziam qualquer coisa que despertasse minha admiração.

— O que é isso? Por que não falam comigo? Por que me olham dessa maneira?

— Eles o conhecem — disse Ramiel.

— Você está cheio de vingança e desejo — disse Setheus. — Eles sabem disso; eles estiveram ao seu lado, avaliaram sua dor e seu ódio.

— Santo Deus, esses demônios mataram minha família! — declarei. — Algum de vocês sabe o destino de minha alma?

— É claro que não — disse Mastema. — Por que estaríamos aqui se soubéssemos? Por que qualquer um de nós estaria aqui se ela tivesse sido preordenada?

— Eles sabem que preferi enfrentar a morte a beber o sangue dos demônios? Uma *vendetta* não me teria levado a bebê-lo e depois destruir meus inimigos com poderes idênticos aos deles?

Meus anjos acercaram-se de mim.

— Oh, onde estavam vocês quando eu estava prestes a morrer? — perguntei.

— Não escarneça deles. Você realmente nunca acreditou neles. — Era a voz de Ramiel. — Você nos amou quando viu nossas imagens, e, quando o sangue do demônio estava nas suas entranhas, você viu o que podia amar. Esse é o perigo agora. É capaz de matar o que ama?

— Destruirei todos eles. De uma forma ou de outra, juro pela minha alma. — Olhei para meus pálidos, apáticos guardiães, e depois para os outros que refulgiam nas sombras da vasta biblioteca, contra as cores escuras das estantes apinhadas de livros.

— Destruirei todos eles — prometi solenemente. Fechei os olhos. Imaginei-a, descansando indefesa durante o dia, e me vi ajoelhando-me e beijando sua testa alva, fria. Meus soluços eram abafados e meu corpo tremia. Acenei a cabeça repetidamente, reafirmando minha decisão. Sim, eu o faria, eu o faria, eu o faria.

— Ao amanhecer — disse Mastema —, os monges terão separado roupas limpas para você, um traje de veludo vermelho, suas armas recém-polidas e suas botas engraxadas. Tudo será preparado por eles. Procure não comer. É muito cedo, e o sangue do demônio ainda está dando voltas no seu estômago. Prepare-se e o levaremos para o norte para fazer o que tem que ser feito à luz do dia.

11

E a luz brilhou na escuridão,
e a escuridão não a compreendeu.

— EVANGELHO SEGUNDO SÃO JOÃO 1.5

OS MOSTEIROS ACORDAM CEDO, SE É QUE CHEGAM A DORMIR.

Meus olhos abriram-se de repente, e só então vi a luz matutina banhar o afresco, como se o véu da escuridão tivesse sido descortinado. Só então me dei conta de quão profundamente havia dormido.

Monges mexiam-se na minha cela. Tinham trazido a túnica de veludo vermelho, as roupas como Mastema as descrevera, e estavam estendendo-as cuidadosamente. Tinha bons calções de lã vermelha para usar com elas, uma camisa de seda dourada, e, para vestir por cima dela, outra de seda branca e um cinto novo, largo, para a túnica. Minhas armas estavam caprichosamente polidas, como me haviam dito que estariam — minha pesada espada cravejada de pedras brilhava como se meu próprio pai a tivesse lustrado numa noite tranqüila ao pé da lareira. Minhas adagas estavam prontas.

Desci da cama e, embrulhado nas cobertas até os joelhos, rezei. Fiz o sinal-da-cruz.

— Deus, dai-me forças para enviar às vossas mãos os que se alimentam da morte.

A oração foi pronunciada num sussurro em latim.

Um dos monges bateu no meu ombro e sorriu. O Grande Silêncio ainda não teria terminado? Não fazia idéia. Ele apontou para uma mesa onde havia comida para mim — pão e leite. O leite espumava na superfície.

Acenei a cabeça e sorri para ele, e em seguida ele e seu companheiro fizeram uma ligeira curvatura e se retiraram.

Dei diversas voltas na cela.

— Sei que vocês todos estão aqui — disse, mas não esperei mais. Se eles não viessem, tinha recuperado plenamente minha lucidez e minha energia. Mas isso não era verdade, não mais do que meu pai estar vivo.

Na mesa, ao lado da comida, sob o peso do candelabro, estavam diversos documentos, recentemente redigidos e assinados com uma rebuscada caligrafia.

Li-os com pressa.

Eram recibos de todo meu dinheiro, das jóias e de todas as coisas que tinha comigo, nos alforjes, quando chegara. Todos os documentos ostentavam o selo dos Medici.

Havia uma bolsa de dinheiro, para ser presa no meu cinto. Todos os meus anéis estavam limpos e polidos, de tal sorte que os rubis do cabochão reluziam e as esmeraldas tinham uma profundidade impecável. O ouro brilhava como talvez não o fizesse há meses devido à minha negligência.

Escovei o cabelo, não gostando da sua espessura e comprimento, mas não dispunha de tempo para pedir a um barbeiro que o cortasse pouco acima de meus ombros. Pelo menos estava suficientemente comprido, e já estava há algum tempo, para poder prendê-lo atrás dos ombros e deixar minha testa descoberta. Era um luxo tê-lo tão limpo.

Vesti-me rapidamente. Minhas botas estavam um pouco justas porque tinham secado perto do fogo depois da chuva. Mas não chegavam a incomodar. Apertei todas as minhas fivelas e coloquei a espada na cintura.

A túnica de veludo vermelho era debruada nas orlas com fios dourados e prateados, e bordada na frente com flores-de-lis prateadas, o símbolo mais antigo de Florença. Com meu cinto bem apertado, a túnica não chegava à metade da minha coxa. Um traje para pernas bem modeladas.

A indumentária, toda ela, era mais do que elegante e requintada para uma batalha, mas que batalha era aquela? Era um massacre. Vesti a capa curta que me haviam dado, e apertei suas fivelas douradas, embora ela fosse quente para a cidade, pois era forrada com pele de esquilo.

Ignorei o chapéu, prendi a bolsa, e enfiei todos os anéis, um por um, nos dedos, transformando minhas mãos em verdadeiras armas. Calcei as macias luvas de pele. Achei um terço de contas de âmbar em que não tinha reparado antes. Beijei seu crucifixo de ouro e guardei-o no bolso por baixo da túnica.

Surpreendi-me ao olhar para o chão e me ver cercado de pés descalços. Levantei os olhos lentamente.

Deparei-me com meus anjos, meus guardiães, envergando longos e esvoaçantes mantos azul-escuros, que pareciam ser feitos de algo mais leve, porém mais opaco, do que a seda. A brancura de seus rostos era de marfim e luzia ligeiramente. Seus olhos eram grandes e pareciam opalas. Seus cabelos eram escuros, ou sua tonalidade cambiante dava a impressão de serem feitos de sombras.

Eles me olharam de frente, com as cabeças tão juntas que pareciam se tocar. Era como se estivessem trocando idéias silenciosamente um com o outro.

Eles me assustaram. Causou-me uma sensação de constrangedora intimidade o fato de vê-los fulgurantes, tão perto de mim, e saber que os dois tinham estado sempre ao meu lado, ou pelo menos assim devia acreditar. Eram um pouco maiores do que os seres humanos, como os outros anjos que havia visto, e não tinham as fisionomias meigas que observara nos outros, mas no todo seus semblantes eram mais abertos e suas bocas maiores, embora com um formato delicado.

— E não acredita em nós agora? — um deles perguntou num sussurro.

— Poderão me dizer seus nomes?

Ambos sacudiram as cabeças num simples e imediato gesto negativo.

— Vocês me amam?

— Onde está escrito que deveríamos? — perguntou o que ainda não tinha falado. Sua voz era tão inexpressiva e baixa quanto um sussurro, porém mais discernível. Podia ser a mesma voz do outro anjo.

— E você? Por acaso nos ama? — perguntou o outro.

— Por que vocês velam por mim?

— Porque fomos enviados para isso, e estaremos com você até você morrer.

— Mesmo sem me amarem?

Eles sacudiram as cabeças, negando novamente.

Aos poucos a luz foi ficando mais intensa no recinto. Virei-me bruscamente para olhar as janelas. Julguei que fosse o sol. O sol não me afetava, pensei.

Mas não era ele. Era Mastema, que se erguera por detrás de mim como se fosse uma nuvem de ouro, e ao lado dele estavam os defensores da minha causa, meus campeões, Ramiel e Setheus.

O aposento resplandeceu, parecendo vibrar sem nenhum som. Meus anjos faiscaram e cresceram nas suas fulgurantes vestes brancas e azuis.

Todos olharam para a figura marcial de Mastema.

Uma imensa zoeira musical encheu o ar, como se um bando de chilreantes passarinhos tivesse despertado e voado dos galhos de suas árvores ensolaradas.

Devo ter fechado os olhos. Perdi o equilíbrio, o ar tornou-se mais frio, e minha vista parecia ficar nublada pela poeira.

Sacudi a cabeça e olhei à minha volta.

Estávamos dentro do próprio castelo.

O lugar era úmido e muito escuro. A luz insinuava-se pelas frestas da imensa ponte levadiça, que naturalmente estava levantada. Nos muros rústicos de cada lado, viam-se pendurados aqui e ali grandes ganchos e correntes enferrujados que há muitos anos não eram usados.

Virei-me e entrei num pátio sombrio, perdendo de súbito o fôlego ao contemplar a altura das paredes que me cercavam, subindo vertiginosamente para o cubo bem definido de brilhante céu azul.

Era, decerto, um dos pátios, o da entrada, pois diante de nós erguia-se outro imenso portão, suficientemente grande para permitir a passagem das maiores carroças de feno imagináveis ou de algum novo engenho de guerra.

O chão estava sujo. Bem no alto, em todos os lados, havia janelas, uma profusão de janelas duplas arqueadas, revestidas de grades de ferro.

— Preciso de você agora, Mastema — disse. Persignei-me novamente. Peguei o terço e beijei o crucifixo, olhando momentaneamente para baixo, para o pequeno corpo contorcido de Nosso Cristo Torturado.

A enorme porta diante de mim abriu-se estalando fortemente. Em seguida ouviu-se o ranger de ferrolhos sendo puxados, e a porta girou pesadamente nos seus gonzos, revelando um distante pátio ensolarado muito maior.

As paredes através das quais avançávamos teriam mais de dez metros de espessura. Havia portas de cada lado de nós com pesados arcos de pedra trabalhada, mostrando os primeiros sinais de embelezamento que vira de relance desde que entráramos.

— Essas criaturas não entram e saem como qualquer um — comentei. Apressei o passo para alcançar o sol que batia em toda sua plenitude no pátio. O ar da montanha era muito frio e muito úmido no interior da passagem.

Ao me erguer chegando ao pátio, vi janelas como as de que me lembrava, das quais pendiam ricos estandartes e lanternas que seriam acesas à noite. Vi também tapeçarias jogadas descuidadamente sobre os peitoris das janelas, como se a chuva não importasse. E, muito no alto, vi as ameias dentadas e as cristas das muralhas de mármore branco.

Mas esse ainda não era o grande pátio que se estendia mais adiante. As paredes dele também eram rústicas. As paredes estavam sujas e não eram cuidadas há muitos anos. A água estava empoçada aqui e ali, e ervas daninhas brotavam das fendas. Ah, mas também havia flores silvestres, e olhei ternamente para elas, querendo tocá-las e admirado por crescerem ali.

Mais portões nos aguardavam, esses outros dois — enormes, de madeira reforçada com tirantes de ferro e terminando em ponta na funda arcada de mármore — abriram-se para nos dar passagem através de mais uma muralha.

Oh, fomos saudados por um jardim encantador!

Ao abrirmos caminho por outros dez metros de escuridão, divisei o pomar de laranjeiras à nossa frente e ouvi o gorjeio dos passarinhos. Imaginei se eles eram capturados e mantidos prisioneiros ali embaixo, ou se podiam alçar vôo e fugir.

Sim, podiam. O espaço era suficientemente amplo. E ali estava o fino revestimento de mármore das paredes de que me lembrava, subindo até o topo.

Ao entrar no jardim e caminhar por uma das alamedas calçadas de mármore que cortavam os canteiros de violetas e rosas, vi os passarinhos vindo e voltando, de modo a não encobrir as torres que se erguiam distante e majestosamente contra o céu.

Por toda parte o perfume das flores me inebriava. Lírios e íris misturavam-se em delicados arranjos, e as laranjas pendiam de seus pés maduras, quase vermelhas. Os limões ainda estavam verdes.

Arbustos e trepadeiras abraçavam as paredes.

Estava cercado pelos anjos. Dei-me conta de que desde o princípio era eu quem abria o caminho, quem iniciava qualquer movimento, e naquele instante era eu quem mantinha todos nós parados no jardim, enquanto eles esperavam minha próxima iniciativa.

— Estou tentando localizar os prisioneiros, mas não consigo ouvi-los.

Olhei para cima, para outros balcões e janelas luxuosamente decorados, para os arcos geminados, e uma ou outra *loggia*, finamente esculpida no seu estilo de filigrana, não no nosso.

Vi bandeiras tremulando, todas elas no mesmo vermelho-escuro, na cor de sangue, manchadas pela morte. Olhei pela primeira vez para baixo, para minha própria indumentária escarlate.

— Como sangue fresco? — murmurei.

— Atente para o que tem que fazer em primeiro lugar — disse Mastema. — O crepúsculo lhe dará cobertura quando você for ao encontro dos prisioneiros, mas precisa capturar suas presas agora.

— Onde é que elas estão? Diga-me?

— Num sacrilégio deliberado, e num rigor ultrapassado, elas estão ocultas debaixo das pedras da igreja.

Ouviu-se um barulho metálico, seco. Ele havia desembainhado a espada. Apontou-a contra nós, virou a cabeça, seu capacete vermelho em brasa com o brilho do sol refletido nas paredes revestidas de mármore.

— Aquela porta ali, e a escada atrás dela. A igreja fica no terceiro andar, à nossa esquerda.

Encaminhei-me para a porta sem perda de tempo. Desci apressadamente a escada, lance por lance, minhas botas ressoando nos degraus de pedra, sem mesmo olhar para trás para ver se estavam me seguindo, sem me preocupar como o faziam, sabendo apenas que estavam comigo, sentindo sua presença como se pudesse sentir seu bafo inexistente.

Finalmente, entramos no largo e comprido corredor à nossa direita, que conduzia ao pátio embaixo. O piso era coberto em toda sua extensão por uma passadeira tecida com ricos desenhos persas contra um fundo azul-escuro. Indelével, sem entraves. Parecia estender-se interminavelmente até dobrar para um dos lados. E, no fim do corredor, o céu perfeitamente emoldurado, vendo-se ao longe o perfil recortado da montanha.

— Por que parou? — perguntou Mastema.

Eles se tinham materializado em torno de mim, com suas vestes diáfanas e asas em permanente movimento.

— Esta aqui é a porta para a igreja, você a conhece.

— Somente olhando para o céu, Mastema, somente olhando para o céu azul — disse.

— E pensando o quê? — perguntou um dos meus guardiães com sua voz sussurrante, monocórdia. De repente, ele me segurou, e vi seus dedos pálidos, leves, pressionarem meu ombro. — Pensando numa campina florida que nunca existiu e numa jovem que está morta?

— Não tem piedade? — perguntei-lhe, aproximando-me impetuosamente, chegando a tocá-lo. E fiquei maravilhado por senti-lo contra mim e ver seus olhos opalinos tão de perto, tão distintamente.

— Não, não sou impiedoso. Apenas alguém que sempre se lembra, não esquece nunca.

Virei-me para a porta da capela. Puxei as duas gigantescas aldravas até ouvir o fecho ceder, e então abri um lado da porta e depois o outro, embora não soubesse por que razão fizera tanto espaço para mim. Talvez fosse para o meu poderoso séquito de acólitos sobrenaturais.

A grande nave vazia estendia-se à minha frente, e sem dúvida estivera cheia, na noite anterior, dos vistosos membros da corte, encharcada de sangue. E acima da minha cabeça estava a galeria do coro de onde fora entoado o mais etéreo dos réquiens.

O sol atravessou violentamente os vitrais demoníacos.

Ofeguei, chocado, ao ver os espíritos malignos tão apoteoticamente representados nos brilhantes fragmentos de vidro soldados. Como era espesso aquele vidro, tão ricamente facetado, e como eram ominosas as expressões daqueles monstros alados que nos espreitavam como se fossem voar à luz flamejante do dia e impedir nosso avanço.

Não havia nada a fazer senão desviar meus olhos deles, olhar para baixo, para o extenso piso de mármore da nave central. Avistei o gancho, como o que ficava no chão da capela de meu pai, embutido num círculo cortado na pedra, um gancho de ouro, polido e limado para não ficar saliente e poder prender um dedo ou um salto, uma vez que ficava descoberto.

Simplesmente assinalava de maneira inequívoca a posição da principal entrada da cripta. Um estreito retângulo de mármore talhado no centro do piso da igreja.

Fui em frente, os saltos ecoando por toda a igreja vazia, e avancei para puxar o gancho.

O que foi que me fez parar? Vi o altar. Nesse preciso momento o sol atingiu a figura de Lúcifer, o gigantesco anjo vermelho exuberantemente cercado de flores vermelhas, frescas como na noite em que eu fora levado àquele lugar.

Eu o vi, assim como vi seus olhos ferozes, candentes, amarelos, e suas presas de marfim saindo do lábio superior. Vi todos os demônios que se alinhavam contra as paredes à sua direita e à sua esquerda, e seus olhos de pedras faiscantes pareciam avaros e gloriosos à luz do sol.

— A cripta — disse Mastema.

Puxei com toda minha força, mas não consegui mover a laje de mármore. Nenhum ser humano seria capaz. Seriam necessárias diversas parelhas de cavalos para deslocá-la. Segurei o gancho com ambas as mãos e dei um puxão com mais força, mas ainda assim ela não saiu do lugar. Era como se estivesse tentando mover as próprias paredes.

— Faça-o por ele — Ramiel propôs. — Vamos ajudá-lo.

— Não é nada demais, Mastema; é simplesmente como abrir os portões.

Mastema esticou o braço e me afastou com delicadeza... de modo que, por um instante, me coloquei de quatro e depois me aprumei. O comprido e estreito alçapão de mármore ergueu-se lentamente.

Fiquei assombrado com o seu peso. Tinha mais de sessenta centímetros de espessura. Somente sua face era de mármore, o resto era de uma pedra mais pesada, mais escura, mais densa. Não, efetivamente nenhum ser humano teria podido levantá-lo.

E, do fundo da abertura, emergiu subitamente uma lança, como se tivesse sido ejetada por uma mola.

Dei um pulo para trás, embora não estivesse suficientemente perto para correr perigo.

Mastema deixou a pedra do alçapão cair para trás. Seus gonzos partiram-se imediatamente com o peso. A luz penetrou na cripta. Mais lanças me esperavam, refulgindo ao sol, apontadas com uma certa inclinação, como se estivessem fixadas paralelamente ao ângulo dos degraus da escada.

Mastema avançou para o topo da escada.

— Tente fazê-los se mexer, Vittorio — ele disse.

— Ele não pode. Se ele tropeçar e cair, cairá num poço deles — disse Ramiel. — Mastema, faça você com que eles se mexam.

— Deixe, eu me encarrego disso — disse Setheus.

Desembainhei minha espada. Golpeei a primeira das lanças e arranquei sua ponta de metal, mas o cabo de madeira continuou preso.

Penetrei na cripta, sentindo imediatamente uma friagem subir pelas pernas. Desferi outro golpe de espada contra o cabo de madeira, reduzindo ainda mais o seu tamanho. Contornei o toco da lança, mas com a mão esquerda senti que outras duas me aguardavam na luz desigual. Ergui novamente a espada, seu peso fazendo meu braço doer.

Mas destruí as duas com golpes vigorosos até suas pontas de metal caírem de suas hastes, retinindo nos degraus de pedra.

Desci, apoiando-me firmemente com a mão direita para não escorregar, e de repente, com um grito irreprimível, girei no vazio, porque os degraus da escada tinham terminado abruptamente.

Agarrei com a mão direita o cabo da lança quebrada, que eu já segurava com a esquerda. Minha espada caiu ruidosamente no fundo do poço.

— Chega, Mastema — disse Setheus. — A tarefa é humanamente impossível.

Eu estava pendurado, segurando com as duas mãos o pedaço de madeira lascada, olhando para cima, para eles, que rodeavam a boca da cripta. Se caísse, sem dúvida morreria, pois a queda seria de grande altura. Se não morresse, jamais sairia dali para viver.

Esperei, e não disse nada, embora meus braços doessem terrivelmente.

De repente, eles desceram tão silenciosamente como faziam todas as coisas, num farfalhar de sedas e asas, entrando todos ao mesmo tempo na cripta, cercando-me, abraçando-me e carregando-me num suave salto para o piso da câmara.

Soltaram-me imediatamente, e tateei na semi-escuridão até encontrar minha espada. Recuperei-a.

Levantei-me, ofegante, segurando-a firmemente, e então olhei para cima, para o retângulo bem definido de claridade. Fechei os olhos, abaixei a cabeça, e abri os olhos devagar para me acostumar com aquela profunda e úmida penumbra.

Aqui o castelo sem dúvida tinha deixado a montanha erguer-se por baixo dele, pois a câmara, embora vasta, parecia feita somente de terra. Pelo menos foi isso o que vi diante de mim, na parede rústica, e depois, ao virar-me, avistei minhas presas, como Mastema as havia chamado.

Os vampiros, as larvas — todos dormiam enfileirados fora de caixões ou túmulos, cada corpo requintadamente trajado estava coberto por uma fina mortalha tecida de fios dourados. Os corpos ocupavam três paredes da cripta. Ao fundo, viam-se os degraus quebrados da escada interrompida pendurados no espaço.

Pestanejei e cerrei os olhos, e a luz pareceu filtrar mais intensamente sobre eles. Aproximei-me da primeira figura até poder distinguir as sapatilhas cor de vinho e a malha castanho-avermelhada dos calções, tudo isso por baixo da teia dourada, como se a cada noite operosos bichos-da-seda tecessem aquele manto fúnebre, tão espesso e perfeito ele era. Ai de mim, não era mágica! Era simplesmente o que de melhor as criaturas de Deus são capazes de fazer. Tinha sido tecido nos teares de homens e mulheres, e sua bainha era bem alinhavada.

Arranquei o véu.

Cheguei mais perto dos braços cruzados da criatura, e para meu súbito horror vi que o rosto adormecido despertava. Seus olhos abriram-se, e um braço moveu-se violentamente na minha direção.

Recuei a tempo de escapar do aperto de seus dedos. Virei-me e vi Ramiel, que me segurava, e depois, fechando os olhos, repousou a testa no meu ombro.

— Agora você conhece as artimanhas de que são capazes. Observe. Está vendo? Ele agora está dobrando os braços. Acho que não há perigo. Ele está fechando os olhos.

— O que é que eu faço? Ah, vou matá-lo! — disse.

Arrancando o véu com a mão esquerda, levantei a espada com a direita. Avancei resoluto para o monstro adormecido, e dessa vez, quando a mão se ergueu, envolvi-a com o véu, enrolando o tecido em torno dela, e desferi um golpe violento, decepando-lhe a cabeça como um carrasco no patíbulo.

A cabeça rolou imediatamente no chão. Ouviu-se um som arrepiante, mais do pescoço do que da garganta. O braço pendeu inerte. À luz do dia, não podia reagir como na escuridão da noite na minha batalha anterior, quando decapitara meu primeiro antagonista. Ah, tinha vencido!

Apanhei a cabeça, vendo o sangue correr da boca. Os olhos, que tinham chegado a se abrir, estavam agora fechados. Arremessei a cabeça no meio da cripta, debaixo da luz. Imediatamente a luz começou a queimar a carne.

— Vejam só, a cabeça está queimando! — disse, mas não me detive.

Encaminhei-me para o próximo, arrancando a mortalha de seda transparente de uma mulher de longas tranças, arrebatada por aquela morte sinistra na flor da idade, e segurando seu braço que se erguia, cortei-lhe a cabeça com a mesma fúria e peguei-a por uma das tranças, arremessando-a para onde caíra a do seu companheiro.

A outra cabeça estava murchando e ficando preta sob a luz que vinha da abertura no alto.

— Lúcifer, está vendo isso? — gritei. O eco retornou para escarnecer de mim. — Está vendo isso? Está vendo isso? Está vendo isso?

Corri para o próximo.

— Florian! — gritei, ao pegar o véu.

Erro terrível.

Quando ouviu seu nome, seus olhos abriram-se mesmo antes de eu ter me debruçado sobre ele, e como um fantoche puxado por uma corrente ele teria se levantado se eu não o tivesse golpeado selvagemente com minha espada e aberto seu peito. Ele caiu para trás sem esboçar qualquer expressão. Baixei a espada no seu nobre, tenro pescoço. Seus cabelos louros ficaram empapados de sangue, e com os olhos semicerrados e vazios ele morreu diante de mim.

Pegara o líder de todos eles, aquele demônio de língua de prata, e atirei sua cabeça na pilha fumegante e fedorenta.

Prossegui dirigindo-me à fila à minha esquerda; por que a da esquerda não sei dizer, exceto que era meu caminho, e cada vez que puxava o véu, dava um pulo para a frente com uma agilidade felina, segurando o braço do morto-vivo para que não tentasse levantá-lo. Mas às vezes fazia-o com tal ímpeto, e cortava as cabeças com tanta gana que meus golpes estavam perdendo sua precisão, esmagando os maxilares de meus inimigos e até mesmo os ossos de seus ombros. O importante, porém, é que os matava.

Matei-os.

Arranquei-lhes as cabeças e alimentei com elas a montanha, que expelia tanta fumaça que parecia uma fogueira crepitando com folhas de outono. Cinzas, pequenas cinzas dela se desprendiam, mas no todo, as cabeças derretiam-se gordurosas e enegrecidas, a massa se adensava e as cinzas eram cada vez mais escassas.

Eles sofreriam? Estariam conscientes? Para onde teriam ido suas almas naquele adverso, terrível momento em que sua Corte estava sendo dizimada, quando eu rugia enquanto fazia meu trabalho, e batia com os pés enraivecido e jogava a cabeça para trás e chorava sem parar até ficar com a vista turva de tantas lágrimas.

Tinha liquidado uns vinte deles, vinte, e minha espada estava tão suja de sangue coagulado que tive que limpá-la. Pisando por cima de seus cadáveres ao abrir caminho para o outro lado, limpei-a num gibão após o outro, impressionado com a maneira como suas mãos brancas tinham enrugado e secado sobre seus peitos, e como seu sangue preto escorria viscoso, lentamente, durante o dia, de seus pescoços dilacerados.

— Mortos, vocês estão todos mortos, mas para onde terão ido, para onde foi a alma viva de vocês!

A luz estava diminuindo. Eu respirava ofegantemente. Olhei para Mastema.

— O sol está a pino — ele disse serenamente. Parecia impassível, embora estivesse tão perto delas, das cabeças carbonizadas e malcheirosas. Tinha-se a impressão de que a fumaça saía com mais intensidade de seus olhos do que de qualquer outra parte, como se a gelatina fosse mais volátil, gerando mais fumaça.

— A igreja está ficando mais escura, mas é somente meio-dia. Não perca tempo. Ainda tem vinte deste lado. Mãos à obra.

Os outros anjos permaneciam parados, juntos; os magníficos Ramiel e Setheus em suas vistosas roupagens, e as outras duas almas mais simples, mais obscuras — todos eles olhando para mim no maior suspense. Vi Setheus olhar para a pilha de cabeças carbonizadas e depois novamente para mim.

— Continue, pobre Vittorio — ele sussurrou. — Apresse-se.

— Você seria capaz de fazer isso? — perguntei.

— Não posso.

— Não, é claro. Sei que não tem permissão — disse, sentindo dor no peito do esforço e agora da penosa conversa a que me obrigara. — O que quero dizer é se você teria condições para fazer isso!

— Não sou uma criatura de carne e osso, Vittorio — Setheus respondeu candidamente. — Mas poderia fazer o que Deus me dissesse para fazer.

Passei em frente a eles. E olhei para trás, admirando-os no seu glorioso esplendor, em particular a figura dominadora de Mastema, com sua deslumbrante armadura e imponente espada pendurada no seu flanco.

Ele não disse nada.

Virei-me. Rasguei o primeiro véu. Era Ursula.

— Não. — Recuei horrorizado.

Deixei o véu cair. Estava razoavelmente afastado dela, de modo que não a despertei; ela não se mexeu. Seus adoráveis braços estavam cruzados na mesma pose serena que todos tinham adotado, só que sua postura era doce, como se na sua mais inocente infância um suave veneno lhe tivesse tirado a vida, sem tocar num único fio de cabelo de suas longas e onduladas madeixas. Elas faziam uma moldura dourada para sua cabeça e seus ombros, para seu pescoço de cisne.

Podia ouvir minha respiração ofegante. Deixei a ponta de minha espada arrastar no chão, retinindo nas pedras. Umedeci os lábios ressecados. Não ousei olhar para eles, embora soubesse que estavam enfileirados a poucos metros de mim, olhando para mim. No silêncio denso, pesado, ouvi o crepitar e o chiado das cabeças dos malditos ardendo no fogo.

Enfiei a mão no bolso e retirei o terço de contas de âmbar. Minha mão tremeu vergonhosamente quando o segurei e ergui, deixando que o crucifixo balançasse e encostasse nela, logo acima de suas pequenas mãos, exatamente na alva protuberância de seus seios semidescobertos. O crucifixo aninhou-se lá, no sulco de sua pele pálida, e ela não se mexeu.

A luz aderia aos seus cílios como se fosse uma poeira.

Sem desculpa ou explicação, virei-me bruscamente para o corpo ao lado', arrancando o véu e atacando-o, sem saber se era de homem ou mulher, emitindo um grito lancinante. Segurei a cabeça decepada pelos seus longos cabelos castanhos e arremessei-a por cima dos anjos na pilha de despojos que jazia aos seus pés.

E depois ataquei o outro. Godric. Oh, Senhor, este vai ser um deleite.

Vi sua cabeça calva antes de tocar no véu. E agora, ao soltá-lo, ouvindo-o rasgar-se devido à minha ansiedade, esperei que ele abrisse os olhos, que erguesse o tronco e olhasse para mim.

— Não está me reconhecendo, monstro? Não me conhece? — rugi. A espada cortou-lhe o pescoço. A cabeça branca caiu no chão, e espetei-a com a espada pelo toco gotejante de seu pescoço. — Me conhece, monstro? — gritei novamente para os olhos perplexos, para a boca vermelha aberta, espumando. — Me conhece?

Arrastei-o até a pilha de cabeças e larguei-o como um troféu em cima dela.

— Me conhece? — bradei novamente.

E em seguida voltei furiosamente para a minha hedionda tarefa.

Mais dois, depois mais três, mais cinco, mais sete, mais nove, e mais outros seis, e a Corte estava exterminada, todos os seus dançarinos, Lordes e Damas estavam mortos.

E então, girando para o outro lado, dei conta rapidamente dos pobres servos camponeses, que não tinham véus para cobrir seus corpos esquálidos, e cujos braços debilitados, subnutridos e lívidos não podiam se erguer em defesa.

— Os caçadores, onde estão eles?

— Lá no fundo. Está muito escuro. Tenha cuidado.

— Já os vejo. — Aprumei-me e recuperei o fôlego. Eles estavam deitados numa fila de seis, com as cabeças voltadas para a parede, mas estavam perigosamente muito juntos uns dos outros. A abordagem seria difícil.

Ri subitamente da simplicidade da tarefa. Arranquei o primeiro véu e retalhei os pés. O morto-vivo levantou-se e então minha lâmina pôde ver facilmente onde desferir o golpe mortal enquanto o sangue já começara a jorrar.

O segundo, cortei-lhe as pernas em pedaços e depois golpeei-o no estômago, só então atacando-lhe a cabeça antes de sua mão segurar minha lâmina. Dei um puxão na espada e decepei-lhe a mão.

— Morra, miserável, você e seu comparsa me roubaram; eu me lembro de você.

E finalmente cheguei ao último, erguendo, vitorioso, sua cabeça barbada igualmente decepada.

Voltei lentamente com esta na mão, chutando as outras à minha frente, as que não tivera força suficiente para arremessar bem longe, e chutei-as como lixo até que a luz desceu sobre elas.

Agora estava claro. O sol da tarde batia no lado oeste da igreja. E a abertura no chão da nave irradiava um calor terrível, fatal.

Esfreguei o rosto devagar com as costas de minha mão esquerda. Larguei a espada e procurei os guardanapos que os monges haviam colocado nos meus bolsos, e com eles limpei meu rosto e minhas mãos.

Depois peguei a espada e dirigi-me ao seu esquife novamente. Ela jazia como antes. A luz não a atingia. Não poderia ter tocado em nenhum deles onde se encontravam.

Ela permanecia ilesa no seu leito de pedra, com as mãos postas como antes, os dedos entrecruzados, a mão direita sobre a esquerda, e sobre seus seios alabastrinos repousava o crucifixo de ouro. Seus cabelos esvoaçavam levemente devido a uma aragem que parecia vir da abertura no teto. Mas isso constituía um simples halo de cabelos anelados sobre seu rosto sem vida.

Seus cabelos soltos, sem fitas ou presilhas, tinham caído um pouco sobre a borda do esquife, de tão estreito que ele era, do mesmo modo que as dobras do seu longo vestido bordado a ouro. Não era o mesmo que ela usava quando a vira a última vez. Somente o vermelho carregado, da cor de sangue, era o mesmo, mas todo o resto era esplendidamente ornado e novo, como se ela fosse uma princesa real, sempre preparada para o beijo do seu príncipe.

— Tanta formosura deve ir para o inferno? — sussurrei. Aproximei-me o mais que minha ousadia permitiu. Não suportava a idéia de ver seu braço levantar-se daquela maneira mecânica, seus dedos contraírem-se no vazio ou seus olhos abrirem-se assustados. Não, essa visão era-me intolerável.

As pontas de suas sapatilhas apareciam discretamente abaixo da bainha do seu vestido. Com que capricho ela não deveria ter se deitado para repousar aos primeiros raios do sol. Quem teria fechado o alçapão com suas pesadas correntes? Quem teria preparado a armadilha das lanças cujo mecanismo simples nunca me ocorrera?

Na penumbra, vi pela primeira vez um pequeno aro de ouro no alto de sua cabeça, preso aos seus cabelos por grampos imperceptíveis, do qual uma pérola solitária pendia na sua testa. Que primor de detalhe — tão pequeno, tão delicado.

Sua alma também seria tão pequena? O inferno a aceitaria, como o fogo consumaria qualquer parte de sua tenra anatomia, como o sol queimaria implacavelmente suas faces imaculadas?

Ela dormira e sonhara no ventre de alguma mãe, e fora colocada nos braços de algum pai.

Qual teria sido a tragédia que a levara àquele túmulo fétido, nauseabundo, onde as cabeças decepadas de seus pares ardiam lentamente à luz sempre paciente e indiferente do sol?

Virei-me para eles, com minha espada embainhada do meu lado.

— Um só. Deixem que pelo menos um viva! — exclamei.

Ramiel cobriu o rosto e virou as costas para mim. Setheus continuou a me olhar, mas sacudiu a cabeça. Meus guardiães limitaram-se a me fitar com sua habitual frieza. Mastema olhava-me fixamente, em silêncio, ocultando quaisquer que fossem seus pensamentos sob a máscara serena do seu rosto.

— Não, Vittorio — ele disse. — Você acha que um bando de anjos de Deus o ajudaram a vencer todas essas barreiras para deixar que uma dessas criaturas sobreviva?

— Mastema, ela me amava. Eu a amo. Mastema, ela salvou minha vida. Mastema, eu lhe peço em nome do amor. Todos os demais aqui foram vingados num ato de legítima justiça. Mas o que posso dizer a Deus se matar esta criatura, que me amou e a quem amo?

Seu semblante permaneceu inalterado. Ele apenas me olhou com sua eterna calma. Ouvi um som terrível. Era o choro convulsivo de Ramiel e Setheus. Meus guardiães viraram-se para vê-los, como se estivessem muito surpresos, mas na realidade apenas um pouco, e logo seus olhos mansos, sonhadores voltaram a se fixar, inalteravelmente, em mim.

— Anjos impiedosos — disse. — Oh, não, isso não é justo, bem sei. Estou mentindo. Estou mentindo. Perdoem-me.

— Nós o perdoamos — disse Mastema. — Mas você tem que fazer o que me prometeu que faria.

— Mastema, ela pode ser salva? Se ela renunciar... ela poderá... sua alma ainda é humana?

A pergunta ficou sem resposta.

— Mastema, por favor, responda-me. Não compreende? Se ela puder ser salva, poderei ficar aqui com ela, poderei exorcizar o mal de sua alma; sei que poderei porque seu coração é bom. É jovem e bom. Mastema, diga-me. Uma criatura como ela é pode ser salva?

Nenhuma resposta. Ramiel apoiara a cabeça no ombro de Setheus.

— Oh, por favor, Setheus, diga-me se ela pode ser salva. Acha que ela deve morrer pela minha mão? E se eu ficar aqui e arrancar-lhe a confissão, seu repúdio final e definitivo a tudo que possa ter feito? Não haverá um padre que possa conceder-lhe a absolvição? Oh, meu Deus...

— Vittorio — sussurrou Ramiel. — Seus ouvidos estarão tapados com cera? Não está ouvindo os gritos dos prisioneiros famintos? Você ainda nem se lembrou de libertá-los. Quando pretende fazê-lo? À noite?

— Vou fazê-lo. Ainda posso fazê-lo. Mas não posso ficar aqui com ela, e quando ela se der conta de que é a única sobrevivente, que todos os outros morreram, que todas as promessas de Florian e de Godric não passavam de tirania, não haverá um meio de fazer com que ela renda sua alma a Deus?

Mastema, sem a menor alteração nos seus olhos frios, virou as costas lentamente.

— Não! Não faça isso, não me vire as costas! — gritei, segurando seu braço vigoroso coberto de seda. Senti sua força insuperável por baixo do tecido, um estranho, insólito tecido. Ele olhou severamente para mim.

— Por que não pode me dizer?

— Pelo amor de Deus, Vittorio! — ele rugiu subitamente, sua voz retumbando por toda a cripta. — Será que você não percebe? Não sabemos!

Ele se desvencilhou de minha mão, e olhou-me com as sobrancelhas franzidas, segurando firmemente o punho de sua espada.

— Não pertencemos a uma espécie que conheça o perdão! — ele disse, exaltado. — Não somos de carne e osso, e no nosso reino as coisas são muito definidas, ou são Luz ou são Sombra, e isso é tudo o que sabemos!

Enfurecido, ele se virou e encaminhou-se para ela. Corri atrás dele, puxando-o pelo braço, mas incapaz de detê-lo, impedi-lo do seu propósito.

Ele baixou as mãos sobre ela e apertou seu delicado pescoço. Os olhos dela olharam para ele naquela terrível, terrível cegueira.

— Ela tem uma alma humana dentro dela — ele disse num sussurro. E depois recuou bruscamente, como se não quisesse tocá-la, não suportasse tocá-la, e afastou-se dela, empurrando-me, forçando-me a afastar-me como ele.

Caí em pranto. O sol mudara de posição, e a escuridão começara a se acentuar dentro da cripta. Virei-me finalmente. O retângulo de luz do alçapão estava agora pálido. Era de um dourado rico, brilhante, mas era pálido.

Meus anjos permaneciam reunidos, olhando-me à distância e aguardando os acontecimentos.

— Vou ficar aqui com ela — disse. — Ela vai acordar a qualquer momento, e eu lhe direi para rezar, implorando a graça de Deus.

Só me dei conta de minha decisão quando a verbalizei. Só a compreendi quando a explicitei.

— Ficarei com ela. Se ela renegar todos os seus pecados por amor a Deus, então ela poderá ficar comigo, e a morte virá, e nós não levantaremos um dedo para apressá-la, e Deus aceitará nós dois.

— Acha que tem a força para fazer isso? — Mastema perguntou. — E você pensa isso dela?

— Devo isso a ela — disse. — Sinto-me obrigado. Nunca menti para você, para nenhum de vocês. Nunca menti para mim tampouco. Ela matou meu irmão e minha irmã. Eu vi. Sem dúvida, ela matou muita gente, meus próprios parentes. Mas ela me salvou. Salvou-me duas vezes. Matar é simples, mas salvar não é.

— Ah — disse Mastema como se eu o tivesse tocado. — Isso é verdade.

— Vou ficar, portanto. Não espero nada de vocês agora. Sei que não posso sair daqui. Talvez nem ela mesma possa.

— É claro que ela pode — disse Mastema.

— Não o abandone — disse Setheus. — Leve-o mesmo contra a vontade dele.

— Nenhum de nós pode fazer isso, você sabe muito bem — disse Mastema.

— Somente para fora da cripta — pediu Ramiel —, como de um desfiladeiro em que ele tivesse caído.

— Mas isso não é verdade. Não posso.

— Então deixe-nos ficar com ele — disse Ramiel.

— Sim, deixe-nos ficar — disseram meus dois guardiães mais ou menos ao mesmo tempo e com semelhantes expressões mudas.

— Deixemos que ela nos veja.

— Como sabemos que ela pode? — perguntou Mastema. — Como sabemos que ela o fará? Quantas vezes é dado a um ser humano nos ver?

Pela primeira vez notei irritação nele. Ele olhou para mim sintomaticamente.

— Deus pregou-lhe uma peça, Vittorio! — ele disse. — Reservar-lhe tais inimigos e aliados!

— Sim, eu sei, e vou rogar a Ele com todas as minhas forças e o peso do meu sofrimento pela alma dela.

Não pretendia fechar os olhos.

Sei que não queria.

Mas todo o cenário modificara-se radicalmente. A pilha de cabeças permanecia como antes, algumas, ao acaso, murchando, secando, a fumaça acre ainda se desprendendo delas, e a luz da abertura no teto escurecera, porém continuava dourada, dourada para além da escada quebrada e dos cabos partidos das lanças, dourada dos últimos lampejos do lusco-fusco da tarde que se despedia.

E meus anjos tinham ido embora.

12

LIVRAI-ME DA TENTAÇÃO

APESAR DE TODA MINHA JUVENTUDE, MEU CORPO NÃO AGÜENTAVA MAIS. NO entanto, como poderia permanecer naquela cripta, esperando que ela acordasse, sem tentar alguma forma de evasão?

Não perdi tempo me lamentando com a deserção de meus anjos. Eu a merecia, mas estava convencido da justiça da oportunidade que pretendia lhe dar, permitindo-lhe entregar-se à misericórdia de Deus, deixar aquela cripta e, se necessário, procurar um padre que pudesse absolver sua alma humana de todos os seus pecados. Porque se ela pudesse fazer uma confissão plena de seu amor unicamente a Deus, então a absolvição decerto a salvaria.

Percorri a cripta de um extremo a outro, abrindo caminho por entre cadáveres em processo de encolhimento. A pouca luz que havia refletia-se nas poças de sangue ao lado dos esquifes de pedra.

Finalmente, achei o que esperava encontrar: uma grande escada que, ao ser levantada, poderia alcançar o teto. Mas, como levantá-la?

Arrastei-a para o centro da cripta, chutando as cabeças mutiladas no meu caminho. Apoiei-a no chão, situei-me no meio, entre as duas carreiras de degraus, e tentei levantá-la.

Impossível. Ela simplesmente não saiu do lugar. Era muito pesada, embora frágil, por ser muito comprida. Três ou quatro homens fortes poderiam içá-la o suficiente para que seus degraus mais altos alcançassem as lanças quebradas, mas eu sozinho não poderia fazê-lo.

Contudo, havia outra possibilidade. Uma corrente ou uma corda, que pudesse ser arremessada nas lanças. Procurei na penumbra, mas não encontrei nem uma coisa nem outra.

Não haveria uma corrente em algum lugar? Um cabo, uma corda?

Mesmo os vampiros mais jovens teriam conseguido pular da considerável altura da escada quebrada no chão?

Depois resolvi sondar as paredes, procurando uma saliência, gancho ou qualquer protuberância que pudesse indicar a existência de algum depósito ou, Deus me livre, de outra cripta abrigando aqueles demônios.

Mas não encontrei nada.

Finalmente, avancei cambaleando para o centro da câmara. Juntei todas as cabeças, até a repulsiva careca de Godric, naquela altura negra como couro e com as órbitas amareladas, e empilhei-as onde a luz as continuaria decompondo.

Depois, tropeçando na escada, caí de joelhos aos pés da lápide mortuária de Ursula.

Entreguei os pontos. Dormiria um pouquinho. Não, dormir não. Descansaria um pouco.

Não querendo, na verdade receando e lamentando, senti as pernas bambas, deitei-me no chão de pedra, e meus olhos fecharam-se num sono abençoado e reparador.

Como era curioso.

Pensei que seu grito me acordasse, que ela, como uma criança amedrontada, despertaria na escuridão no seu leito de pedra, descobrindo-se sozinha no meio de tantos mortos.

Pensei que a visão das cabeças empilhadas a deixaria apavorada.

Mas tal não aconteceu.

A luz crepuscular iluminava o ambiente, colorido de violeta como as flores da campina, e ela estava de pé na minha frente. Colocara o terço no pescoço, o que não é muito comum, e usava-o como um belo adereço, as cintilações do crucifixo de ouro combinando com os reflexos de luz nos seus olhos.

Ela estava sorrindo.

— Meu bravo, meu herói, venha, fujamos deste lugar de morte. Você conseguiu. Vingou-se de todos eles.

— Você moveu os lábios?

— Preciso fazer isso com você?

Senti um arrepio percorrer meu corpo quando ela me pôs de pé. Olhoume fixamente, com as mãos segurando meus ombros com firmeza.

— Bendito Vittorio! — Dizendo isso, cingiu-me pela cintura e elevouse. Passamos pelas lanças partidas sem ao menos roçar suas hastes lascadas, e de repente nos vimos na capela envolta na penumbra, as janelas obscurecidas e as sombras bailando graciosamente em torno do altar distante.

— Oh, minha querida, minha muito querida. Sabe o que os anjos fizeram? Sabe o que eles disseram?

— Venha, vamos libertar os prisioneiros como você deseja — ela me disse.

Senti-me bem revigorado, muito cheio de energia. Era como se não tivesse me submetido a nenhuma tarefa exaustiva, como se a guerra não tivesse debilitado meus braços e minhas pernas e me deixado alquebrado, como se a luta não me consumisse há dias.

Atravessamos o castelo correndo. Abrimos as portas de par em par, uma após a outra, e soltamos os miseráveis ocupantes do cativeiro. Era ela quem se adiantava com seus pés ligeiros, felinos, pelas alamedas debaixo das laranjeiras e dos aviários, derrubando os caldeirões de sopa, gritando para os desgraçados, os aleijados, os desvalidos que estavam livres, que ninguém mais os encarcerava.

Num piscar de olhos estávamos num dos altos balcões. Vi lá embaixo, na semi-escuridão, a miserável procissão, a fila interminável de infelizes avançando lentamente pela montanha abaixo sob o céu púrpura e a ascendente estrela vespertina. Os fortes ajudavam os fracos; os moços carregavam os velhos.

— Para onde irão, voltarão para aquela cidade maldita? Voltarão para os monstros que os ofereceram em sacrifício? — Senti-me tomado de repentina fúria. — Puni-los, é isso o que tenho que fazer.

— No devido tempo, Vittorio; não faltará ocasião para isso. Suas pobres, tristes vítimas ganharam a liberdade. Agora é a nossa vez, sua e minha, venha.

Suas saias rodopiaram enquanto descíamos voando, cada vez mais embaixo, abaixo das janelas, abaixo das muralhas até meus pés tocarem o solo macio.

— Oh, Deus Misericordioso, é a campina, veja, a campina — eu disse. — Vejo-a claramente ao luar, como jamais a vi nos meus sonhos.

Fui invadido por um súbito relaxamento. Tomei-a nos meus braços, enfiando os dedos nos seus ondulados cabelos. O mundo parecia tão distante de mim, e no entanto estava com os pés firmes no chão, dançando com ela, e o suave movimento que agitava a copa das árvores cantava para nós como se estivéssemos indissoluvelmente unidos.

— Nada jamais poderá nos separar, Vittorio — ela disse, libertando-se de meus braços e correndo na minha frente.

— Não, espere, Ursula, espere! — gritei. Corri atrás dela, mas a relva e as íris estavam altas e cerradas. Não era como no sonho, mas de certa forma não deixava de ser, porque essas coisas estavam vivas e impregnadas do silvestre perfume da campina e da suave fragrância dos bosques que a cercavam.

Caí, exausto, e deixei que as flores me cobrissem. Deixei que as íris vermelhas esquadrinhassem meu rosto voltado para cima.

Ela se ajoelhou ao meu lado.

— Ele me perdoará, Vittorio. Ele tudo perdoará na sua infinita misericórdia.

— Oh, sim, meu amor, meu abençoado, sublime amor, minha salvadora. Ele perdoará.

O pequeno crucifixo balançou, roçando no meu pescoço.

— Mas, primeiro, você precisa fazer uma coisa para mim, você que poupou minha vida e adormeceu, confiante, aos pés do meu túmulo, você tem que fazer...

— O quê, minha amada? Diga-me o que é e eu farei.

— Antes de tudo, reze, pedindo para que Ele lhe dê forças, e depois aceite no seu corpo humano, no seu corpo saudável e batizado todo o sangue demoníaco que trago dentro de mim. Você terá que extraí-lo de mim, e conseqüentemente livrar minha alma do seu sortilégio; você o vomitará logo em seguida como fez com a poção que lhe ministramos, não podendo, portanto, sentir seus efeitos maléficos. Fará isso por mim? Extirpará o veneno de minhas entranhas?

Pensei na náusea, no vômito asqueroso saindo em golfadas da minha boca, no mosteiro. Pensei em tudo, no terrível vozerio e no desespero que tomou conta de mim.

— Faça isso por mim.

Ela se aconchegou a mim e senti seu coração enjaulado no seu peito. Senti o meu, e tive a sensação de que nunca experimentara tamanho langor. Senti meus dedos retraírem-se. Por um instante, pareceram resvalar em pedregulhos espalhados na campina, como se as costas de minhas mãos tivessem roçado em seixos ásperos, mas senti novamente os caules quebrados, nos canteiros de íris vermelhas e brancas.

Ela levantou a cabeça.

— Em nome de Deus — disse — para sua salvação, tirarei de você o veneno que for preciso; extrairei o sangue como se fosse de uma ferida cancerosa, como se fosse a carne putrefata de um leproso. Dê-me, dê-me esse sangue.

Seu rosto estava estático acima de mim, tão pequeno, tão delicado, tão alvo.

— Seja corajoso, meu amor, porque primeiro preciso abrir espaço para ele.

Ela aninhou a cabeça no meu ombro e cravou os dentes no meu pescoço.

— Coragem, só um pouco mais para abrir caminho.

— Um pouco mais? — sussurrei. — Um pouco mais. Ah, Ursula, olhe para cima, para o céu e o inferno no firmamento, pois as estrelas são bolas de fogo suspensas pelos anjos.

Mas a linguagem era hiperbólica e sem sentido e tornou-se um eco nos meus ouvidos. Fui envolvido por uma escuridão e quando levantei a mão pareceu que um manto dourado caíra sobre ela, e pude ver longe, muito longe, meus dedos cobertos pelo manto.

A campina foi repentinamente inundada pela luz do sol. Quis fugir, sentar-me e dizer-lhe: Veja, o sol chegou e você não foi afetada, minha preciosa menina. Mas ondas sucessivas de um prazer divino, sublime, percorreram meu corpo vindo do fundo de minhas vísceras, um prazer avassalador, magnífico.

Quando ela retirou os dentes da minha carne, foi como se tivesse estreitado os vínculos de sua alma com os meus órgãos humanos.

— Oh, meu amor, minha querida, não pare. — O sol deu um passo de dança confuso nos galhos dos castanheiros.

Ela abriu a boca e do fundo de sua garganta saiu o fluxo de sangue, o escuro, pastoso beijo de sangue.

— Receba-o de mim, Vittorio.

— Transfira todos os seus pecados para mim, divina criança. Oh, Deus, ajude-me. Deus tenha piedade de mim. Mastema...

Mas a frase não chegou a ser completada. Minha boca estava cheia de sangue, mas não era uma poção repugnante misturada com restos, e sim uma doçura quente, excitante que ela me havia passado nos seus mais ardentes e apaixonados beijos. Só que dessa vez vinha num jorro incontrolável.

Seus braços estavam enfiados por baixo dos meus. Eles me ergueram. O sangue encheu meus membros, meus ombros e meu peito, revigorando meu coração. Olhei para cima, para o sol faiscante, folgazão, senti seus cabelos sedosos vedarem meus olhos, mas consegui espreitar através de suas louras madeixas. Respirei ofegante.

O sangue circulava pelas minhas pernas, chegando até as pontas dos dedos dos pés. Meu corpo ganhava força, pulsando contra ela. E mais uma vez senti seu peso tênue, felino, suas pernas sinuosas me apertando, prendendo-me, seus braços enlaçando-me, seus lábios selados nos meus.

Meus olhos exorbitaram. O sol encheu-os e depois contraiu-os. E seus gemidos e suspiros tornaram-se imensos, e as batidas do meu coração ecoavam como se não estivéssemos num campo agreste, e os sons emitidos pelo meu corpo revigorado, meu corpo transformado, meu corpo cheio do seu sangue reverberava nas paredes de pedra.

A campina florida desaparecera ou quem sabe nunca existira. O crepúsculo era um retângulo no teto. Estava deitado na cripta.

Levantei-me, repelindo-a, afastando-a de mim, enquanto ela gritava de dor. Aprumei o corpo e olhei para minhas mãos lívidas estendidas diante de mim.

Um súbito e sufocante ímpeto cresceu dentro de mim, uma força feroz, um uivo!

Olhei para a luz purpúrea no alto e gritei.

— Você foi capaz de fazer essa desgraça comigo. Transformou-me num de vocês!

Ela soluçou. Virei-me para ela. Ela recuou, dobrou-se, colocou a mão na boca, e fugiu de mim, chorando. Corri atrás dela. Ela corria como um rato, dando voltas na cripta, aos gritos.

— Vittorio, não, Vittorio, não me castigue. Vittorio, fiz isso por nós; Vittorio, estamos livres. Ah, Deus me ajude!

E ela pairou no espaço, escapando de meus braços estendidos. Voou para a capela em cima da cripta.

— Feiticeira, monstro, larva, você me iludiu com suas falsas promessas, suas visões, você me transformou num ser repulsivo como os da sua laia, você fez isso comigo! — Meus berros ecoavam em cadeia enquanto bracejava no escuro até encontrar minha espada, e, recuando para ganhar impulso, também dei um salto, tirei as lanças do caminho e alcancei o piso da igreja, deparando-me com ela, em prantos, em frente ao altar.

Ela recuou na direção dos vasos de flores vermelhas quase imperceptíveis à luz das estrelas que passava através das janelas escuras.

— Não, Vittorio, não me mate, não faça isso. Não — ela implorou, chorando. — Sou uma criança como você, por favor, tenha piedade.

Avancei para ela, e ela procurou refúgio no fundo do santuário. Num assomo de cólera, brandi a espada contra a estátua de Lúcifer. A lâmina oscilou e abateu-se sobre a estátua, que caiu no chão de mármore da maldita igreja, quebrando-se.

Ela flutuava no fundo do santuário. Baixou e ajoelhou-se, estendendo as mãos. Sacudiu a cabeça, e seus cabelos balançaram de um lado para o outro.

— Não me mate, não me mate, não me mate. Você me mandará para o inferno se o fizer; não faça isso.

— Miserável! — rosnei. — Miserável! — Minhas lágrimas escorriam copiosamente como as suas. — Tenho sede, infame criatura. Tenho sede e sinto o cheiro deles, dos escravos no cativeiro. Sinto o cheiro deles, do seu sangue, desgraçada!

Também tinha me ajoelhado. Deitei-me no mármore e chutei para os lados os fragmentos quebrados da hedionda estátua. Enfiei a ponta da minha espada na barra rendada da toalha do altar e derrubei-a com todas as suas flores vermelhas, que caíram em cima de mim, permitindo-me rolar no seu leito macio e perfumado.

Um terrível silêncio abateu-se sobre toda a igreja, um silêncio em que só ecoavam meus gemidos e lamentações. Sentia minha força recuperada, até mesmo no timbre de minha voz, no braço que segurava a espada sem exaustão ou comedimento, e na tranqüilidade com que permanecia deitado no que deveria estar frio e no entanto não estava, apenas agradavelmente fresco.

Oh, ela me havia tornado poderoso.

Um forte odor chegou às minhas narinas. Olhei para cima. Ela estava de pé junto a mim, terna, adorável como sempre, com seus olhos tão impregnados da luz das estrelas, tão cintilantes, calmos e absortos. Carregava nos braços uma jovem criatura humana, um pobre débil mental, que ignorava o perigo que corria.

Como era rosado e suculento, como parecia com um porco assado pronto para meus lábios, que delícia de sangue mortal quente e borbulhante não me reservaria. Ela o depositou diante de mim.

Estava nu, nádegas magras, o peito arfante muito corado e seus cabelos pretos, longos e macios, emolduravam-lhe o rosto ingênuo. Parecia estar sonhando ou perscrutando a escuridão, talvez à procura de anjos.

— Beba, meu querido, beba o sangue dele — ela disse —, e então terá forças para nos levar, nós dois, à presença do Bom Pai para a Confissão.

Eu sorri. O desejo pelo débil mental diante de mim era quase mais do que eu podia suportar. Mas eram muitas as coisas agora a que eu podia resistir, e não me apressei. Levantei-me apoiado nos cotovelos e olhei para ela.

— À presença do Bom Pai? Acha que vamos procurá-lo imediatamente, assim sem mais nem menos? Nós dois?

Ela começou a chorar novamente.

— Não imediatamente, não, não imediatamente — ela choramingou, sacudindo a cabeça, vencida.

Segurei-o nos meus braços. Quebrei-lhe o pescoço quando o deixei exangue. Ele não deu um gemido. Não havia tempo para medo, dor ou choro.

É possível esquecer a primeira vítima? É possível?

Passei toda aquela noite no cativeiro devorando, banqueteando-me, empanturrando-me nas suas gargantas, sugando-os até me saciar, mandando-os para Deus ou para o inferno, como poderia saber, preso agora a esta terra com ela, enquanto ela se deliciava comigo à sua maneira delicada, atenta aos meus uivos e gemidos, agarrando-me para me beijar e me dobrando com seus soluços quando eu tremia de raiva.

— Vamos embora daqui — eu disse.

Faltava pouco para o sol despontar. Disse-lhe que não passaria o dia à sombra daquelas torres pontiagudas naquela casa de horrores, naquele lugar maligno e imundo.

— Conheço uma caverna — ela disse. — Longe das montanhas, depois das terras cultivadas.

— Sim, em algum lugar na orla de uma campina verdadeira?

— Existem campinas nestas terras férteis de se perder a conta, meu amor — ela disse. — E ao luar suas flores brilham tão encantadoramente para nossos olhos mágicos como o fazem para os humanos à luz do sol de Deus. Lembre-se, a lua Dele é nossa. E amanhã à noite... antes de você pensar no padre... você precisa de um tempo para pensar no padre...

— Não me faça rir. Ensine-me a voar. Passe seu braço em torno da minha cintura e mostre-me como me jogar do alto de uma dessas muralhas e pousar suavemente, numa queda que despedaçaria as pernas de um homem. Não fale mais de padres. Não zombe de mim!

— ... antes de pensar no padre, na Confissão — ela continuou inabalavelmente, com sua voz doce, delicada, seus olhos transbordando de lágrimas de amor —, voltaremos à cidade de Santa Maddalana quando todos estiverem dormindo a sono solto e atearemos fogo em tudo.

13

NOIVA CRIANÇA

NÃO PUSEMOS FOGO EM SANTA MADDALANA. O PRAZER DE ATERRORIZAR A cidade era muito maior.

Na terceira noite, eu tinha parado de chorar ao raiar do sol, quando nos recolhíamos, nos braços um do outro, à nossa caverna oculta, inatingível.

E na terceira noite, os habitantes da cidade já sabiam o que lhes tinha acontecido — como seu astucioso plano com o Diabo havia ricocheteado, e estavam todos em pânico. Era muito divertido ludibriá-los, levando sempre a melhor, escondendo-nos nos inúmeros desvãos escuros de suas ruas sinuosas e arrombando suas mais engenhosas e extravagantes fechaduras.

Às primeiras horas do dia, quando ninguém ousava se mexer, e o bom padre franciscano rezava o terço ajoelhado na sua cela, pedindo a Deus para compreender o que estava acontecendo — vocês se lembram desse padre, aquele que fizera amizade comigo na estalagem, que jantara comigo e me aconselhara, não irado como seu irmão dominicano, mas gentilmente —, enquanto esse padre rezava, entrei furtivamente na igreja franciscana e também rezei.

Mas todas as noites me dizia o que um homem diz a si mesmo quando se deita com sua amante adúltera.

— Mais uma noite, Senhor, e depois irei me confessar. Mais uma noite de bem-aventurança, Senhor, e depois voltarei para casa, para minha mulher.

A gente da cidade não tinha a menor chance contra nós.

As habilidades que não adquirira naturalmente ou pela experiência, minha amada Ursula me ensinara com paciência e graça. Podia explorar uma mente, descobrir um pecado e absorvê-lo com a ponta da língua enquanto sugava o sangue de um preguiçoso, indefeso comerciante que oferecera seus inocentes filhos ao misterioso lorde Florian para assegurar a paz.

Uma noite, descobrimos que os habitantes da cidade tinham ido durante o dia ao castelo abandonado. Havia indícios da entrada precipitada, mas muito pouco tinha sido roubado ou danificado. Como deveriam ter ficado aterrorizados, os hediondos santos ainda rodeando o pedestal da estátua de Lúcifer caída na igreja. Não levaram os candelabros dourados nem o tabernáculo no qual descobri, com minha mão tateante, um coração humano atrofiado.

Na nossa última visita à Corte do Graal de Rubi, peguei as cabeças encolhidas e carbonizadas no fundo da cripta e arremessei-as como se fossem pedras contra os vitrais das janelas. O último remanescente da brilhante arte do castelo se fora.

Juntos, Ursula e eu, percorremos os quartos de dormir do castelo, que nunca tinha visto ou imaginado, e ela me mostrou esses aposentos nos quais os membros da Corte costumavam se reunir para jogar dados ou xadrez, ou para ouvir pequenos conjuntos musicais. Aqui e ali vimos indícios de uma ou outra coisa roubada — uma coberta de cama ou um travesseiro caídos no chão.

Mas obviamente os habitantes da cidade estavam mais amedrontados do que cobiçosos. Tinham levado muito pouca coisa do castelo.

E à medida que continuávamos a espreitá-los, derrotando-os ardilosamente, eles começaram a desertar de Santa Maddalana. As lojas permaneciam abertas quando chegávamos às ruas desertas à meia-noite, as janelas sem trincos, os berços vazios. A igreja dominicana tinha sido desconsagrada e abandonada, seu altar de pedra removido. Os padres covardes, aos quais eu não tinha concedido a graça de uma morte rápida, haviam abandonado seu rebanho.

O jogo tornou-se ainda mais provocante para mim, pois os que permaneceram eram briguentos e avarentos, recusando-se a abrir mão do que lhes pertencia sem lutar. Era simples distinguir os inocentes, os que tinham fé e acreditavam na luz da vigília ou nos santos para protegê-los, dos que tinham pactuado com o Diabo e agora viviam em guarda no escuro, de espada na mão.

Gostava de falar com eles, duelar com eles verbalmente, antes de matá-los.

— Achavam que seu jogo ia durar para sempre? Acreditavam que o mal nunca se voltaria contra vocês?

Quanto à minha Ursula, ela não tinha estômago para esse tipo de esporte. Ela não suportava o espetáculo do sofrimento. A velha Comunhão de Sangue no castelo tinha-lhe sido tolerável somente por causa da música, do incenso e da autoridade suprema de Florian e Godric, que orientavam todos os seus passos.

Noite após noite, à medida que a cidade ia se esvaziando, que as fazendas ficavam desertas, à proporção que Santa Maddalana, minha cidade-escola, se deteriorava cada vez mais, Ursula distraía-se brincando com os órfãos. Sentava-se nos degraus da escada da igreja e ficava horas embalando e acariciando uma criança, contando-lhe histórias em francês.

Cantava velhas canções em latim da corte do seu tempo, que tinha sido há mais de duzentos anos, ela me dissera, e referia-se a batalhas na França e na Alemanha que não tinham o menor sentido para mim.

— Não brinque com as crianças — disse-lhe. — Elas se lembrarão disso, de nós.

Em quinze dias a comunidade estava irreparavelmente destruída. Só sobraram os órfãos e alguns cidadãos muito idosos: o padre franciscano, e o pai dele, o velhinho com cara de duende, que passava a noite no seu quarto iluminado jogando cartas sozinho, como se mesmo àquela altura não tivesse noção do que estava acontecendo.

Lá pela décima quinta noite, deve ter sido, quando chegamos à cidade, percebemos imediatamente que só tinham sobrado duas pessoas. Ouvimos o velhinho cantando para si mesmo na estalagem com as portas abertas. Estava muito embriagado, e sua cabeça molhada brilhava à luz de uma vela. Deitou as cartas na mesa num círculo, jogando um jogo de paciência chamado "relógio".

O padre franciscano estava sentado ao lado dele. Levantou a cabeça e olhou para nós sem medo, calmamente, quando entramos na estalagem.

Eu estava sedento, com uma sede devastadora, cobiçando o sangue dos dois.

— Nunca lhe disse meu nome, não é mesmo? — ele me perguntou.

— Não, nunca me disse, padre.

— Joshua. Este é o meu nome, Fra Joshua. O resto da comunidade foi para Assis, e levou as últimas crianças. É uma longa viagem para o sul.

— Eu sei, padre. Estive em Assis. Rezei no santuário de são Francisco. Diga-me uma coisa, padre, quando olha para mim, vê anjos à minha volta?

— Por que deveria ver anjos? — ele perguntou naturalmente. Desviou os olhos de mim e fixou-os em Ursula. — Vejo beleza esculpida em marfim polido. Mas não vejo anjos. Nunca vi.

— Eu os vi uma vez. Posso sentar-me?

— Como queira. — Ele nos olhou, empertigando-se na cadeira tosca de madeira, quando me sentei em frente a ele, como fizera naquele dia na aldeia, só que agora não estávamos abrigados do sol num perfumoso caramanchão, e sim dentro da própria estalagem, onde a luz da vela emprestava mais volume e mais calor ao ambiente.

Ursula olhou-me confusa. Não sabia o que se passava na minha cabeça. Nunca a vira falando com qualquer ser humano exceto comigo e as crianças com quem havia brincado — em outras palavras, somente com quem se afeiçoara e não pretendia destruir.

Não fazia idéia do que ela pensava do homenzinho e do seu filho, o padre franciscano.

O velho estava ganhando o jogo de cartas.

— Está vendo só, eu não lhe disse? A sorte está conosco! — Juntou as cartas engorduradas para embaralhá-las e jogar novamente.

O padre olhou para ele com os olhos vidrados, como se não fosse capaz de encontrar um meio de enganar ou tranqüilizar seu velho pai, e depois olhou para mim.

— Vi os anjos de que lhe estou falando em Florença, e os desapontei, quebrei os votos que havia feito com eles, perdi minha alma.

Virou-se bruscamente para mim.

— Por que prolonga isso? — perguntou.

— Não lhe farei mal, nem minha companheira — disse, suspirando. Aquele seria o momento numa conversa em que teria pegado meu copo ou minha caneca e tomado um gole. Minha sede doía. Imaginei se o mesmo acontecia com Ursula. Olhei para o vinho do padre, que agora nada significava para mim, e olhei para seu rosto, que transpirava à luz da vela, e prossegui:

"Quero que saiba que os vi, que falei com eles, os anjos que mencionei. Eles procuraram me ajudar a destruir os monstros que dominavam esta cidade e as almas de seus habitantes. Quero que saiba, padre."

— Por quê, filho, diga-me?

— Porque eles eram maravilhosos, e eram tão reais quanto nós, e o senhor nos viu. O senhor tem visto coisas infernais: preguiça e traição, covardia e burla. Está vendo agora demônios, vampiros. Pois bem, quero que saiba que vi os anjos com meus próprios olhos, anjos verdadeiros, magníficos, que eram mais gloriosos do que jamais poderei descrever com palavras.

Ele ficou me olhando com ar pensativo por muito tempo, e depois olhou para Ursula, que permanecia sentada, confusa, olhando-me, receando que eu pudesse sofrer indevidamente, e então ele me disse:

— Por que os decepcionou? Em primeiro lugar, por que eles vieram ao seu encontro, e se contava com a ajuda de anjos, por que fracassou?

Ergui os ombros e sorri.

— Por amor.

Ele não respondeu.

Ursula inclinou a cabeça, apoiando-a no meu ombro. Senti seus cabelos soltos roçarem nas minhas costas enquanto ela me deixava sentir seu peso.

— Por amor! — o padre repetiu.

— Sim, e por uma questão de honra também.

— Honra.

— Ninguém jamais compreenderá. Deus não aceitará, mas é a verdade. E agora, padre, o que é que nos separa, o senhor de mim, e da mulher ao meu lado? O que há entre nós, as duas partes, o padre honesto e os dois demônios?

De repente, o velho deu uma risadinha à socapa. Tinha batido uma maravilhosa seqüência de cartas.

— Veja isto! — ele disse, olhando-me com seus olhinhos espertos. — Oh, a sua pergunta, perdoe-me. Sei a resposta.

— Sabe? — perguntou o padre, voltando-se para seu velho pai. — Sabe a resposta?

— É claro que sei — ele disse, batendo outra carta. — O que os separa de uma boa confissão é fraqueza e medo do inferno se tiverem que entregar suas vidas.

O padre olhou para o pai, assombrado.

E eu também.

Ursula não disse nada. Simplesmente beijou-me no rosto.

— Deixemos os dois agora — ela sussurrou. — Santa Maddalana não existe mais. Vamos embora.

Olhei em volta da sala escura da estalagem. Olhei os velhos barris. Olhei com assombrada perplexidade e consternada tristeza todas as coisas que os humanos usavam e tocavam. Olhei as mãos pesadas do padre, dobradas em cima da mesa, na minha frente. Olhei o cabelo nas suas mãos e depois seus lábios grossos e seus grandes olhos melancólicos, lacrimosos.

— Acredita no que estou lhe dizendo? — sussurrei. — Nesse segredo dos anjos? Que eu os vi! E o senhor? O senhor viu o que sou, e sabe por conseguinte que sei do que estou falando. Vi suas asas e seus halos, vi seus rostos pálidos, e vi a espada do poderoso Mastema, e foram eles que me ajudaram a saquear o castelo e a liquidar todos os demônios, com exceção deste aqui, esta noiva criança, que é minha.

— Noiva criança — ela sussurrou, visivelmente envaidecida. Olhou-me pensativamente, e cantarolou uma ária antiga, suave, estribilhos de canções dos seus tempos.

Ela falou comigo num sussurro apressado, persuasivo, apertando meu braço enquanto falava:

— Vamos, Vittorio, deixe esses homens em paz, e venha comigo, que lhe contarei como fui de fato uma noiva criança. — Ela olhou para o padre com renovada animação. — Eu fui, sabe? Eles foram ao castelo do meu pai e me compraram. Disseram que eu tinha que ser virgem, e as parteiras vieram com uma bacia de água morna e me examinaram, confirmando que eu era virgem, e só então Florian me aceitou. Eu era sua noiva.

O padre olhava-a fixamente, como se não pudesse se mexer mesmo que quisesse, e o velho lançava repetidos olhares, acenando com a cabeça, sorridente, ouvindo o que ela dizia, e continuando a jogar suas cartas.

— Podem imaginar meu horror? — ela perguntou. Olhou para mim e jogou os cabelos para trás, por cima do ombro. Estavam novamente cacheados dos grampos em que os prendera antes. — Fazem idéia do que senti quando subi na carruagem e vi quem era meu noivo, aquela coisa lívida, fantasmagórica, tal como parecemos a vocês?

O padre não respondeu. Seus olhos encheram-se lentamente de lágrimas. Lágrimas!

Um comovente espetáculo humano, sem sangue, cristalino, constituindo-se num adorno incomparável para aquele rosto velho, suave, com sua boca carnuda e flácidas mandíbulas.

— E depois ser conduzida a uma capela em ruínas, um lugar abandonado, cheio de aranhas e bichos daninhos, e lá, diante de um altar profanado, ser despida e possuída por ele, tornando-me sua noiva.

Ela soltou meu braço, fazendo com os seus um gesto envolvente, protetor.

— Oh, eu tinha um véu, um longo e lindo véu, e um vestido de seda florido, e ele rasgou tudo e me possuiu brutalmente. Primeiro, com seu membro sem vida, sem sêmen, porém duro como uma pedra, e depois com suas presas, como essas que tenho agora. Oh, que casamento, e fora para isso que meu pai entregara minha inocência!

As lágrimas escorriam pelas faces do padre.

Olhei-a fixamente, louco de dor e ódio, ódio contra um demônio que já exterminara, um ódio que esperava pudesse atravessar as labaredas do inferno e atingi-lo com dedos como tenazes em brasa.

Não disse nada.

Ela ergueu a sobrancelha e empinou a cabeça.

— Ele se cansou de mim — ela disse —, mas nunca deixou de me amar. Ele era novo na Corte do Graal de Rubi, um jovem lorde, tentando de todas as maneiras aumentar seu poder e sua aura romântica! E mais tarde, quando implorei pela vida de Vittorio, ele não pôde me negar devido aos votos que havíamos trocado naquele altar de pedra há tanto tempo. Depois de ter deixado que Vittorio se fosse, depois de tê-lo banido para Florença, certo de sua ruína e loucura, Florian me dedicava madrigais de amor, canções para sua bem-amada. Declamava velhos poemas como se nosso amor pudesse ser revivido.

Cobri os olhos com a mão direita. Não podia chorar as lágrimas de sangue que brotam de nós. Não suportava ver diante de mim, como se fora pintado por Fra Filippo, o romance que ela me descrevia.

Foi o padre quem falou.

— Vocês são duas crianças — ele disse. Seu lábio tremeu. — Meras crianças.

— Tem razão — ela disse com sua voz delicada, com convicção e um sorriso discreto. Apertou minha mão esquerda na sua e afagou-a ternamente. — Crianças para sempre, embora o próprio Florian fosse pouco mais do que um rapaz, um homem moço.

— Eu o vi uma vez — disse o padre, com a voz grossa devido ao choro. — Só uma vez.

— E o senhor sabia quem ele era? — perguntei.

— Sabia que eu não tinha forças, era totalmente impotente, e minha fé era desesperada, e que em torno de mim havia laços que não podia afrouxar ou quebrar.

— Agora vamos, Vittorio, não o façamos chorar mais. Deixemos este lugar. Não precisaremos de sangue esta noite e não podemos pensar em causar-lhes mal, não podemos nem...

— Não, minha amada, nunca — eu disse a ela. — Mas aceite meu presente, padre, por favor, a única coisa limpa que posso lhe oferecer, meu testemunho de que vi os anjos, e que eles me ampararam quando eu estava fraco.

— E não pedirá minha absolvição, Vittorio? — ele perguntou, erguendo o tom da voz, e seu peito parecendo avolumar-se. — Vittorio e Ursula, eu os absolvo.

— Não, padre — eu disse. — Não podemos aceitá-la. Não a queremos.

— Mas por quê?

— Porque, padre — disse Ursula docemente —, pretendemos pecar novamente assim que pudermos.

14

SOMBRIAMENTE ATRAVÉS DE UM VIDRO

ELA NÃO MENTIRA.

Viajamos naquela noite para a casa de meu pai. Para nós não era nada fazer uma viagem como essa, mas para um mortal ela representava muitos quilômetros, e ainda não havia chegado àquelas terras desoladas a notícia de que a ameaça dos demônios da noite, os vampiros de Florian, terminara. Na verdade, o mais provável era que minhas fazendas ainda estivessem desertas porque histórias horripilantes tivessem sido espalhadas pelos fugitivos de Santa Maddalana, no seu êxodo por vales e montanhas.

Logo me dei conta, entretanto, de que o grande castelo de minha família estava ocupado. Uma horda de soldados e funcionários subalternos não perdera tempo e nele se instalara.

Assim que transpusemos a gigantesca muralha depois da meia-noite, constatamos que todos os mortos da minha família tinham sido adequadamente sepultados ou colocados nos seus jazigos de pedra em baixo da capela, e que as mercadorias e os gêneros de consumo da propriedade, bem como todas as suas abundantes riquezas, tinham sido levados. Só tinham ficado algumas carroças dos que já deviam estar a caminho do sul.

Os poucos que dormiam no escritório do administrador de meu pai eram contadores do Banco Medici. Na ponta dos pés, à luz fraca de um céu estrelado, inspecionei os poucos papéis que tinham sido deixados secando.

Toda a herança de Vittorio di Raniari tinha sido arrolada e classificada, e estava sendo transferida para Florença, a fim de ficar sob a tutela de Cosimo até que Vittorio di Raniari completasse vinte e quatro anos e pudesse assumir plena responsabilidade de seus atos como homem.

Apenas uns poucos soldados dormiam nos seus alojamentos. Somente um ou outro cavalo estava recolhido às estrebarias. Poucos escudeiros e serviçais dormiam perto de seus amos.

Obviamente, o grande castelo, não sendo de utilidade estratégica para as autoridades milanesas, alemãs, francesas ou papais, ou para Florença, não estava sendo restaurado ou conservado, tinha sido simplesmente desativado.

Muito antes da aurora, deixamos minha casa, mas antes de irmos, fiz uma visita ao túmulo de meu pai.

Sabia que voltaria. Sabia que em breve as copas das árvores ultrapassariam os muros. Sabia que o capim cresceria por entre as frestas e nesgas das pedras do calçamento. Sabia que as coisas humanas perderiam todo o amor daquele lugar, como atestavam as muitas ruínas à sua volta.

Eu voltaria então. Voltaria.

Naquela noite, Ursula e eu demos uma batida nas imediações, à procura de eventuais bandidos que pudéssemos encontrar na floresta, alegres e despreocupados quando os surpreendemos e os apeamos de suas montarias. Foi um festim desbragado.

— Para onde agora, milorde? — minha noiva perguntou-me ao se aproximar a manhã. Tínhamos encontrado outra caverna para nos abrigarmos, um lugar profundo e escondido, coberto de arbustos espinhosos que não chegaram a arranhar nossa pele elástica, atrás de uma moita de amoreiras silvestres que nos ocultaria de todos os olhos, inclusive os do grande sol em ascensão.

— Para Florença, meu amor. Tenho que ir lá. E nas suas ruas jamais passaremos fome ou correremos o risco de sermos descobertos. Há umas tantas coisas que preciso ver com meus próprios olhos.

— Mas que coisas são essas, Vittorio?

— Pinturas, meu amor, pinturas. Tenho que ver os anjos dessas pinturas. Tenho que... revê-los.

Ela estava contente. Nunca estivera na grande cidade de Florença. Durante toda sua miserável eternidade de rituais e disciplina palaciana, ela havia ficado confinada às montanhas. Ali, ao meu lado, sonhava com liberdade, brilhantes azuis, verdes e dourados, tão contrários ao vermelho-escuro que ainda usava. Confiava em mim, ao passo que eu não confiava em nada.

Apenas lambia o sangue humano nos meus lábios e imaginava quanto tempo ainda teria nesta terra antes que alguém me cortasse a cabeça com um golpe rápido e certeiro de sua espada.

15

A IMACULADA CONCEIÇÃO

A CIDADE DE FLORENÇA ESTAVA AGITADA.

— Por quê? — perguntei.

Já tinha passado da hora do toque de recolher, ao qual ninguém dava muita importância, e havia uma multidão de estudantes reunidos na Santa Maria Maggiori — o Duomo — assistindo à preleção de um humanista que defendia Filippo Lippi das acusações que lhe faziam de conduta imoral.

Ninguém prestou muita atenção a nós. Tínhamos nos alimentado cedo no campo, e estávamos vestidos com pesadas mantas, que deixavam muito pouco de nossas peles esbranquiçadas à mostra.

Entrei na igreja. A multidão chegava quase até às portas.

— O que está acontecendo? O que aconteceu com o grande pintor?

— Oh, dessa vez ele passou da conta — disse o homem que me respondeu, sem se dar ao trabalho de olhar para mim ou para a esguia figura de Ursula ao meu lado.

O homem estava mais preocupado em ver o conferencista, que falava a uma certa distância, sua voz ecoando solenemente na imensa nave da igreja.

— O que foi que ele fez?

Não obtendo resposta, avancei um pouco mais, abrindo caminho pela compacta e morrinhenta multidão humana, puxando Ursula pela mão. Ela ainda estava assustada com a cidade enorme, nunca tinha visto uma catedral daquele tamanho nos seus mais de duzentos anos de idade.

Fiz novamente a pergunta a dois jovens estudantes, que se viraram imediatamente para me responder, dois jovens elegantes, aparentando dezoito anos, o que então chamavam em Florença de *giovani*, uma idade difícil, muito velhos para serem considerados crianças, como era o meu caso, e muito jovens para serem aceitos como homens.

— Bem, ele requisitou a mais bonita das freiras para posar para o mural do altar-mor que estava pintando, representando a Virgem Imaculada, foi isso o que ele fez — disse o primeiro estudante, de cabelos pretos e olhos fundos, olhando para mim com um sorriso malicioso. — Ele a solicitou como modelo. Pediu ao convento que a escolhesse para ele, para que a Virgem que ia pintar fosse a mais perfeita, e aí...

O outro estudante arrematou:

— ... ele fugiu com ela! Roubou a freira do convento, fugiu com ela e a irmã dela, e instalou-se no sobrado do seu ateliê, ele, a freira e a irmã dela, os três, o monge e as duas freiras... e vive em pecado com ela, Lucrezia Buti, pintando a Virgem para o altar sem dar a mínima para o que possam pensar dele.

As pessoas à nossa volta estavam inquietas. A todo instante nos mandavam calar a boca. Os estudantes mal podiam conter o riso.

— Se ele não contasse com Cosimo — disse o primeiro estudante, abaixando a voz num obediente mas maledicente sussurro —, já o teriam enforcado, quero dizer, a família dela, os Buti, pelo menos teriam feito isso, se não tivessem sido os padres da Ordem Carmelita, ou até mesmo toda a cidade, indignada.

O outro estudante sacudiu a cabeça e pôs a mão na boca para não rir alto.

O orador no fundo da nave aconselhou todos a manterem-se calmos e deixarem que as autoridades competentes se ocupassem do escândalo e do ultraje, pois todos sabiam que em parte alguma de Florença havia um pintor comparável a Fra Filippo, e que Cosimo cuidaria do caso no seu devido tempo.

— Ele sempre foi atormentado — disse o estudante ao meu lado.

— Atormentado — murmurei. — Atormentado. — O rosto dele voltou-me à mente, o monge que vira de relance há alguns anos na casa de Cosimo, na Via Larga, o homem que esbravejava, exigindo que o libertassem para poder ficar com uma mulher ao menos alguns instantes. Senti um estranho conflito interior, um medo aterrador. — Oh, que não o torturem novamente.

— Dá o que pensar — ouvi uma voz suave no meu ouvido. Virei-me, mas não vi ninguém que pudesse ter falado comigo. Ursula olhava noutra direção.

— O que é, Vittorio?

Mas reconheci o sussurro, e ele voltou, incorpóreo e íntimo.

— Dá o que pensar de fato. Onde estariam seus anjos da guarda no dia em que Fra Filippo cometera aquela loucura?

Rodopiei freneticamente, procurando a origem daquela voz. Pessoas em torno de mim recuaram, mostrando-se irritadas. Peguei Ursula pela mão e nos encaminhamos para a porta da igreja.

Somente quando me vi do lado de fora, na *piazza*, meu coração se acalmou, deixando de bater descompassadamente. Não sabia que com o novo sangue pudesse sentir tanta ansiedade e medo.

— Oh, fugir com uma freira para pintar a Virgem! — exclamei em voz baixa.

— Não chore, Vittorio — ela disse.

— Não fale comigo como se eu fosse seu irmãozinho! — disse-lhe, arrependendo-me imediatamente. Ela ficou chocada com minhas palavras, como se eu a tivesse esbofeteado. Peguei-lhe os dedos e beijei-os, envergonhado. — Perdoe-me, Ursula, perdoe-me.

Puxei-a para o meu lado.

— Mas para onde vamos?

— Para a casa de Fra Filippo, para seu ateliê. Não me faça perguntas agora.

Achamos nosso caminho sem dificuldade, e logo estávamos percorrendo a rua estreita. Deparamo-nos com a porta fechada, mas não vi luzes no interior da casa, a não ser nas janelas do terceiro andar, como se ele tivesse que se esconder naquela altura com sua musa.

Não havia aglomeração de populares na rua.

Mas, de repente, da escuridão da noite, alguém arremessou um monte de excrementos na porta trancada, e depois mais outros, seguindo-se uma saraivada de pedras. Recuei, protegendo Ursula, e fiquei observando as pessoas que passavam, uma após a outra, gritando insultos e impropérios contra o pintor.

Finalmente, encostei-me no muro oposto e continuei espreitando da escuridão, e ouvi o sino da igreja bater a décima primeira hora, o que significava que todos tinham que se recolher às suas casas, deixando as ruas vazias.

Ursula mantinha-se calada ao meu lado, e notou quando eu olhei para cima e vi a última das luzes da casa de Fra Filippo apagar-se.

— A culpa é minha — disse. — Tirei-lhe os anjos e entreguei-me a esta loucura. E por que fiz isso, para quê, para poder possuí-la como ele agora certamente possui sua freira?

— Não sei o que você está querendo dizer, Vittorio. O que é que tenho a ver com padres e freiras? Nunca disse uma palavra que pudesse magoá-lo, nunca, mas agora lhe digo isso. Não fique aí chorando por esses mortos que amava. Estamos casados agora e nenhum voto de convento ou anátema de padre é capaz de nos separar. Vamos embora daqui, e quando você quiser me mostrar, à luz de candelabros, as maravilhas desse pintor, leve-me, leve-me para ver os anjos de que você fala fielmente reproduzidos nas telas a óleo.

Ela me castigou com suas palavras, firmes, duras. Beijei-lhe a mão novamente. Disse-lhe o quanto sentia. Apertei-a contra o meu coração.

Não sei quanto tempo me deixei ficar nos seus braços. Foram alguns bons momentos. Ouvi o barulho de água correndo e passos distantes, nada de maior conseqüência, nada que importasse na noite agitada de Florença, com seus palácios de quatro e cinco andares, suas velhas torres semi-destruídas, suas igrejas e seus milhares e milhares de almas adormecidas.

Uma luz repentina me sobressaltou banhando-me com brilhantes raios amarelos. Vi o primeiro, um feixe fino de intenso brilho, que cortou a figura dela, e depois outro, iluminando a ruela que mais parecia um beco, e me dei conta de que as luzes tinham sido acesas no ateliê de Fra Filippo.

Virei-me no preciso momento em que os ferrolhos eram puxados pelo lado de dentro. O barulho ecoou nas paredes escuras. Nenhuma luz brilhava no andar de cima por trás das janelas gradeadas.

De repente, as portas foram abertas e puxadas suavemente para trás, quase sem fazer barulho, contra a parede, e vi a sala ampla, retangular, repleta de telas brilhantes, todas elas reluzindo acima de velas suficientes para iluminar uma missa solene, uma missa de bispo.

Fiquei sem fôlego. Segurei firmemente a nuca de Ursula enquanto apontava para os quadros.

— Lá estão elas, as duas *Anunciações!* — sussurrei. — Está vendo os anjos ajoelhados, os anjos que se ajoelham diante das Virgens em diferentes situações!

— Estou vendo, sim — ela disse reverentemente. — Ah, eles são muito mais deslumbrantes do que supunha — ela disse, apertando meu braço.

— Não chore, Vittorio, a não ser que seja num tributo à beleza, somente nesse caso.

— É uma ordem, Ursula? — Meus olhos estavam tão turvos que mal pude ver as figuras ajoelhadas de Ramiel e Setheus.

Mas ao tentar clarear a vista, ao procurar recobrar meus sentidos e engolir o nó na garganta, o milagre que mais temia neste mundo, embora ansiasse por ele — esse milagre começou a acontecer.

Eles irromperam simultaneamente do próprio tecido da tela — os meus louros anjos aureolados cobertos de sedas — e, desembaraçando-se da trama apertada, saltaram para o piso de pedra do ateliê. Viraram-se, olhando primeiro para mim e depois moveram-se, deixando de ser perfis achatados para se transformarem em robustas figuras tridimensionais.

Notei pela respiração ofegante de Ursula que ela havia visto a mesma vívida sucessão de gestos miraculosos. Visivelmente impressionada, ela levou as mãos aos lábios.

Seus rostos não ostentavam cólera ou tristeza. Limitaram-se a olhar para mim, e nos seus olhares doces, suaves, estava estampada a mais compreensiva das recriminações.

— Castiguem-me — sussurrei. — Castiguem-me, arrancando-me os olhos para que nunca mais possa ver a sua beleza.

Muito lentamente, Ramiel sacudiu a cabeça para responder não. E Setheus sucedeu-o com o mesmo gesto de negação. Os dois permaneceram juntos, descalços, como sempre, suas vestes muito leves estáticas no ar pesado, enquanto eles se limitavam a olhar fixamente.

— O quê, então? — disse. — O que mereço como punição de vocês? Como posso ter o privilégio de continuar a vê-los em toda sua glória? — Debulhei-me novamente em lágrimas infantis, por mais que Ursula me olhasse, por mais que tentasse com sua censura silenciosa fazer um homem de mim.

Não consegui conter-me.

— Como me é dado ainda poder vê-los?

— Você sempre poderá nos ver — Ramiel disse com brandura, discretamente.

— Toda vez que vir os quadros dele, você nos verá — disse Setheus — ou verá nossos equivalentes.

Não havia um julgamento nas suas palavras, somente a mesma encantadora serenidade, a mesma gentileza que sempre tinham me dispensado.

Mas a aparição não tinha terminado. Vi tomando forma atrás deles, meus próprios guardiães, aquele solene par de marfim, envergando suas roupas de um azul esmaecido.

Como seus olhos eram duros, auto-suficientes, desdenhosos, embora sem o ranço que os homens emprestam a essas paixões. Como eram glaciais e remotos.

Meus lábios se entreabriram, mal contendo um grito. Um grito terrível. Mas não ousei acordar a noite à minha volta, a noite infinita que pairava sobre os milhares de telhados de telhas vermelhas, sobre as montanhas e os campos, e sob uma constelação de estrelas.

Subitamente, a casa começou a se mexer. Passou a tremer, e as telas, brilhantes e tremeluzentes no seu banho de luz de velas, faiscavam como se sacudidas por um tremor de terra.

Mastema materializou-se repentinamente diante de mim, e a sala foi arremessada para trás, ampliada, ganhou profundidade e todos os anjos, seus subalternos, foram varridos de perto dele, como se arrastados por um vento silencioso que não podia ser desafiado.

A profusão de luz inflamou suas asas imensas ao se abrirem, enchendo os cantos do espaço generoso e ao mesmo tempo realçando-o, e o vermelho do seu capacete brilhava como se tivesse fundido. Ele desembainhou sua espada.

Recuei e forcei Ursula para trás de mim. Empurrei-a contra a parede úmida e fria e a aprisionei ali às minhas costas, da maneira mais segura que me era possível protegê-la naquelas circunstâncias, esticando os braços para trás e segurando-a, para que ela não pudesse ser arrebatada de mim.

— Ah — disse Mastema, acenando com a cabeça, sorrindo, com a espada erguida. — Então, vejo que mesmo agora prefere ir para o inferno a vê-la morrer!

— Prefiro! Não tenho escolha.

— Tem, sim. Você tem uma escolha.

— Não, ela não, não a mate. Mate-me, e pode me mandar para lá, mas dê a ela mais uma chance...

Ursula chorava no meu ombro, segurando os meus cabelos, agarrando-se a eles, como se dessa maneira estivesse salva.

— Mande-me agora — disse. — Vamos, corte minha cabeça e mande-me para meu julgamento perante Deus, a quem poderei implorar por ela! Por favor, Mastema, faça isso, mas poupe-a. Ela não sabe como pedir para ser perdoada. Ainda não!

Largando a espada, ele esticou o braço e me pegou pela gola, puxando-me para ele. Senti-a voar contra mim. Mantendo-me suspenso no ar diante dele, olhou-me com seus olhos fulgurantes.

— E quando é que ela vai aprender? E você?

O que podia dizer? O que podia fazer?

— Eu lhe ensinarei, Vittorio — disse Mastema, num sussurro muito baixo, fremente. — Eu lhe ensinarei a pedir perdão todas as noites de sua vida. Eu lhe ensinarei.

Senti que estava sendo içado, senti minhas vestes infladas pelo vento, senti suas pequenas mãos agarrarem-se a mim, e o peso de sua cabeça nas minhas costas.

Estávamos sendo arrastados pelas ruas, e de repente surgiu diante de nós um grupo ruidoso de mortais ociosos saindo de uma taberna, bêbados e alegres, uma grande confusão de caras inchadas e roupas esvoaçantes.

— Você os vê, Vittorio? Está vendo os infelizes de quem você se alimenta? — Mastema perguntou.

— Estou vendo, sim, Mastema. — Tateei à procura da mão dela, tentando encontrá-la, ampará-la, protegê-la. — Eu os vejo, sim, Mastema.

— Em cada um deles, Vittorio, há o que vejo em você e nela, uma alma humana. Sabe o que é isso, Vittorio? É capaz de imaginar?

Não ousei responder.

O grupo espalhou-se pela *piazza* enluarada, e chegou mais perto de nós, mesmo ao se dispersar.

— Uma centelha do poder que criou todos nós está dentro de cada um deles — disse Mastema —, uma centelha do invisível, do sutil, do sagrado, do mistério, uma centelha de que foram criadas todas as coisas.

— Ah, Deus! Olhe para eles, Ursula, olhe!

Cada um deles, homens e mulheres, não importava se velhos ou moços, todos eles tinham adquirido um forte brilho dourado, difuso. Uma luz emanava de cada figura envolvendo-a e abraçando-a, um sutil corpo de luz moldado de acordo com a forma do ser humano que o habitava, sem ter consciência disso, e toda a praça estava banhada por essa luz dourada.

Olhei para minhas mãos, e elas também estavam envoltas por esse sutil, etéreo corpo, essa encantadora e luminosa presença, esse precioso e inextinguível fogo.

Rodopiei bruscamente, minhas roupas embaraçando-se em mim, e vi aquela flama envolver Ursula. Vi que ela estava viva e respirava dentro dela, e virando-me para o grupo de notívagos, vi novamente que cada um deles vivia e respirava dentro dela, e me dei conta de repente, compreendi perfeitamente — eu sempre a veria. Jamais veria seres humanos, fossem eles monstruosos ou honrados, sem esse abrangente, ofuscante fogo da alma.

— Sim — Mastema sussurrou no meu ouvido. — Sim. Para sempre, e toda vez que você se alimentar, toda vez que erguer o tenro pescoço de um deles para cravar-lhes suas malditas presas, toda vez que lhes sugar o lúgubre sangue, como a pior das feras de Deus, você verá essa luz estremecer e lutar, e quando o coração parar, saciada sua sede bestial, verá essa luz extinguir-se.

Desvencilhei-me dele. Ele me deixou partir.

Segurando a mão dela, corri. Corri desabaladamente na direção do Arno, da ponte, das tabernas que ainda pudessem estar abertas, mas muito antes avistei as chamas crepitantes das almas que lá estavam, vi o fulgor das almas de centenas de viúvas, vi o brilho das almas que escoava pelas frestas das portas aferrolhadas.

Vi, e soube que ele tinha falado a verdade. Sempre a veria. Veria a centelha do Criador em cada vida humana que encontrasse, em cada vida humana que roubasse.

Chegando ao rio, debrucei-me sobre a amurada de pedra e gritei a plenos pulmões, deixando que meus gritos ecoassem sobre a superfície da água e pelas paredes de cada lado. Estava enlouquecido de dor, e então, através da escuridão, uma criança caminhando vacilantemente aproximou-se de mim, um mendigo, já versado nas palavras para pedir pão, moedas ou uma caridade qualquer que alguém pudesse lhe fazer, e a criança andrajosa refulgia e crepitava, resplendia e dançava com uma luz brilhante e inestimável.

16

E A ESCURIDÃO NÃO O ALCANÇOU

AO LONGO DOS ANOS, TODA VEZ QUE VI UMA DAS MAGNÍFICAS CRIAÇÕES DE FRA Filippo, os anjos apareceram vivos para mim. Era por um breve instante, apenas o tempo suficiente para beliscar meu coração e ativar o sangue, como se tivesse sido picado por uma agulha.

Mastema só apareceu na obra da Fra Filippo alguns anos mais tarde, quando o frade, brigando e discutindo como sempre, estava trabalhando para Piero, filho de Cosimo, que já havia baixado à sua sepultura.

Fra Filippo nunca abriu mão de sua freira, Lucrezia Buti, e diziam que toda Virgem que ele pintava — e foram muitas — tinha o mesmo rosto belo de Lucrezia. Ela deu um filho a Filippo, outro pintor que recebeu o nome de Filippino, e sua obra também foi rica e magnífica e pródiga em anjos, anjos que sempre me fitavam nos olhos por um instante quando eu vinha venerar essas telas, triste, com o coração partido e cheio de amor e medo.

Em 1469, Filippo morreu na cidade de Spoleto, e aí findou a vida de um dos maiores pintores que o mundo já conheceu. Foi esse homem que torturaram acusado de fraude e que debochou de um convento; esse foi o homem que pintou Maria como a Virgem assustada, como a Madona da Noite de Natal, como a Rainha do Céu, como a Rainha de Todos os Santos.

E eu, quinhentos anos depois, nunca me afastei muito da cidade que viu Filippo nascer e daquele tempo que chamamos de Idade de Ouro.

Ouro. Isso é o que vejo quando olho para você.

Isso é o que vejo quando olho para qualquer homem, mulher ou criança.

Vejo o flamejante ouro celestial que Mastema me revelou. Vejo-o envolvendo-o, sustentando-o, enquadrando-o e dançando com você, embora você possa não se dar conta disso, nem mesmo se importar.

Desta torre, nesta noite na Toscana, contemplo a vastidão das terras que se estendem pelos vales, e vejo o ouro dos seres humanos, vejo a fulgurante vitalidade de almas pulsantes.

E esta é a minha história.

O que acha?

Não vê um estranho conflito nela? Percebe o dilema?

Deixe-me colocar as coisas de outra maneira.

Olhe para trás, pense no episódio que narrei, quando meu pai e eu, cavalgando pelas florestas, falamos sobre Fra Filippo, e meu pai me perguntou o que tanto me atraía nesse frade. Disse-lhe que era o conflito e a natureza dividida de Filippo que tanto me fascinava nele, e que dessa natureza dividida, desse conflito, emanava um tormento que Filippo reproduzia magistralmente nos rostos que pintava.

Filippo era uma tempestade dentro de si mesmo. E eu também.

Meu pai, um homem de temperamento calmo e idéias simples, sorriu às minhas palavras.

Mas o que elas significam em relação a esta história?

Sim, sou um vampiro, como já disse, sou uma coisa abjeta que se alimenta da vida mortal. Existo com tranqüilidade, relativamente contente, na minha terra natal, nas sombras escuras do meu castelo. E Ursula está ao meu lado, como sempre, e quinhentos anos não chegam a ser tanto tempo para um amor tão forte quanto o nosso.

Somos demônios, somos danados. Mas não vimos e compreendemos tantas coisas, não escrevi coisas aqui que têm valor para você? Não relatei um conflito tão marcado pelo tormento que alguma coisa paira aqui cheia de brilho e cor, não muito diferente da obra de Filippo? Não bordei, teci e dourei, acaso não sangrei?

Olhe bem minha história e diga-me que ela não lhe oferece nada. Não acreditarei se me disser isso.

E quando penso em Filippo e no episódio da sedução de Lucrezia, e em todos os seus outros tempestuosos pecados, como posso separá-los da magnificência de suas pinturas? Como posso separar a violação dos seus votos, suas fraudes e brigas, do esplendor que Filippo legou ao mundo?

Não estou dizendo que me considero um grande pintor. Não sou tolo a esse ponto. Mas digo que da minha dor, da minha loucura, da minha paixão desponta uma visão — uma visão que trago comigo eternamente e que lhe ofereço.

É uma visão de todos os seres humanos, explodindo de fogo e mistério, uma visão que não posso negar, que não posso apagar, nem evitar, nem jamais subestimar ou dela escapar.

Há quem escreva sobre dúvida e escuridão.

Outros há que escrevem sobre a falta de sentido das coisas e a mansidão, a quietude.

Eu escrevo sobre a sede de sangue que nunca é saciada. Escrevo sobre o conhecimento e o seu preço.

Preste atenção, eu lhe digo, a luz está dentro de você. Eu a vejo. Vejo-a em cada um de vocês, e sempre a verei. Vejo-a quando tenho fome, quando luto, quando mato. Vejo-a tremeluzir e morrer nos meus braços quando bebo.

É capaz de imaginar como seria se eu o matasse?

Reze para que nunca haja uma carnificina ou estupro para que você possa ver essa luz nos que o cercam. Deus não permita que tenha que pagar esse preço. Deixe que eu pague o preço por você.

BIBLIOGRAFIA SELECIONADA E COMENTADA

Fui a Florença para receber este manuscrito diretamente de Vittorio di Raniari. Foi a minha quarta visita a essa cidade, e foi com Vittorio que decidi listar aqui alguns livros para os que possam querer saber mais sobre a Idade de Ouro de Florença e sobre Florença de um modo geral.

Recomendo em primeiríssimo lugar, acima de qualquer outro trabalho, o brilhante *Public Life in Renaissance Florence* (Vida pública na Florença renascentista), de Richard C. Trexler, publicado pela Cornell University Press.

O professor Trexler também escreveu outros livros maravilhosos sobre a Itália, mas este é particularmente rico e inspirador, especialmente para mim, porque as análises e os *insights* do professor Trexler referentes a Florença me ajudaram a compreender minha cidade de Nova Orleans, Louisiana, melhor do que qualquer coisa escrita especificamente sobre ela.

Nova Orleans, como Florença, é uma cidade rica em espetáculos públicos, rituais e dias festivos, de comemorações comunitárias e demonstrações de fé. É quase impossível explicar realisticamente Nova Orleans e seu Mardi Gras (Carnaval), seu Dia de são Patrício e seu Festival de Jazz anual a quem nunca esteve lá. A brilhante erudição do professor Trexler forneceu-me instrumentos que me permitiram coligir pensamentos e observações atinentes às coisas que mais amo.

Outras obras do professor Trexler incluem *Journey of the Magi: Meanings in History of a Christian Story* (Jornada dos magos: significados na história de uma crônica cristã), um trabalho que só descobri recentemente. Leitores familiarizados com minhas novelas anteriores poderão se lembrar do candente e blasfemo relacionamento do meu personagem, o vampiro Armand, com o quadro florentino *The Procession of the Magi* (A procissão dos magos), criado para Piero de Medici por Benozzo Gozzoli, que pode ser admirado em toda sua glória na Florença dos dias de hoje.

Sobre o grande pintor Fra Filippo Lippi, recomendo primeiro sua biografia pelo pintor Vasari por sua riqueza de detalhes, embora não autenticada.

Também há o luminoso livro *Filippo Lippi*, publicado pela Scala, texto de Gloria Fossi, que se encontra à venda em diversas traduções em Florença, assim como em outras cidades da Itália. O único outro livro, ao que saiba, exclusivamente dedicado a Filippo é o imenso *Fra Filippo Lippi*, de Jeffrey Ruda, subintitulado *Life and Work, with a Complete Catalogue* (Vida e obra, com um catálogo completo). Foi publicado pela Phaidon Press na Inglaterra e distribuído na América por Harry N. Abrams.

Os livros mais agradáveis para o leitor comum entre os que li sobre Florença e sobre os Medici foram os de Christopher Hibbert, incluindo seu *Florence: The Biography of a City* (Florença: a biografia de uma cidade), publicado pela Norton, e *The House of Medici: Its Rise and Fall* (A casa dos Medici: sua ascensão e queda), publicado pela Morrow.

Também há *The Medici of Florence: A Family Portrait* (Os Medici de Florença: um retrato de família), de Emma Micheletti, publicado por Becocci Editore. *The Medici*, de James Cleugh, publicado originalmente em 1975, é disponível atualmente através da Barnes & Noble.

Livros populares sobre Florença e Toscana — observações de viajantes, memórias e homenagens — são muitos. Fontes primárias traduzidas — isto é, cartas e diários e histórias escritas durante a Renascença em Florença — encontram-se nas prateleiras de bibliotecas e livrarias em toda parte.

Procurando reproduzir corretamente as citações de Vittorio sobre santo Tomás de Aquino, usei a tradução da *Summa Theologica* pelos padres da Província Dominicana Inglesa. Ao abordar santo Agostinho, recorri à tradução de Henry Bettenson de *The City of God* (A cidade de Deus), publicada pela Penguin Books.

Aconselho os leitores a evitarem versões condensadas das obras de santo Agostinho. Ele viveu num mundo pagão onde os cristãos teologicamente mais escrupulosos ainda acreditavam na existência demoníaca de deuses pagãos caídos. Para compreender Florença e seu romance quinhentista com as alegrias e as liberdades de uma herança clássica, é preciso ler santo Agostinho e santo Tomás de Aquino no seu contexto integral.

Para os que gostariam de ler mais sobre o maravilhoso Museu de San Marco, existem inúmeros trabalhos sobre Fra Angelico, o pintor mais famoso do mosteiro, que incluem descrições detalhadas sobre o prédio, e há muitos livros disponíveis sobre toda a arquitetura de Florença. Tenho uma dívida de gratidão não só com o Museu de San Marco por ter preservado tão cuidadosamente o trabalho arquitetônico de Michelozzo, tão exaltado nesta novela, como pelas publicações encontradas na sua loja sobre a arquitetura e as obras de arte do mosteiro.

Concluindo, permitam-me acrescentar o seguinte: se pedissem a Vittorio para mencionar uma gravação da música renascentista que melhor capta o clima da Missa Solene e Comunhão que ele testemunhou na Corte do Graal de Rubi, ela seria inevitavelmente *All Souls' Vespers* (Vésperas de todas as almas), réquiem da Catedral de Córdoba, executado pela Orquestra da Renascença sob a regência de Richard Cheetham — embora deva confessar que essa música é descrita como sendo de cerca de 1570 —, alguns anos depois da tenebrosa provação de Vittorio. A gravação é encontrada no selo Veritas, por meio da Virgin Classics, Londres e Nova York.

Encerrando estas notas, permitam-me uma derradeira citação de *The City of God*, de santo Agostinho:

> *Pois Deus nunca teria criado um homem, quanto mais um anjo, sabendo antecipadamente seu futuro caráter maligno, se não soubesse ao mesmo tempo como faria bom uso dessas criaturas, e destarte enriqueceria a história do mundo pelo tipo de antítese que confere beleza a um poema.*

Pessoalmente não sei se santo Agostinho está certo ou não.

Mas acredito numa coisa: vale a pena tentar fazer um quadro, um romance... ou um poema.

Este livro foi impresso na Editora JPA Ltda.,
Av. Brasil, 10.600 – Rio de Janeiro – RJ,
para a Editora Rocco Ltda.